U0620461

一片树叶的颤动

The Trembling of a Leaf

〔英〕威廉·萨默塞特·毛姆 著

杨菁 译

广西师范大学出版社

·桂林·

献给

伯特伦·阿兰森

极乐与绝望差可相隔,仅需

一片颤动的树叶,

人生岂非正是如此?

——圣伯夫①

① 夏尔·奥古斯汀·圣伯夫(Charles A. Sainte‒Beuve, 1804—
1869),法国文学评论家。上述引文原文为法语。

目 录

I

太平洋

太平洋就像人类的心灵一样变幻不定。它时而如比奇角①外的英吉利海峡那般灰暗沉郁，涌浪高涨，时而又显得粗野率性，喧嚣猛烈，顶起一片白色波峰。它平静蔚蓝的时候并不多见，而它的蔚蓝可谓狂傲而张扬。暴烈的阳光从万里无云的天空中直射而下，信风侵入你的血液，让人浑身充溢着一股急不可耐的情绪，想要去探索未知世界。巨浪翻滚，在你四周连成一片广阔的水域，蔚为壮观，而你则浑然忘却了自己已逝的青春，连同那残酷而甜蜜的回忆也一并抛去，只渴望着投入生活，躁动不安之情简直让人忍无可忍。当年尤利西斯②苦寻琼岛乐土时，正是航行在这样一片大海之中。不过，太平洋有时也会平静得好似一片湖泊。此时海面波

---

① 比奇角（Beachy Head），也作俾赤岬、比切峭壁、海滩之顶，位于英格兰东萨塞克斯郡伊斯特本西南、七姐妹岩以东的英吉利海峡岸边，为一处白垩岩组成的海岸悬崖，是英国旅游胜地。

② 尤利西斯，即奥德修斯，希腊神话中的英雄，曾设木马计助希腊联军攻下特洛伊城。特洛伊战争结束后，他在归途中遭遇风浪，又在海上漂泊十年方得返乡。英国诗人丁尼生（Alfred Tennyson）作诗描写其于暮年仍壮心不已，决定再次泛舟海上，寻找理想中的琼岛乐土（the Happy Isles）。

澜不惊，阳光闪烁。飞鱼跃起，在明镜般的海面留下一抹残影，入水时又溅起耀眼的水珠，形成一股股小小的喷泉。海平线上云朵洁白蓬松，而在日落时分，这些云朵便呈现出奇异的形状，让人无法不信自己见到了连绵起伏的高山。这是你梦想之国的高山。你在一片不可思议的寂静中驶过一片神奇之海。时不时出现的几只鸥鸟提示你，陆地已不再遥远，那是藏于茫茫水域深处的一座被遗忘的岛屿；然而这些鸥鸟，这些忧郁的鸥鸟，却是这座岛屿的唯一征兆。你看不到冒着浓烟、亲切友善的货船，也看不到庄重威严的三桅帆船或修长整洁的纵帆船，甚至连一艘渔船也见不到：这是一片空无一物的荒原；而随即，这空旷便让你心头充满了一种模糊的不祥之感。

II

麦金托什

他在海水里扑腾了几分钟；这水太浅，没法游泳，但因为害怕鲨鱼，他也没法游出自己能掌控的范围；随后他从水里出来，走进浴室冲了个淋浴。在太平洋黏腻的咸水里泡过之后，冰凉的清水令人倍感惬意。天气太热了，虽然才刚过七点，但泡在这样的海水里也不会让人打起精神，反而让人更觉慵懒倦怠。随后，他擦干身体，披上浴袍，招呼中国厨子说自己再过五分钟就可以吃早餐了。他光着脚走过那块被行政长官沃克不无得意地视为草坪的粗劣杂草地，回到自己房间，穿好衣服。这花不了多少时间，因为他只穿了一件衬衫，一条帆布裤，随后便去了位于这院子另一头的上司住处。两人通常是一起用餐的，但中国厨子告诉他沃克五点钟就骑马出去了，要一小时后才回来。

麦金托什昨晚没睡好，他厌恶地看着放在自己面前的番木瓜、鸡蛋和培根。昨晚的蚊子简直令人崩溃；它们在他睡觉的蚊帐周围飞来飞去，数量众多，发出无情的充满威胁的嗡嗡声，无休无止，其音效类似远处管风琴的演奏。不管什么时候，只要他一睡着，就会惊醒过来，以为有只蚊子飞进了自己的蚊帐。天气太热，他便

光着身子睡觉，却不停地辗转反侧，难以入眠。碎浪拍
打在礁石上，发出单调乏味的轰鸣声，持久不歇而又均
匀规律，以至于让人对此充耳不闻。然而在他的意识
中，这种声音却变得清晰起来。浪涛的节奏敲打着他疲
惫的神经，而他则握紧拳头，拼命让自己忍住。没有任
何事物可以阻止这声音，因为它将永续不停，直至地老
天荒，一想到这点，他简直无法忍受。于是，他产生了一
种行使暴力的疯狂冲动，仿佛自己的体力可与大自然的
无情力量相抗衡。他感到必须牢牢控制住自己，不然就
会发疯。而此时，他从窗口看向外面的环礁湖，还有标
明暗礁所在的条状泡沫，不禁打了个寒战，内心充满了
对这美景的仇恨。万里无云的天空就像一个倒扣的碗，
将这景色纳入其中。他点上烟斗，翻着几天前从阿皮
亚①发过来的那堆奥克兰出版的报纸，其中最新的也是
三周以前的了。这些报纸给人的印象就是沉闷至极。

　　随后他走进了办公室。这是一个很大的房间，却没
多少装饰，只是沿着一边放了两张桌子和一条长凳。长

---

① 阿皮亚（Apia），位于太平洋中南部，是西萨摩亚首都和主要
的港口城市。

凳上坐了不少当地人，其中也有一些女人。他们一边闲聊，一边等着行政长官到来。麦金托什进来时，他们用当地话和他打招呼。

"Talofa li."①

他回应了这些人的问候，然后在自己的桌子旁坐下，开始写东西。这份报告是萨摩亚总督强烈要求的，而沃克以自己一贯的拖延作风将其忽略了，根本没准备。麦金托什一边做笔记，一边满怀恶意地想，沃克之所以没能及时上交报告，就是因为他是个彻头彻尾的文盲，对任何跟纸笔有关的东西都感到无比厌恶；而当这份言简意赅、工整体面的报告最终完成之后，沃克便会接受下属的工作，连一句感激的话都没有，甚至还会冷嘲热讽几句，然后将它发给自己的上司，就好像这是他自己写的文章。这样的报告，他压根儿连一个字都写不出来。麦金托什怒气冲冲地想，要是自己的上司添加了什么内容进去，一定用词幼稚可笑，语法错误百出。而要是自己提出异议，或想要将自己的意思用一个清楚的

---

① Talofa li，萨摩亚语中表示问候的话。Talofa 是"si o ta alofa atu"的简略语，意为我很高兴您收到了我真挚的爱。

短语来表达,沃克便会勃然大怒,叫嚷道:

"我管它什么语法不语法! 我要说的就是这意思,就要这么说。"

沃克终于进来了。他一进门,当地人便将他团团围住,试图立刻引起他的注意,可他对他们态度粗暴,叫他们坐下不许出声。他威胁说,如果他们不保持安静,自己便要将他们统统赶出去,这一天谁也不见。随后他向麦金托什点头示意。

"嘿,麦克,终于起床了? 真想不通你怎么能把一天中最好的时光白白浪费在床上。你该像我一样天亮前就起床。真是条懒虫。"

他一屁股坐到椅子上,用一块大手帕擦着脸。

"老天,渴死我了。"

他转向站在门口的警察,吩咐他给自己来点卡瓦酒①。那警察穿着一件白上衣,腰上缠着一块萨摩亚当地的印花腰布,造型颇为生动别致。装卡瓦酒的碗放在房间一角的地板上,警察用半个椰子壳装了酒,送到沃

———————

① 卡瓦酒,用卡瓦胡椒(一种波利尼西亚灌木)制作的麻醉性镇静饮料。

克面前。他往地上倒了几滴，念念有词地向在场的人致了几句套话，然后津津有味地喝了一口。随后他吩咐警察给那些等候的当地人上酒，于是这椰子壳便按照年岁长幼或地位高低被依次递给每个人，并按照同样的仪式被喝空。

然后沃克开始了一天的工作。他是个小个子男人，比中等个头还要矮不少，且极为粗壮；他脸盘很大，满脸都是肉，胡子刮得干干净净，两边的脸颊挂下来形成巨大的垂肉，肥硕的下巴足有三个；他那小小的五官全都溶进了肥肉里；而除了脑后的一块新月形白发外，他完全秃了。他这副尊容让人不由得想起狄更斯笔下的匹克威克先生①。他模样古怪，是个有趣的人物，但奇怪的是不乏尊严感。在硕大的金边眼镜后面，他的蓝眼睛看上去精明而生气勃勃，面部也显得很有决断力。他六十岁了，但与生俱来的活力战胜了渐高的年岁。尽管他

① 匹克威克先生，英国作家狄更斯的长篇小说《匹克威克外传》中的主角。他是一名独身老绅士，创办了以自己名字命名的匹克威克社，并带着成员出去游历。他不通达人情世故，对生活抱着天真的幻想和不切实际的看法。

体态臃肿,却行动敏捷,并且走路时步伐厚重、步履坚定,仿佛存心要把自己的体重压在地面上。说话时,他嗓音洪亮,语气粗暴。

麦金托什被委任为沃克的助理已经两年了。塔卢阿岛是萨摩亚群岛中最大的岛屿之一,沃克担任这个地方的行政长官已有二十五年,在南太平洋地区,不管是通过口口相传还是媒体报道,他都是尽人皆知的人物。期待与他首次会面时,麦金托什按捺不住自己的好奇心。由于某些原因,麦金托什在阿皮亚待了几周才前去赴任,而他在查普林旅馆和英国人俱乐部都听到了有关这位行政长官的无数故事。如今,他想起自己当时对此竟有如此兴趣,不禁充满自嘲。从那以后他便从沃克本人那儿听了不下一百遍这些故事。沃克深知自己是个人物,出于对这一名声的自得,在行为举止上刻意迎合这个角色。他对自己的"传说"珍爱有加,唯恐你不知道关于他的任何一个著名故事的具体细节。要是有人在向陌生人讲述这些故事时出了差错,他就会可笑地生起气来。

一开始,沃克身上那种粗鲁的热诚让麦金托什觉得挺有吸引力，而沃克也很高兴这名听众对他所说的一切都备感新鲜，于是便使出浑身解数。他性情快活，热诚亲切，又细致周到。麦金托什此前在伦敦的政府部门任职，过着安稳的生活，直到三十四岁那年患上肺炎，有转成肺结核的危险，才被迫到南太平洋来谋个职位。对他来说，沃克的存在极具浪漫色彩。沃克刚开始征服命运时经历的那次冒险，于他而言十分典型。他十五岁时跑到海上，有一年多时间一直在一艘运煤船上当铲煤工。他身量小得和年龄不相称，船上的水手和船副们都对他很好，只有船长不知怎的对他极为厌恶。他残暴地对待这个少年，对他拳打脚踢，以至于他时常因四肢疼痛而无法入眠。他对船长恨之入骨。后来，他在某场赛马中得了一笔小费，并设法从一个他在贝尔法斯特结识的朋友那儿借到了二十五英镑。他把这笔钱以很大的赔率押在一匹毫无取胜希望的马身上。要是输了，他根本没法还钱，可他压根儿就没想过自己可能会输。他觉得自己能交好运。那匹马赢了比赛，于是他发现自己手里实打实有了超过一千英镑的现金。现在他的机会来了。他设法打听到了镇上最好的律师——这时运煤船正停靠在爱尔兰海岸边的某处——跑去找他，并告诉他自己听说这条船正在出售，请求他帮自己安排这笔收购业务。律师被自己这个小客户逗乐了，他只有十六岁，看上去甚至都不到这个年龄，于是，也许是出于同情，律师不仅答应帮他安排收购事宜，还答应帮他定个好价钱。没多久沃克就发现自己成了这条船的船主。他回到船上，迎来了被他描述为人生荣耀巅峰的时刻。他给船长下了通知，告诉他在半小时内必须从他的船上滚下去。他让大副当了船长，继续跟随这条运煤船航行了九个月，随后把船卖了，又赚了一笔钱。

他在二十六岁时，以种植园主的身份来到这个群岛。他是德国占领期间为数不多的在塔卢阿岛上定居的白人之一，且当时在土著居民中已有了一些影响力。德国人让他当了行政长官，他便占据这个职位长达二十年，而当这个岛被英国人夺过来时，他的职位得到了确认。他独断专行地统治着这个岛，却大获成功。这一成功带来的声望也是麦金托什对他感兴趣的原因之一。

然而这两个男人天生无法相处。麦金托什相貌丑陋,举止笨拙,又高又瘦,胸部狭窄,还弓着一副肩膀。他的两颊灰黄而凹陷,一双大眼睛里目光阴沉。他酷爱阅读,当他的书运达这里开封的时候,沃克来到他的住处查看这些书籍。随后他转向麦金托什,发出一阵粗俗的大笑。

"你把这些破玩意儿带到这儿来干吗?"他问。

麦金托什的脸一下涨得深红。

"我很遗憾您觉得这些是破玩意儿。我把书带来是因为我想读。"

"你说你有很多书要运过来时,我还以为会有什么适合我看的。你没有侦探小说吗?"

"我对侦探小说不感兴趣。"

"那你就是个该死的蠢货。"

"您这么看我,我也没什么好说的。"

每批邮件都会给沃克送来一大堆文字刊物,有新西兰的报纸和美国的杂志,而麦金托什对这些短期出版物显示出的轻蔑态度令沃克大为恼怒。他对占用了麦金托什闲暇时间的那些书籍极不耐烦,并认为他看吉本的《罗马帝国衰亡史》或伯顿的《忧郁的解剖》纯粹是在装模作样。他从未学会管束自己的大嘴巴，总是随意表达对自己助理的看法。麦金托什开始看清这个男人的真面目，在表面咋咋呼呼的好脾气之下，他察觉出一种令人生厌的粗俗的精明。沃克此人虚荣而专横，但奇怪的是又有些羞怯，这种羞怯让他讨厌跟自己秉性不合的人。他天真地用别人的说话方式来评判人，而假如那人说的话里不带有他自己和人交谈时占了一多半的那种咒骂和脏话，他便会对其投以怀疑的目光。晚上两人一起玩皮克牌①。沃克牌技很差，却极为自负，赢了就自吹自擂，输了就大发雷霆。偶尔会有几个种植园主或商人开车过来打桥牌，这时沃克就会表现出麦金托什眼中的那种特性。他根本就不管自己的搭档，随心所欲地提出如何出牌，喋喋不休地争论，用自己的大嗓门把反对声压下去。他时常有牌不跟，而每当这时他就讨好地哀叫道："噢，你总不至于让一个差不多啥也看不见的老头子吃亏吧？"他是否知道自己的对手认为还是和他保持关系为好，因而不敢坚持游戏的严谨性？麦金托什带着

---

① 皮克牌，一种纸牌游戏，源于法国，供两人玩。

轻蔑冷眼旁观。玩好牌后，这些人一边抽烟斗一边喝威士忌，这时他们就会开始讲故事。沃克兴致勃勃地讲述着自己的婚姻故事。他在婚宴上喝得烂醉如泥，于是新娘受不了逃走了，他从此便再没见过她。他和岛上的女人们做过无数次老生常谈又肮脏不堪的刺激事。聊起这些事时，他对自己的高超手段颇感得意，而这在一丝不苟的麦金托什听来却十分刺耳。他是个粗俗又好色的老头。他觉得麦金托什是条可怜虫，因为麦金托什不愿把自己的风流韵事说给旁人听，还在旁人都喝醉的时候保持清醒。

他瞧不起麦金托什还有一个原因，就是麦金托什处理公务时井井有条。麦金托什喜欢凡事都这样。他的书桌总是很整洁，文件也总有清晰的归档摘要，他能即刻找到任何需要的文件，也精通他们的行政管理事务所要求的一切规章制度。

"放屁，放屁，"沃克说，"我管这座岛管了二十年了，什么官样文章都没做过，现在也不想做。"

"要是您想要一封信件，得花上半小时翻箱倒柜地找，您觉得这样方便吗?"麦金托什问道。

"你不折不扣就是个该死的政府办事员。不过你这人还不赖，在这儿待上个一两年就会好了。你的问题出在你死活不肯喝酒。要是你每个礼拜喝醉一次，就不会那么讨人嫌了。"

奇怪的是，沃克对于自己这个下属月复一月在胸腔里不断增长的对自己的厌恶竟毫无察觉。虽说他嘲笑这人，但随着逐渐适应，他几乎开始有些喜欢这人了。沃克对别人的古怪特性具有某种容忍度，而他也将麦金托什当作一个怪人来接受。也许他自己都没意识到，自己喜欢这人是因为可以拿他打趣。他的俏皮话里尽是些不带恶意的玩笑，他需要把一个人作为笑柄。麦金托什一丝不苟的态度，他的道德感，他的冷静节制，都是可以大加渲染的话题，他的苏格兰名字也让沃克有机会开几个关于苏格兰的惯常玩笑。有时候有两三个人在场，他就能以牺牲麦金托什为代价，逗得所有人哈哈大笑，而他自己也乐不可支。他会对当地土著讲关于麦金托什的荒唐可笑之事，麦金托什虽然还未精通萨摩亚语，但每当沃克用猥琐的方式提到他时，他依然能感受到他们毫无节制的大笑。他只是心平气和地笑笑。

"我是在替你说，麦克，"沃克会用他粗鲁的大嗓门说，"你开得起玩笑。"

"那个是玩笑吗？"麦金托什微笑着说，"我都不知道。"

"好一个苏格兰人①！"沃克嚷嚷着，发出一阵震耳欲聋的狂笑，"只有一种方法可以让一个苏格兰人搞清楚这是在开玩笑，那就是做外科手术。"

沃克完全不知道，麦金托什平生最无法忍受的就是被拿来打趣。他会在雨季那种闷得让人喘不过气来的夜里醒来，阴郁地反复思量着好几天前沃克无意中脱口而出的讥嘲之语。这些话让他难以释怀。他的心因愤怒而膨胀，想象着有哪几种方法能以牙还牙地报复这个土霸王。他也曾试图还嘴，但沃克具有一种能言巧辩的天分，他言语粗鄙，毫不掩饰，这给予了他某种优势。智力上的迟钝让他对微妙的嘲讽无动于衷。他自我感觉良好，所以要伤害他的感情也是不可能的。他的大嗓门

---

① 原文为 Scots wha hae，是苏格兰爱国诗人罗伯特·彭斯所作的一首诗歌，后经编曲，成为苏格兰非正式国歌之一。此处沃克将其作为苏格兰人顽固不化的象征加以嘲弄。

和大笑声就是他的武器，让麦金托什毫无抵挡之力，而麦金托什也明白了，最明智的做法就是永远不要流露出自己的恼怒。他学会了控制自己。但他的仇恨之情不断滋长，直至变成一种偏执。他以一种几近疯狂的警觉提防着沃克。沃克所做的每一件卑鄙之事，他每一次展现的幼稚的虚荣、狡诈与粗俗，都被他用来滋养自己的自尊心。沃克吃起东西来狼吞虎咽，咂巴着嘴，邋里邋遢，而麦金托什则心满意足地在一旁观望。他留意着沃克所说的蠢话以及所犯的语法错误。他知道沃克没把自己当回事，而他也在上司对自己的看法中获得了一种苦涩的满足，这种满足感让他对这个心胸狭窄、自命不凡的老头更为鄙视。他对沃克充满怨恨，而沃克却对此一无所知，了解这一点也带给他一种奇特的快感。沃克是个喜欢受人追捧的蠢货，也殷切地想象着每个人都爱戴他。有一次，麦金托什无意中听到沃克提到自己。

"等我把他调教好了，他就会正常了，"他说，"他是条不错的狗，对主子很忠诚。"

麦金托什那张灰黄阴郁的长脸一动不动，却无声地笑起来，笑得长久而痛快。

然而他的怨恨并不盲目;相反,他看得特别清楚,能准确地评判沃克的能力。沃克高效地管辖着自己这块小小的地盘。他公正而诚实。尽管他有不少敛财机会,但他比刚就任时穷了,而他老年生活的唯一依靠,就是他指望最终从公职上退休时拿到的退休金。他的自豪之处在于,他仅凭一名助理加一名混血儿文书,就能把这座岛管理得比乌波卢岛①还要出色,而乌波卢岛的主要城市可是阿皮亚,还有一大堆公职人员管理着。他拥有几名土著警察来支撑其权威,但他从不动用这些人。他的统治靠的是连哄带吓和他的爱尔兰式幽默。

"他们非要给我建一座监狱,"他说,"可我要一座监狱干吗? 我可不会把这些当地人关进牢里。要是他们犯了错,我知道该怎么办。"

他和阿皮亚的上级部门争吵的事端之一,就是他要求得到对岛上当地居民的完全司法管辖权。不管他们犯了什么罪,他都不肯将他们交给主管法院来处理,于是有好几次,他和乌波卢岛上的总督之间的通信充满怒

———————————

① 乌波卢岛,西萨摩亚的主岛之一。

气。因为他将这些当地人看作自己的孩子。这也是这个粗鄙、庸俗而自私的老头身上的不可思议之处：他热切地爱着这座他居住了如此之久的小岛，并且对当地人怀有一种奇特的外刚内柔的情感，这一点颇令人惊叹。

他喜欢骑着那匹年老的灰色母马在岛上四处游荡，且对这座小岛之美百看不厌。他在椰树林中沿着野草丛生的小径漫步，时不时停下来欣赏迷人的景色。他会时不时偶遇一座当地的村庄，然后停下来，接受村里人给他送来的一碗卡瓦酒。他会看着那些小小的、聚在一起的钟形小屋，看到那高高的茅草屋顶形如蜂巢，肥胖的脸上便会漾开微笑。他的目光快活地落在那些开枝展叶的面包树上。

"老天，就跟个伊甸园似的。"

有时他会沿着海岸线骑行，透过树丛瞥见浩瀚无垠的大海，海面空无一物，甚至不见一片孤帆来惊扰这种寂寞感。有时他爬上山去，眼前就会出现一片广阔的乡间大地，小小的村庄依偎在高大的树木之下，宛如上帝治下的世间王国，而他便会在那儿坐上一个小时，沉醉于喜悦之中。但他找不到词语来表达自己的情感，为了抒发这种情感,他会蹦出一句猥琐的俏皮话。似乎他的情感如此暴烈,以至于他需要用粗俗的方式来打破这种紧张感。

麦金托什带着冷漠的鄙夷之情观察着这种情感。沃克一向爱喝酒,他在阿皮亚过夜时,看到只有自己一半年纪的人醉倒在桌子底下,不免对自己的酒量感到十分得意。他也具有一名酒徒的情感特点。他会看着杂志上的故事泪流满面,却拒绝把钱借给某个处于困境中的商人,尽管这人他已经认识二十年了。他把自己的钱财看得很紧。麦金托什曾有一次对他说:

"谁也不能说你会乱给钱。"

他将此视为赞美之词。他对大自然的热情只不过是酒鬼在胡言乱语中产生的感觉。对于自己的上司对当地人怀有的感情,麦金托什也丝毫不赞favor。他爱这些人只是因为他们处于他的掌控之中,正如一个自私的人爱自己的狗,他的心智也和这些人处于同一水平。他们的幽默低俗猥琐,而他对那些下流话也一向应对自如。他理解这些人在想什么,这些人也理解他在想什么。他对自己施加在这些人身上的影响力十分得意。他将他们视为自己的孩子,也插手他们的一切事务。但他对维护自己的权威十分在意。如果说他是在用铁腕手段统治这些人,对任何反对声都毫不容忍,那么他也不会容忍岛上的任何一名白人欺负这些当地人。他以怀疑的态度密切注意着那些传教士,一旦他们做出任何他不赞同的事,他就会让他们的日子很不好过,即便他没法赶他们走,他们也会乐于自动离开。他对当地人的掌控力如此之大,以至于只要他一句话,他们就会拒绝给自己教区的牧师提供劳务和餐食。另一方面,他对商人也毫不客气,时刻提防他们欺骗当地人。他保证当地人为自己所干的活儿和出售的椰肉干拿到公平的酬劳,确保那些商人不会在出售给当地人的货物上牟取暴利。对于他认为不公平的交易,他从不手软。有时商人会跑到阿皮亚去投诉说没得到公平机会,结果却倒了霉。沃克随即毫无顾忌地用各种诽谤和无耻的谎言来报复他们,于是他们便会发现,不要说为了过得安生一点,甚至仅仅为了生存下去,他们也得按他的条件接受形势。不止一次,他所憎恶的商人的店铺被烧毁,这种事情发生,本身恰恰说明了是行政长官指使的。有一次一名瑞典和当地的混血儿因为店铺被烧而落得一无所有,跑去找他,直截了当地指责他纵火。沃克当着他的面大笑起来。

"你这条该死的狗。你妈是个当地人,现在你倒来骗当地人。要是你那间该死的破店被烧掉了,这是天意;就这么回事儿,这是天意。滚。"

当这人被两名当地警察扫地出门后,行政长官哈哈大笑。

"真是天意。"

而眼下,他开始一天的工作,麦金托什则冷眼旁观。沃克从病人开始,因为他把行医也加入其他事项中来。他办公室后面有个小房间,里面堆满了药品。一个上了年纪的男人走上前来,他长着一头灰白的卷发,缠着一条蓝色的印花腰布,文着精美的文身,身上的皮肤就像酒囊一样皱皱巴巴。

"你来这儿干吗?"沃克冷不丁问道。

那老人哭哭啼啼地说,他吃什么都会吐,身上这儿也疼那儿也疼。

"去找传教士吧,"沃克说,"你知道的,我只给孩子看病。"

"我去找过传教士了,可他们一点儿也不顶用。"

"那就回去准备等死吧。你活了这么久,还想再活下去吗? 真是个蠢货。"

老人噼里啪啦说了一大堆话,又是抱怨又是责怪,然而沃克却指向一名怀抱病孩的妇女,让她将孩子带到自己桌前。他问了她一些问题,又看了看孩子。

"我会给你一点药,"他说,然后转向那名混血儿文书,"去药房拿点儿甘汞片过来。"

他让那孩子当场吞下一片药片,又把另一片给了那母亲。

"把孩子带回去,注意保暖。明天这孩子要是还没死,就会好起来。"

他靠在椅背上,点燃了烟斗。

"甘汞片真是个好东西。我用它救活的人命,比阿皮亚所有医院的医生加起来救活的还多。"

沃克对自己的技术十分自负,而由无知造成的顽固又使他对医疗行业的从业人员不屑一顾。

"我喜欢的病例,"他说,"就是那种所有医生都觉得没救而撒手不管了的。医生说他们治不了你的病时,我就会说,'来——找——我'。我有没有和你讲过那个得了癌症的家伙的事儿?"

"经常讲。"麦金托什说。

"我三个月就把他治好了。"

"你从来没和我说过你没治好的那些人。"

他完成了这部分工作,然后开始处理剩下的事。这些事儿就是一堆奇怪的大杂烩。有个女人和丈夫相处不了,还有个男人抱怨自己老婆扔下他跑了。

"你运气够好了,"沃克说,"绝大多数男人巴不得自己老婆也这么干呢。"

接下来,为了几英寸土地的所有权,出现了一番冗长而复杂的争吵。另一项争端则是围绕一批捕获的鱼该怎么分配的问题。还有人来投诉,说一名白人商人短斤少两。沃克留神倾听着每一个案件,迅速做出判断,然后做出决定。随后他便什么也不愿意听了。要是那人还在抱怨,就会被一名警察推出门外。也许,总的来说,应该承认正义大体上得到了伸张,然而令他这个助理恼火的是,他的上司只相信自己的直觉,而不是证据。他根本就不愿听人讲道理。他对证人威逼恫吓，要是他们没看到他想让他们看到的，就骂他们是贼，是谎话精。

他把坐在房间角落里的一群男人留到最后来处理。他是故意不睬他们的。这群人由以下人等组成：一名年老的酋长，他个子很高，颇具威严，留着短短的白发，腰间缠着一块簇新的印花腰布，上面吊着一把象征权力的巨大的驱蝇把子，还有他儿子，以及五六名村里有头有脸的人物。沃克曾和他们有过过节，并占了上风。以他一贯的个性，眼下他想要进一步夯实自己的胜利，这同时也是因为他们想利用自己孤立无援的可怜处境来谋点儿好处，而他没让他们得逞。整件事情颇为不寻常。沃克对修路极为热衷。他刚来塔卢阿岛时，岛上只有零星的几条小径，但随着时间的推移，他在乡间开辟了大路，把村子连起来，这座岛的繁荣昌盛多半应归功于这一举措。而在过去，要把这座岛上的物产——主要是椰肉干——弄到海边装上纵帆船或汽艇运到阿皮亚，根本就不可能，可如今运输却变得方便又简单。他的雄心壮志是修建一条环岛大路，而这条路的大部分已经造好了。

"两年后这事儿就能干成,然后我是蹬腿咽气了还是让他们炒了鱿鱼,我都不在乎。"

他修的路令他内心充满愉悦,他也时常出去溜达,确保道路维护得井井有条。这些路朴实无华,有着宽敞的车道,路面覆盖着青草,从低矮的灌木丛或一座座种植园中穿过。但是要修这些路,必须把树木连根拔起,把岩石挖掉或炸碎,还要时不时确保路面平整。这些难题出现时,他都能凭自己的本事搞定,这让他十分得意。他也欣喜于自己对这些道路做出的合理处置,使得它们不仅带来了方便,还能大力展示这座他挚爱的岛屿的美景。他在提到自己修的路时,简直就成了个诗人。路在迷人的美景中蜿蜒而行,沃克也注意要时不时让道路走直线,让你能透过高高的树丛眺望远处的一片葱郁,又时不时要让道路回旋拐弯,以便用多变的景致让行人的心灵得到片刻休整。这个粗俗的好色之徒竟能如此精妙地运用聪明才智,取得自己奇思妙想中的效果,真是令人惊叹。他在修路过程中使用的杰出技巧足堪媲美一名日本园艺师。因为这项工程,他从总部获得了一笔经费,但他只用掉了其中一小部分,并以此为傲,这颇有些令人费解。而此前一年,在拨给他的一千英镑经费中,他只花掉了一百英镑。

"他们要钱做什么?"他中气十足地说,"他们只会把钱花在自己根本不需要的一堆破玩意儿上,都是传教士带来的。"

他让当地人来干他指定的活儿时,给的工钱少得可怜。他这么做没什么特殊理由,也许是出于对自己治下的经济成就的自豪,也许是想以自己的高效来反衬阿皮亚当局那种铺张浪费的方式。正是出于这个原因,他最近和一个村庄发生了分歧,而这村里为首的正是眼下来找他的这批人。酋长的儿子到乌波卢岛去了一年,回来后告诉他那儿的人说,在阿皮亚,做公共工程能得到大笔酬劳。他用喋喋不休的闲谈点燃了人们心中对收益的渴望。他向他们展现了拥有巨大财富的前景,而他们也想用这些钱来购买威士忌——这种酒很贵,因为法律禁止当地人购买,所以他们得花白人两倍的价钱才能买到——他们还想买那些可以用来放珠宝的漂亮的檀香木盒,还有香皂和罐头鲑鱼,这些奢侈品足以让一个卡纳卡人①出卖自己的灵魂；于是，当行政长官将他们召过去，告诉他们他想修一条路，从他们的村子沿着海岸线延伸到某处，并提出付给他们二十英镑时，他们向他要一百英镑。酋长的儿子名叫玛努玛，是个高个子英俊青年，有着古铜色皮肤，一头毛茸茸的鬈发用石灰染成了红色，脖子上挂着一个用红莓串成的花环，耳朵后面别了朵花，衬着他的棕色面孔，就像一团鲜红的火焰。他上半身什么也没穿，但因为在阿皮亚呆过，为了显示自己不再是个野蛮人，他没缠印花腰布，而是穿了条粗棉布裤子。他告诉村里人说，只要他们团结一致，行政长官就会被迫接受他们的条件。他一心想要修路，一旦发现给少了他们就不愿干活儿了，他就会满足他们的要求。但他们绝不能动摇；不管他说什么，他们都不能降低自己的要求；他们已经开价一百英镑，就必须一口咬定这个价。当他们提出这个数字时，沃克用低沉的嗓音爆发出一阵他特有的长笑。他叫他们别犯傻了，马上开始干活儿。因为那天他心情很好，便答应等路修好后请

① 卡纳卡人，指 19 世纪末和 20 世纪初在澳大利亚昆士兰的甘蔗园或牧场当雇工，或是在城镇中当仆人的南太平洋岛民。

他们大吃一顿。可当他发现并没有人开始干活时,便去村里问这些人在玩什么愚蠢的鬼把戏。玛努玛事先给予了他们充足的训练。他们镇定自若,也不企图争论——卡纳卡人很热衷于争论——只是耸耸肩说:付一百英镑,他们就愿意干活,如果他不肯给,那他们就什么活儿也不干。他爱怎样就怎样,他们不在乎。于是沃克勃然大怒,丑态毕露。他粗短的肥脖子鼓了起来,令人感觉事态不妙,随后他那张红脸涨成了紫色,满嘴唾沫横溢。他冲着这些当地人恶语谩骂。对于该如何刺伤和羞辱别人,他了如指掌。他的样子很是吓人。年长些的人开始脸色发白,感到浑身不自在。他们动摇了。要不是有玛努玛在,要不是他见多识广,要不是他们害怕他的冷嘲热讽,他们就屈服了。最后还是玛努玛回应了沃克。

"付咱们一百英镑,咱们就干活。"

沃克冲着玛努玛直挥拳头,嘴里用各种想得到的脏话辱骂他,尽情地嘲笑他。然而玛努玛却面带微笑,端坐不动。也许他的笑容里更多的是虚张声势而不是自信,但他必须在其他人面前表现出色。他重复了一遍自己的话。

"付咱们一百英镑,咱们就干活。"

那些人以为沃克要扑上去打他。他以前并非没有亲自动手揍过当地人。他们知道他的力气有多大。尽管沃克的年纪是这个年轻人的三倍,还比他矮六英寸,他们也毫不怀疑玛努玛不是他的对手。压根儿就没人想过要反抗这位行政长官的野蛮攻击。但沃克什么也没说。他压低嗓子咯咯一笑。

"我可不想在一帮蠢货身上浪费时间,"他说,"这事儿你们再商量一下。你们知道我给的条件。要是你们一个礼拜后还不开工,就给我小心点儿。"

他转身走出酋长的小屋,解开了那匹母马的缰绳,随后的一幕典型地体现了他和当地人之间的关系:一名当地长者紧紧抓住下马时用的马镫,沃克则就近踩上一块大圆石,借力一抬身子,重重地坐到马鞍上。

就在那天夜里,沃克按照习惯在他屋子旁边的大路上溜达时,听到有样东西呼啸着飞过身边,然后砰的一声打在一棵树上。有人向他扔东西。他本能地躲闪了一下,随后大叫一声:"谁?"便奔向那个投掷物飞来的地方,听到有人穿过灌木丛逃走。他知道在黑暗中想要追踪是无望的,况且他很快便气喘吁吁了,于是停止追赶,回到大路上。他四处寻找投掷过来的那样东西,却什么也没找到。天色很黑。他快步回到房子里,把麦金托什和那个中国男僮叫了过来。

"有个鬼家伙向我扔了样东西。来,咱们一起去看看是个什么玩意儿。"

他吩咐男僮带上一盏灯笼,然后一行三人回到那个地方。他们在地上仔细搜索,但找不到想找的东西。突然男僮从喉咙里发出一声喊叫。他们转过身来想看看是怎么回事。男僮举起灯笼,于是在那刺透四周黑暗的光照下,他们看到一把长长的刀子扎入了一棵椰子树的树干,那场景十分凶险叵测。投掷这把刀子时用的力气很大,以至于把它拔出来还颇费了一番功夫。

"老天,要是他没打偏,就有我好看了。"

沃克把玩着这把刀。这是件仿制品,仿的是一百年前第一批白人带到这座岛屿的那种水手刀,用来把椰子一劈两半以便做成椰肉干。这是件致命的武器,刀刃长达十二英寸,十分锋利。沃克压低嗓子轻笑起来。

"鬼家伙,真是个冒失鬼。"

他毫不怀疑刀子是玛努玛扨的。他以三英寸之差躲过一死,可他却并不生气。相反,他情绪高涨。这次遇险让他精神振奋,一干人回屋后,他要了酒喝,开开心心地摩拳擦掌。

"我要让他们付出代价!"

他的小眼睛闪闪发光,整个人像只雄火鸡一样支棱了起来,相隔才半小时,就死活要把这件事的每个细节再讲一遍给麦金托什听。随后他问麦金托什要不要打皮克牌,还一边打牌一边吹嘘着自己的良苦用心。麦金托什抿紧了嘴唇听着。

"可你为什么要这么压榨他们?"他问道,"二十英镑和你要他们干的活比起来简直太少了。"

"我还给了他们点儿钱,他们就该感激不尽了。"

"见鬼,又不是你自己的钱。政府拨给你一笔不小的数目。要是你把钱花掉,不会有人抱怨的。"

"阿皮亚那帮人就是群蠢货。"

麦金托什明白沃克的动机纯粹就是虚荣心。他耸了耸肩。

"为了赢过阿皮亚那帮人而搭上自己的性命,对你
没什么好处。"

"不瞒你说,他们是不想伤害我的,这些当地人。他
们离不了我。他们可崇拜我了。玛努玛是个蠢货。他
朝我扔那把刀纯粹是为了吓唬我。"

第二天,沃克再次骑马去了村里。这村子名叫马塔
乌图。他没下马。他来到酋长的小屋时,看到那些人坐
在地上围成一圈,正在谈话,便估计他们正在重新讨论
关于修路的问题。萨摩亚的房屋构造是这样的:细长
的树干围成一圈,互相间隔大约五六英尺,中间是一棵
高大的树,顺着这棵树自上而下覆盖着斜坡状的茅草屋
顶。夜里或下雨时,椰树叶制成的活动百叶窗可以放下
来。通常,屋子四周是完全开放的,以便让风可以自由
流通。沃克骑马来到屋子边上,向酋长喊道:

"喂,汤加图,昨晚你儿子把他的刀忘在一棵树上
了。我替你把它带回来了。"

他把刀扔到那圈子中间的地上,随后发出一阵低低
的笑声,从容离去。

到了周一,他去查看他们是否开始干活了。没有任

何动工的迹象。他骑马穿过村子，看到居民们依然在干着自己平时的副业。有的在用露兜树叶编织垫子，一个老人在忙着制作一个装卡瓦酒的碗，孩子们在玩耍，女人们在干着家务活。沃克嘴角带着微笑，来到酋长的屋子里。

"您好①。"酋长说。

"您好②。"沃克回答。

玛努玛在制作一张网。他衔着一根香烟坐在那儿，抬头看沃克时，脸上带着胜利的笑容。

"你们已经打算不修路了？"

酋长回答：

"不修，除非你付我们一百英镑。"

"你们会后悔的。"他转向玛努玛，"还有你，小伙子，我可以肯定，过不了多久你的背就会痛得要命。"

他压低嗓子轻笑着，骑马扬长而去，这让那些当地人隐约感觉有些不安。他们惧怕这个作恶多端的肥胖老头，而不管是传教士对他的辱骂，还是玛努玛在阿皮

———————

① 原话为萨摩亚语。
② 原话为萨摩亚语。

亚听到的对他的轻蔑之辞，都不能让他们忘记，这个人邪恶奸诈，不管是谁和他作对，最终都得吃苦头。他们在二十四小时内就得知他想出了什么样的诡计。这十分符合他的作风。第二天，一大群男女老少来到村里，为首的酋长说他们已经和沃克达成了交易来修路。他出价二十英镑，他们接受了。这件事背后的狡诈之处在于，波利尼西亚人有好客的规矩，其效力丝毫不亚于法律，绝对严格的礼节使得村里人不仅要为陌生人提供住宿，还要为他们供吃供喝，而他们则爱待多久就待多久。马塔乌图的居民被算计了。每天早上，工人们成群结队，兴高采烈地出来，砍倒树木，炸开石块，把各处搞搞平整，然后到了晚上再一路走回来，又吃又喝。他们放开肚量大吃特吃，跳着舞，唱着赞美诗，尽情享受。对他们来说，这就是一次野餐。然而不久主人就开始拉长了脸；这些陌生人胃口奇大，大蕉和面包果在他们的胡吃海喝之下消失得无影无踪，而鳄梨树的果子原本运到阿皮亚可以卖个好价钱，如今也被摘得精光。他们眼看着就要倾家荡产了。随后他们发现，这些陌生人干活十分磨蹭。他们是不是从沃克那儿得到暗示，可以慢慢来不用急？要是以这种速度，到路修好之时，村里就什么吃的也不剩了。而更糟的是，他们成了笑柄。要是有村民去某个远离此处的小山村跑腿办事，就会发现在他到达之前，这件事就已经在那儿传开了，他会在那儿遭遇一顿讥笑。卡纳卡人最不能忍受的就是嘲讽。没多久，受害者们便怨声载道。没人再把玛努玛当作英雄，他不得不忍受一大堆直率的指责。终于有一天，沃克暗示过的事情应验了：一场激烈的辩论演变成了争吵，五六名年轻人扑到酋长儿子身上，把他狠狠揍了一顿，以至于整整一星期他都躺在露兜树垫上，浑身青肿，剧痛难熬。他辗转反侧，却怎么也缓解不了疼痛。每过一两天，行政长官都会骑着他的老马过来查看工程进展。要让他忍着不去奚落一番这个被打倒的仇敌，他可做不到，而他也绝不放过任何一次机会，来雪上加霜地令颜面扫地的马塔乌图居民进一步感受蒙羞受辱的痛苦。他击垮了他们的精神。于是一天早上，这些人把骄傲装进口袋里——这只是个比喻，因为他们的衣服上并没有什么口袋——和陌生人一起出发，开始修路。如果他们想要省下哪怕一点点食物，就必须赶紧把这活儿干完，于是整个村子的人都加入进来。他们一声不吭地干着,带着深深的愤怒和屈辱,甚至连孩子都在沉默中劳作着。女人们边哭边把成捆成捆砍下的树枝和灌木运走。沃克看到他们时,笑得前仰后合,几乎要从马鞍上滚下来。消息很快传开,岛上的人被逗得几乎笑死。这真是个天大的笑话,是那个白人老头的辉煌胜利,他的狡黠没有任何一个卡纳卡人能与之匹敌;于是岛民们携妻带子远道而来,就为了瞧瞧他们愚蠢的乡亲,这些人不肯为二十英镑的工钱去修路,如今却要被迫白白干活。然而他们干得越卖力,就越可能招来客人。干吗要抓紧呢?他们可以白吃白喝,而他们的活干得越久,这个笑话就越好笑。最后,可怜的村民们再也无法忍受了,这天早上,他们是来乞求行政长官把陌生人赶回自己家去的。要是他同意,他们就承诺自己把路修好,什么报酬也不要。对沃克来说,这是个完全的、绝对的胜利。而他们则一败涂地。一种傲慢自负的神情在他那张肥大的脸上不加掩饰地弥漫开来,他在椅子上膨胀得像只巨大的牛蛙。他那副样子看起来阴险叵测,以至于麦金托什充满厌恶地打了个寒噤。随后,沃克用低沉有力的声音开始说话。

"我修这条路是为了我自个儿吗？你们以为我能从这里面捞到什么好处？都是为了你们，为了能让你们走路的时候、背椰子干的时候都舒舒服服的。尽管这事儿都是为你们自己，我还答应付钱给你们。我答应给你们工钱的时候很慷慨，现在轮到你们自己来付点钱了。要是你们愿意自己修完路，再把我要付给他们的二十英镑付了，我就会把那些马努阿①人赶回家去。"

这些人发出一声大叫。他们试图和他理论，告诉他说自己没钱。可不管他们说什么，他都用蛮不讲理的嘲讽来回击。接着钟声响了。

"该吃午饭了，"他说，"把他们都给我轰出去。"

他动作夸张地从椅子上抬起身，走出了房间。当麦金托什跟过来时，发现他已经坐到了桌边，脖子上围着餐巾，手里拿着刀叉，正等着吃中国厨子即将端上来的餐食。他兴致高昂。

"我把他们收拾得服服帖帖的，"麦金托什坐下来

①　马努阿群岛，萨摩亚群岛的一部分。

时,他说,"从今往后我修路应该不会再有多少麻烦了。"

"我猜你是在开玩笑。"麦金托什冷冰冰地说。

"你是什么意思?"

"你不会真让他们付二十英镑吧?"

"我当然会。"

"我不确定你有权那么做。"

"是吗? 我倒觉得在这个岛上,我想干吗就干吗。"

"我觉得你已经把他们欺负得够狠了。"

沃克哈哈大笑。他才不在乎麦金托什的想法。

"我啥时候想要听你的意见了,会问你的。"

麦金托什脸色煞白。凭着自己的痛苦经历,他知道自己只能保持沉默,而这种拼命控制自己的努力让他感觉虚弱无力,浑身不舒服。他吃不下眼前的东西,只是充满厌恶地看着沃克将肉胡乱塞进他那张巨嘴里。他吃起东西来就是个邋遢鬼,和他同桌吃饭需要你的肠胃具有坚强的承受力。麦金托什打了个寒噤。他被一种强烈的渴望挟持着,想要去羞辱那个粗野而残忍的家伙。他想要不惜付出一切代价,只为了看到这个人遭到羞辱，像被他折磨的受害者一样吃尽苦头。他从未像现在这样对这个恶霸充满憎恶。

　　长昼难熬。麦金托什试图在午饭后入睡，可心中的激烈情绪让他不能如愿；他试图看点书，但文字在他眼前乱成一团。强烈的阳光无情地照射下来，让他渴望下场雨，然而他知道，雨水不会带来凉意，只会让天气更加闷热潮湿。作为土生土长的阿伯丁人，他心中忽然很怀念那座城市的花岗岩街道上呼啸而过的刺骨寒风。在这儿，他就是个囚犯，不仅受困于那片平静乏味的海洋，还受困于自己对那个令人厌恶的老头的怨恨。他用两手按住胀痛的脑袋。他想要杀了他。然而他让自己冷静下来，感到必须做点事情来分散注意力。既然无法看书，他觉得自己可以把私人文件整理一下。他早就想做这件事了，可一直拖延着没动手。他打开书桌抽屉的锁，拿出一叠信件。这时他一眼看到了自己那把左轮手枪。他脑海里有种冲动一闪而过，用一颗子弹射穿自己的脑袋，就能摆脱这无法忍受的生活枷锁。但他刚意识到这种冲动，就立刻把它打消了。他注意到，在潮湿的空气中，左轮手枪有点儿生锈了，于是他找来一块沾了

油的破布,开始擦拭手枪。就在他埋头擦枪时,他注意到有人在门口鬼鬼祟祟地走动。他抬头喊道:

"是谁?"

一阵沉寂后,玛努玛现身了。

"你想干吗?"

酋长的儿子呆立片刻,脸色阴郁,一声不吭,等到他开口说话时,声音是哽咽的。

"我们付不起二十英镑。我们没钱。"

"我还能怎么办?"麦金托什说,"你听到沃克的话了。"

玛努玛开始恳求,一半用萨摩亚语,一半用英语。他那哼哼唧唧的抱怨声高低起伏,带着乞丐般的颤抖语调,让麦金托什听得极其厌恶。这家伙竟然这么没骨气,他感到怒不可遏。真是个可悲可叹的东西。

"我什么忙也帮不上,"麦金托什气呼呼地说,"你知道这儿沃克先生说了算。"

玛努玛又一次沉默了,可他仍然站在门口。

"我不舒服,"他终于开口说,"给我点药吧。"

"你怎么了?"

“我不知道。我不舒服。我身上痛。”

“别站在那儿，”麦金托什严厉地说，“进来，让我看看。”

玛努玛走进这个小房间，站到桌子前面。

“我觉得这儿痛，还有这儿。”

他把手放在腰上，脸上露出痛苦的神情。突然，麦金托什意识到这小伙子在盯着那把左轮手枪，因为刚才玛努玛出现在门口时，他的枪是放在桌上的。随后两人之间出现的一阵沉默让麦金托什感觉漫长得永无止境。他似乎明白了那个卡纳卡人心里在打什么主意。他的心狂跳不已。随后，他感觉似乎被什么外力附身了，自己只能被迫行事。移动自己身体的并不是他本人，而是一种陌生的力量。他的喉咙忽然变得很干涩，于是他机械地将手放到喉咙上以便发声。他不由自主地避开玛努玛的视线。

“在这儿等着，”他说，他的嗓音听上去好像气管被人捏住了，“我替你去药房取点药。”

麦金托什站起身来。他好像身形有些不稳，是幻觉吗？玛努玛一声不吭地站着，麦金托什虽然一直没去看他，却知道他正呆呆地望着门外。是房间里的另外这个人附在他身上，把他赶出房间，而他本人拿了一叠乱糟糟的纸扔到左轮手枪上，以便把它盖住不让人看见。他去了药房，拿了一片药，把一些蓝色药水倒进一个小瓶子里，随后走出药房，走到院子里。他不想回到自己的小屋去，于是向玛努玛招呼了一声。

"过来。"

麦金托什把药交给他，告诉他该怎么吃。他不知道是什么原因让他无法直视这个卡纳卡人。麦金托什和他说话的时候，视线一直落在他肩上。玛努玛拿了药，鬼鬼祟祟地从大门溜了出去。

麦金托什走进餐厅，重新翻阅着那些旧报纸。然而他根本看不进去。整座房子里静悄悄的。沃克在楼上自己的房间里睡觉，中国厨子在厨房里忙碌，两名警察出去钓鱼了。一种怪异的死寂笼罩着这所房子，而麦金托什则在脑子里反复问自己，那把左轮手枪还在他原先放置的地方吗？他无法鼓起勇气去查看。这种不确定性令人恐惧，然而要是确定不在了，那就更加令人恐惧。他出了一身冷汗。最后，他再也无法忍受这种死寂了，决定沿着大路走到一个名叫杰维斯的商人那儿去。这人在大约一英里外开了家店铺，是个混血儿，但就算只有那么点儿白人血统，他也成了一名可交流的对象。麦金托什想要远离自己的那间小屋，远离那张堆满了杂乱文件的桌子，在那些文件之下，有着某样东西，又或许什么也没有。他沿着马路走着。路过一名酋长的华丽小屋时，有人向他打了声招呼。随后他来到那家店里。商人的女儿坐在柜台后面，她是个皮肤黝黑、五官粗大的姑娘，穿着一件粉色衬衫和一条白色粗斜纹布女裙。杰维斯希望麦金托什能娶她。他有钱，他也曾告诉过麦金托什，谁娶了自己女儿，就会成为有钱人。姑娘看到麦金托什，脸色微微红了一下。

"我父亲在开今天早上刚到的几个箱子。我去告诉他您来了。"

他坐下来，那姑娘从店铺后面出去了。没多久，她母亲就摇摇摆摆地走了进来，按照西方礼节把自己的手伸给他。她上了年纪，体型巨大，是一名女酋长，拥有属于自己的大片土地。她那肥得不像话的身材简直就是种罪过，但她能给人留下富有尊严的印象。她诚挚友好,却并不谄媚;和蔼可亲,却也很在意自己的身份。

"您可真是稀客啊,麦金托什先生。特瑞莎今天早上还在说:'天啊,我们现在都见不到麦金托什先生了。'"

麦金托什想象自己成了这个老土著的女婿,不禁略微哆嗦了一下。她对丈夫的铁腕统治尽人皆知,尽管她丈夫拥有白人血统,可她拥有掌管一切事务的权势家族的血统。对白人来说,她可能充其量不过是杰维斯太太,但她父亲是具有王室血统的酋长,而她祖父以及曾祖父则曾以国王的身份统治百姓。商人进来时,在他那威风凛凛的妻子身旁显得矮小而不起眼。他肤色较深,黑色的胡须已经花白了,穿着帆布裤子,长着一双帅气的眼睛,牙齿白得耀眼。他身上有很浓的英国味儿,张口闭口都是俚语,但你能感觉到他在把英语当外语说。由于家庭关系,他讲的是自己土著母亲的语言。他是个奴颜婢膝的人,畏畏缩缩,低三下四。

"啊,是麦金托什先生,真叫人喜出望外。特瑞莎,去拿威士忌过来,麦金托什先生要跟咱们喝一杯。"

他把阿皮亚的最新消息悉数说了个遍,同时注意看着客人的眼睛,以便知道什么样的话对方爱听。

"沃克好吗？我们最近都没见到他。我太太这礼拜想要哪天给他送头乳猪过去。"

"我今天早上看到他骑马往回走。"特瑞莎说。

"祝您健康。"杰维斯说着，举起手里的威士忌。

麦金托什喝下酒。两个女人坐在那儿看着他，杰维斯太太穿着她那件黑色的长罩衣，显得沉静而高傲，特瑞莎每次有机会和他目光相接时都急切地露出微笑，而商人的闲扯则令人难以忍受。

"阿皮亚那边的人说沃克该到退休时间了。他已经不再年轻，如今的形势和他刚来时也不一样了，可他还是老样子。"

"他会把事儿搞得太过火的，"年老的女酋长说，"当地人有意见。"

"那条路的事儿真是太好笑了，"商人笑着说，"我在阿皮亚把这事儿说给他们听的时候，他们都捧腹大笑。沃克这家伙，真有两下子。"

麦金托什恶狠狠地盯着他。他用这种语气谈论沃克是什么意思？对一个混血儿商人来说，他是沃克先生。他几乎要冲口而出，严厉责备他如此无礼。但他不知道自己为什么没说出口。

"他走了以后，我希望您能接替他，麦金托什先生，"杰维斯说，"我们这座岛上的人都喜欢您。您理解当地人。如今他们都受过教育了，不能再像过去那样对待他们。如今这儿需要一个有教养的行政长官。沃克从前和我一样，不过是个做生意的。"

特瑞莎的眼睛闪闪发光。

"等时候到了，要是有什么事儿是这儿的人能帮上的，您放心，我们肯定会做的。我会召集所有的酋长一起到阿皮亚去请愿。"

麦金托什感觉难受得要命。他从未想过，要是沃克出了什么事，可能会由他来接任。的确，在有官职的人中，没有一个能像他那样对这个岛如此熟悉。他突然站起身来，几乎连声招呼也没打，就走回院子去了。现在他径直回到自己房间，飞快地扫了一眼书桌，然后在那些文件中到处翻找。

那把左轮手枪不见了。

他的心脏在肋骨下面怦怦直跳。他四处寻找那把枪，翻遍了椅子和抽屉。他不顾一切地找着，然而从头至尾心里都清楚,自己是不可能找到的。突然,他听到了沃克那粗鲁而精神十足的声音。

"麦克,你小子在干吗?"

他吓了一跳。沃克正站在门口,他本能地转过身,把桌上的东西挡起来。

"在收拾东西?"沃克问道,"我已经让他们把老灰马套上马车。我要去风蚀穴泡澡,你一块儿去吧。"

"好的。"麦金托什说。

只要他和沃克待在一起,就不会发生什么事。他们要去的地方大约有三英里远,那儿有个清水潭,由一道窄窄的岩石形成的屏障与大海隔开,那是行政长官下令炸出来供当地人洗澡用的。岛上各处只要是有泉水的地方,他都建有这种设施。和黏糊糊暖洋洋的海水相比,清水凉爽宜人。他们驾着马车在青草覆盖的寂静大路上前行,因海水侵入而形成的浅滩不时溅起水花。他们经过几个当地村落时,看到钟形小屋疏疏落落地散布四周,中间是那座白色教堂。到了第三个村子,他们下了马车,把马拴好,然后走向水潭。他们身边有四五个姑娘和十几个孩子陪同。他们很快便开始拍打水花,不停地喧哗嬉笑，而沃克则系着一条印花腰布游来游去，活像条笨拙的海豚。他和姑娘们开下流的玩笑，而她们则潜到他身下，又在他企图抓住她们时扭着身子游开，以此为乐。他玩累了就躺在一块岩石上，让姑娘和孩子们围在身旁。这就像是欢乐的一家人。这个体型巨大的老头后脑勺上留着一圈白发，头顶秃得发亮，看上去就像某个年老的海神。有那么一瞬间，麦金托什注意到他眼里有种奇异的柔情。

"真是可爱的孩子，"他说，"他们拿我当父亲。"

随后，他便毫不犹豫地转向其中一位姑娘，说了句下流话，把她们都逗得发出阵阵大笑。麦金托什开始穿衣服。他细胳膊细腿，身材怪异，看上去活像个阴险的堂吉诃德，于是沃克便拿他开起粗俗的玩笑来。其他人听懂了，小声窃笑。麦金托什费力地穿上衬衫。他知道自己看上去很可笑，但他痛恨受人嘲笑。他站在那里，一声不吭，脸色阴沉。

"要是你想赶上吃晚饭，得马上回去了。"

"你这人不坏，麦克，就是傻了点儿。你总是一心顾两头，这么过日子可不行。"

尽管嘴里这么说，沃克还是慢慢站起身，开始穿衣服。他们漫步回村子，跟酋长喝了碗卡瓦酒，那些懒散的村民都愉快地前来道别，随后他们便驾着马车回去了。

晚饭后，按照习惯，沃克点燃雪茄，准备出去散步。麦金托什突然感到一阵恐惧。

"你不觉得眼下自己一个人夜里出门很不明智吗？"

沃克瞪着他，一双蓝眼睛睁得滚圆。

"你小子什么意思？"

"别忘了那天晚上的那把刀。你把那些家伙惹毛了。"

"呸！他们没这个胆量。"

"有人显示过胆量了。"

"那不过是虚张声势，想要吓唬我。他们不会伤害我的。他们拿我当自个儿的父亲。他们知道，不管我做什么，都是为了他们好。"

麦金托什满怀轻蔑地看着他。这人的自负令他恼怒，然而他自己也不知道出于什么原因，依然坚持劝说。

"别忘了今天上午的事儿。今晚留在家里，对你没什么坏处。我会陪你打皮克牌。"

"我回来再和你打皮克牌吧,能让我改变主意的卡纳卡人还没生下来呢。"

"你最好让我陪你一起去。"

"你就老老实实在这儿待着吧。"

麦金托什耸了耸肩。他已经向这人发出了充分的警告。要是他不理会,那就是他自己的事了。沃克戴上帽子出去了。麦金托什开始看书;然而他想到了什么;也许他应该把自己的行踪交代清楚。他走到厨房那儿,编了个理由,和厨子聊了几分钟。随后他搬出留声机,放上一张唱片,留声机吱嘎作响,缓缓播放出忧伤的曲调,那是伦敦某家杂耍剧场的一首滑稽歌曲,然而他竖起耳朵,凝神等待着远处黑夜里传来的一个声音。在他近旁,唱片转动着,乐声吵闹,歌词刺耳,但他依然好像被一种怪异的寂静包围着。他听到海浪拍打礁石发出沉闷的轰鸣声,听到高高的椰树上微风在树叶间叹息。还要等多久?真让人受不了。

一阵嘶哑的笑声传入他耳中。

"真是奇事。你可不太放曲子给自个儿听,麦克。"

沃克站在窗外,面色红润,粗率而快活。

"哈，你看我不是活蹦乱跳的吗。你刚刚干吗要放曲子？"

沃克走了进来。

"神经有点儿紧张，对不？放个曲儿让自己打起精神来？"

"我在给你放安魂曲。"

"那是啥曲子？"

"半品脱苦啤和一品脱黑啤。"

"是首绝妙的曲子，让我怎么都听不腻。现在咱们可以打皮克牌了，我要把你的钱都赢过来。"

他俩开始打牌，沃克靠着欺凌霸道旗开得胜。他诈唬对手，拿他打趣，发现对手犯错便奚落讥笑。他威逼恫吓，无所不用其极，一旦得手便欣喜若狂。麦金托什很快便恢复了冷静，以一种事不关己的超脱态度，愉快地观察这个专横的老头，并乐于保持冷淡的缄默。不知在何处，玛努玛正静坐着等待机会。

沃克赢了一局又一局，到这晚牌局结束时，他兴高采烈地把所有的斩获尽数收入囊中。

"你要想有把握赢我，还得再等几年，麦克。说实话我玩牌是有天分的。"

"我碰巧给你发了十四张 A，我还真不知道这里面有多少天分问题。"

"好牌总是跟着好牌手，"沃克反驳说，"要是我拿了你那手牌，照样能赢。"

他接着便开始大讲特讲自己如何在各种不同的场合同臭名昭著的赌棍玩牌，如何在他们的惊愕中赢走了他们所有的钱。他夸夸其谈，自吹自擂。麦金托什全神贯注地倾听着。眼下他想要为自己的怨恨火上加油；沃克所说的每一件事，他的每一个手势，都让他显得更为可憎。最后沃克终于站起身来。

"好了，我得上床睡觉了，"他一边说一边出声打了个哈欠，"明天我还有一大堆事儿要干。"

"你要干吗？"

"我要去岛的那一头。我五点就出发，不过估计得很晚才能回来吃晚饭。"

他们通常七点钟吃晚饭。

"那我们就七点半吃吧。"

"最好这么着。"

麦金托什看着他把烟斗里的烟灰敲出来。他的活力粗野而旺盛。想到死亡即将降临到他头上，真是很奇怪。麦金托什冷漠而阴郁的眼里闪现出一丝不易觉察的微笑。

"要我和你一起去吗？"

"老天，我要你一起去干吗？我会用那匹母马拉车，它带我一个就够受的了。它可不想拖着你跑三十英里路。"

"也许你还没想过到了马塔乌图会怎么样。我觉得还是我跟你一起去安全些。"

沃克爆发出一阵轻蔑的狂笑。

"打起架来你能顶啥用？我可不会瞎紧张。"

这会儿微笑从麦金托什眼里扩散到了嘴边，将他的嘴扭曲得不成形。

"天欲其亡，必令其狂。"①

"你说啥？"沃克问。

"拉丁语。"麦金托什一边往外走，一边回答。

———————

① 此处原文为拉丁语"Quem deus vult perdere prius dementat"，出自英国传记作家詹姆士·鲍斯威尔的《约翰逊传》(*The Life of Samuel Johnson*)。

现在他轻声笑起来。他的心情已经变了。他已经尽力了，这件事现在掌握在命运之神手中。他睡得比前几个星期都香。第二天早上醒来，他走出门去。睡了一夜好觉后，他感觉清晨的新鲜空气令人欢欣愉悦。和平时相比，大海蓝得更鲜艳，天空显得更明亮，信风清新宜人，微风拂过时，环礁湖表面泛起一阵涟漪，就像反向拂拭过的天鹅绒。他感觉自己更强壮，更年轻了。他怀着满腔热情投入了这一天的工作。午饭后他又睡了一觉，随着夜幕降临，他给自己那匹枣红马配上马鞍，在灌木丛中漫步穿行。他似乎在用全新的眼光看待这一切，感觉自己身心更为正常了。不同寻常的是，他竟能将沃克全然抛诸脑后。于他而言，沃克似乎根本就不曾存在过。

他很晚才回来，骑行之后感觉很热，便又洗了澡。随后他坐在露台上，抽着烟斗，看着白昼在环礁湖上逐渐消逝。日落时分，环礁湖被玫红色、紫色和青绿色染得美不胜收。他感觉自己与世无争，内心也无比安宁。厨子出来告知他晚饭已经做好了，问他是否要再等一等，麦金托什带着友善的目光朝他笑笑。他看了看手表。

"七点半了。还是不等了吧。谁也说不准老板什么时候会回来。"

男僮厨子点点头，没多久麦金托什就看到他端着一碗热气腾腾的汤穿过院子。他懒洋洋地站起身，走进餐厅，吃了晚饭。事情已经发生了吗？这种不确定性很有趣，麦金托什在寂静中轻声笑了起来。食物似乎不像平时那么单调乏味，就连厨子想不出新花样时必然会拿出来凑数的油炸牛肉饼，吃起来也奇迹般地鲜美多汁，有滋有味。晚饭后，他懒洋洋地信步走回自己的小屋去取一本书。他喜欢这种极度的宁静。夜幕已经降临，星星在天空中闪耀。他大声招呼着要一盏灯，没多久那个中国厨子就光着脚一溜烟地跑过来，手中的一束光刺穿了黑夜。他把灯放在书桌上，便悄无声息地离去了。麦金托什忽然像生了根似的站着不动了，因为就在那儿，在那些散乱的文件的半遮半掩之下，赫然出现了他那把左轮手枪。他的心脏剧烈地跳动着，出了一身冷汗。这么说，事情已经完成了。

他用颤抖的手拿起这把枪。四个枪膛已经空了。

他呆立了一会儿,随后疑心重重地看向外面的夜色,但外面一个人也没有。他迅速把四颗子弹塞进空枪膛里,随后把手枪锁进了抽屉。

他坐下来等待着。

一个小时过去了,又一个小时过去了。什么事也没有发生。他坐在书桌旁,装作在写什么东西,但他既没写字也没看书。他只是在倾听。他竖起耳朵等待着从远处传来的某种声音。最后他听到了一阵踯躅不前的脚步声,知道是那个中国厨子。

"阿桑。"他叫道。

男僮来到门口。

"老板回来太晚,"他说,"晚饭会不好吃了。"

麦金托什盯着他,思量着他是否知道已经发生的事,还有,当他知道以后,他是否会意识到自己和沃克之间曾经的关系。他井井有条地做着自己的活儿,总是赔着笑脸,一声不吭,可谁知道他心里在想什么?

"我估计他在路上已经吃过了,不过不管怎么样,你还是别让汤凉掉。"

他这些话刚说出口,寂静就突然被一阵混乱的骚动打破了,其间还夹杂着喊叫声和一阵赤足飞跑的啪嗒声。一大群当地人冲进院子,有男有女,还有孩子,都围着麦金托什,七嘴八舌地同时开始说话。他们说的话他根本听不清。他们情绪激动,惊慌失措,有些人还在哭泣。麦金托什在人群中推开一条路,走到大门口。虽然几乎听不懂他们说的话,他也很清楚发生了什么。当他来到大门口时,双轮马车也到了。那匹老母马由一名高个子卡纳卡人牵着,马车里有两个男人蹲在那里,试图托住沃克。一小群当地人簇拥着马车。

　　母马被牵进院子,当地人紧随其后拥了进来。麦金托什大喊着让他们后退,这时两名警察突然不知从哪儿冒了出来,粗暴地把他们推开。这时他终于设法弄清了事情的经过,原来,几个小伙子钓完鱼后,在回村的路上,看到这辆马车停在浅滩边靠村子的那一侧。那匹母马正用鼻子在草地上蹭来蹭去,而在黑暗中,他们勉强可以看到老人那庞大的白色身躯陷在座位和挡泥板之间。起先他们以为他喝醉了,于是嬉皮笑脸地探头进去张望,可随即听到他在呻吟,猜想事情不妙,便跑回村里求救。等他们带着好几十个人回到马车那儿,才发现原来沃克中弹了。

麦金托什突然感到一阵惊恐,寻思沃克是不是已经死了。无论如何,当务之急是把他抬出马车,由于沃克体型臃肿,这可不是件容易的事。把他扶起来动用了四条壮汉。他们一动他,他便闷哼一声。他还活着。最终,他们将他抬进屋里,上了楼,放到他自己床上。这下麦金托什总算能看清他了,因为院子里只有五六盏马灯照着,什么都看不清。沃克白色的帆布裤上血迹斑斑,而那些抬他上来的人则把血淋淋、黏糊糊的双手放在自己的印花腰布上擦拭着。麦金托什把灯举高了点儿。他没想到老头的脸色会这么苍白。他闭着眼睛,还在呼吸,脉搏也勉强能摸到,但明显已生命垂危。麦金托什未料到沃克的惨状会带给自己如此大的冲击,他几乎要痉挛了。他注意到那个当地人文书也在,便吩咐他去药房取点皮下注射必需的药品。因为恐惧,他的声音变得嘶哑。一名警察把威士忌拿上了楼,麦金托什便弄了一点强行喂进沃克嘴里。房间里挤满了当地人。这会儿,他们散乱地坐在地板上,一声不吭,惊恐不安,不时还有人哭出声来。天气非常热,但麦金托什却觉得浑身发冷,手脚凉得像冰块,不得不拼命控制住,不让自己四肢颤抖。他完全不知道该怎么办。他甚至都不知道沃克是否还在出血,以及如果是的话,该怎么止血。

文书把皮下注射针拿来了。

"你给他打吧,"麦金托什说,"那种东西你比我熟。"

他头疼得厉害,感觉好像有一大堆杂七杂八的小野人在里面敲打着,想要出来。他们留心观察着注射的效果。没多久沃克就慢慢睁开了眼。他似乎不知道自己在哪儿。

"别说话,"麦金托什说,"你在家里,很安全。"

沃克的嘴唇勾勒出一丝若有若无的微笑。

"他们得逞了。"他低声说。

"我会让杰维斯马上派人开他的摩托艇去阿皮亚,明天下午前就可以有医生来了。"

一阵漫长的停顿之后,老头才开口回答。

"那会儿我已经死了。"

麦金托什苍白的脸上掠过一阵恐惧的表情。他强迫自己笑起来。

"胡说!你只要别说话,就会好起来。"

"给我来一杯，"沃克说，"要有点劲儿的。"

麦金托什颤抖着手把威士忌和水各倒了一半出来，然后端住玻璃杯送到沃克面前，沃克大口大口地喝了下去。这酒似乎让他恢复了一点精神。他长长地叹了口气，肥硕的脸上现出一丝血色。麦金托什感觉格外不知所措，只能傻站着看着老头。

"如果你能告诉我该干些什么，我听凭吩咐。"他说。

"什么也不用干，不用管我；我已经不中用了。"

沃克躺在巨大的床上，看上去极其可怜。这老头体型庞大，臃肿不堪，但此时却苍白而虚弱，令人心碎。他休息一会儿之后，头脑似乎清醒了一些。

"你说对了，麦克，"他不久便开口说，"你警告过我。"

"我真希望当时能和你一起去。"

"你是个好人，麦克，就是不喝酒这点不好。"

又有好一阵子没有任何声音，显然沃克正一步步走向死亡。他正在内出血，即便麦金托什对医学一无所知，也能看出他上司活不过一两个小时了。他一动不动地站在床架边。有大约半小时工夫，沃克双目紧闭躺在那里，随后他睁开了眼。

"他们会让你接替我的，"他说这话时，语速很慢，"我上次去阿皮亚，就和他们说你能行。把我的路修完。我指望这事儿能干成。路要环岛一圈。"

"我不想接替你。你会好起来的。"

沃克疲惫地摇摇头。

"我已经风光过了。要公平待他们，这很重要。你必须时刻记着，他们都是你的孩子。你得对他们严格，但一定要有善心，还得公正。我从没在他们身上赚过什么钱。二十年来，我都没攒到一百英镑。修路是头等大事，把路修完。"

麦金托什发出一阵类似呜咽的声音。

"你是个好人，麦克。我一直都挺喜欢你。"

沃克闭上眼睛，麦金托什以为他再也不会睁开眼了。他嘴巴干得厉害，不得不找点喝的。中国厨子一声不吭地替他放了把椅子。麦金托什在床边坐下，等待着。不知又过去了多长时间，长夜漫无尽头。突然间，坐在地上的一个人抑制不住，像个孩子似的大声抽泣起来，麦金托什这才发现整个房间此时已挤满了当地人。这些男男女女坐得满地都是，两眼直勾勾地盯着沃克那张床。

"这些人都在这儿干吗?"麦金托什说,"他们有什么资格进来? 把他们赶出去,统统赶出去。"

他的话似乎惊动了沃克,因为他又一次睁开了眼,而这次他的眼睛却浑浊无神。他想要开口说话,可他太虚弱了,麦金托什不得不竖起耳朵才能听到他到底在说什么。

"别赶他们走。他们都是我的孩子,应该待在这儿。"

麦金托什转向那些当地人。

"待着别动,他需要你们。但是不许哭闹。"

老头惨白的脸上浮起一丝笑容。

"过来。"他说。

麦金托什朝沃克弯下腰。沃克闭着眼,声音微弱得就像风儿叹息着穿过一丛丛椰树叶。

"再给我喝一口。我有话要说。"

这一回,麦金托什给他倒了不兑水的威士忌。沃克最后一次努力振作起精神。

"别把这事儿闹大。一八九五年的时候这儿有人闹事,有白人被杀,结果就有舰队开进来,炮轰村子。很多人被杀了，可他们压根儿和骚乱一点关系都没有。阿皮亚那帮人都是蠢货。要是他们小题大做，只会搞错报复对象。我谁也不想报复。"

他停顿了一会儿，歇口气。

"你一定得说，这是个意外。谁也不能怪。答应我。"

"我什么都依你。"麦金托什低声说。

"好伙计，真是顶呱呱。他们都是我的孩子，我是他们的父亲。当父亲的只要有能力，都会在孩子遇到麻烦时帮上一把。"

他喉咙里发出一阵微弱的笑声，显得极其怪异可怕。

"你是个信教的，麦克。那句宽恕别人的话怎么说来着？你知道的。"

麦金托什有一阵子没答话。他的嘴唇在颤抖。

"赦免他们，因为他们所做的，他们不晓得。是这句吗？"

"没错。赦免他们。我爱他们，你知道的，我一直都爱着他们。"

他叹了口气，嘴唇轻微地蠕动着，麦金托什不得不把耳朵贴过去才能听清他的话。

"握住我的手。"他说。

麦金托什倒抽一口冷气，心如刀绞。他抓住老头那只粗糙的手，把它握在自己手心里，感觉这只手冰凉而虚弱。他就这样坐着，直到这静默突然被一阵持续的吵闹声打破，他才从椅子上惊跳起来。太可怕了，沃克死了。随后那些当地人放声大哭起来。他们泪流满面，捶胸顿足。

麦金托什放开已然死去的沃克的手，像个睡梦中的醉汉一样摇摇晃晃地出了门。他来到书桌旁，打开那个上了锁的抽屉，取出那把左轮手枪，然后走向大海，一直走入环礁湖内。他小心翼翼地蹚着水，注意不被珊瑚岩绊倒，一直到水涨到腋下。随后他一枪射穿了自己的脑袋。

一小时后，五六条身形细长的棕色鲨鱼在他倒下的地方拍打着水花，竞相争斗。

爱德华·巴纳德的堕落

III

　　贝特曼·亨特睡得很不好。在从塔希提岛开往旧金山的船上，整整两个星期，他都在考虑着这番不得不说的经历，而在火车上的三天三夜里，他翻来覆去地练习着符合自己表达意图的措辞。可眼下，还有几小时就要到达芝加哥了，他却一下子疑虑重重。他那一向敏感的良知此时颇为不安。他不确定自己是否已竭尽全力，为了名誉他会去做远超自己能力的事，但这次，事情几乎触及他的自身利益，他却放任自己的利益战胜了不切实际的英雄主义。想到这一点，他便深感不安。在他的想象中，自我牺牲精神具有强烈的吸引力，而一旦无法实施，幻灭感便随之而来。他就像个慈善家，怀着利他主义动机为穷人建造了模范住宅，却发现自己因此获得了丰厚的投资收益。撒在水面上的粮食获得了百分之十的回报①，他不由得对此感到满意，但同时又不免感觉难堪，因为这多少令他纯正的美德有点变味。贝特曼·亨特知道自己心地纯洁，可一旦在伊莎贝尔·

―――――――

① 语出《旧约·传道书》11:1，原文是"当将你的粮食撒在水面，因为日久必能得着"。把粮食扔进水里，意思是说，只要人们施舍，帮助别人，很快就会得到回报。

朗斯峇夫面前讲述经历，自己是否能岿然不动地经受住她那双冷静的灰眼睛的审视，他却没有太大把握。那双眼睛富于判断力，充满智慧。她以自己那种一丝不苟的正直来衡量别人的标准，对于不符合她那严苛的伦理准则的行为，便会以冷淡的沉默来表达自己的不认同，这真是世间最严重的谴责了。而她的判断不容任何申辩，因为她一旦心意已决，就不会再有更改。但贝特曼恰恰喜欢她这个样子。他不仅爱她苗条挺拔、昂首傲然的外在之美，更爱她美丽的灵魂。她真诚坦率，具有毫不妥协的荣誉感和大胆无畏的见解，在他眼中可谓汇聚了美国女性身上所有最令人钦佩的品质。然而，他不仅在她身上看到了完美的美国姑娘所应具有的美德，还觉得，她的精致优雅是她所处的环境独有的，而这世上能养育出她这样一位女性的城市，唯有芝加哥。当他想起自己将不得不给她的自尊心带来如此巨大的打击时，心里便痛苦万分，而一想到爱德华·巴纳德，他又怒火中烧。

不过火车终于还是喷着蒸汽驶入了芝加哥，当他看到排列着灰色房屋的长长街道时，不禁又欢欣雀跃起来。一想到国家大道和沃巴什大街上人头攒动，车水马龙，喧嚣热闹，他便急不可耐。他到家了。他十分庆幸自己出生在这个美国最重要的城市。旧金山闭塞守旧，纽约则衰朽没落；美国的未来取决于它的经济发展潜力，而芝加哥得益于其所处的地理位置和市民的活力，命中注定将成为这个国家真正的首都。

"我觉得我应该能活着看到它成为世界上最大的城市。"贝特曼走下月台时心中暗想。

他父亲来火车站接他。父子二人都高挑颀长，身材匀称，五官精致，嘴唇纤薄，面容颇具禁欲主义色彩。两人热烈握手之后，便一起走出车站。亨特先生的汽车等在外面，两人便上了车。亨特先生瞥见儿子看到街道时流露出骄傲而欢快的神情。

"回来了，高兴吧，儿子？"他问道。

"正是如此。"贝特曼说。

他如饥似渴地欣赏着街头纷繁躁动的景象。

"我猜，这儿的街道比你那个南太平洋小岛上的要热闹一些，"亨特先生笑着说，"你喜欢那儿吗？"

"还是让我待在芝加哥吧，爸爸。"贝特曼回答说。

"你没把爱德华·巴纳德带回来。"

"没有。"

"他怎么样?"

贝特曼沉默了一会儿,他那张英俊而敏感的面庞黯淡下来。

"我不想提起他,爸爸。"他终于开口说。

"没关系,儿子。我想今天你妈妈会很高兴的。"

他们穿过大环区①拥挤的街道,沿着湖边行驶,到达了那座宏伟气派的宅邸。这座建筑完全模仿卢瓦尔河畔的一座庄园,是亨特先生几年前亲自建造的。一有机会在自己房间里独处,贝特曼便立即打电话要求接通一个号码。当他听到接听者的声音时,激动得心都快要跳出来了。

"早上好,伊莎贝尔。"他快活地说。

"早上好,贝特曼。"

"你怎么听出是我的声音?"

"我不久前才听过呢。何况,我也在等你。"

———————

① 大环区,芝加哥商业中心所在地。

"我什么时候可以见你？"

"要是你没有更重要的事，也许今晚可以和我们一起吃饭。"

"你知道得很清楚，我不可能有更重要的事。"

"我猜你有很多消息要告诉我们？"

他觉得自己在她的声音里听出了一丝不安。

"是的。"他回答道。

"那么，今晚你一定要告诉我。再见。"

她挂了电话。这是令她极其牵挂的消息，可她却不愿跳过那段本可以省去的漫长的等待时间，这就是她一贯的作风。在贝特曼看来，她的克制中具有一种令人钦佩的坚忍。

晚餐时，与贝特曼和伊莎贝尔同桌而坐的只有她父母。他看着她将席间的对话引向温文尔雅的闲聊，不由想到，一位生活在断头台阴影下，过了今天不知明天的侯爵夫人，正是以同样的游戏人生的姿态来度日的。她那精巧的五官，富有贵族气息的纤薄的上嘴唇，以及丰盈的金发，无不再次让人联想到这样一位侯爵夫人，而即使不是众所周知，你也应该能一眼看出，在她血管里流淌的是芝加哥最高贵的血统。餐厅就像一个再合适不过的背景框，衬托出她那纤弱精致的美，因为这座房子是完全模仿威尼斯大运河上的一座宫殿建造的，而伊莎贝尔又请了一位英国专家将其布置成路易十五风格。与这位风流君主的名号相关联的雅致陈设衬得她更加优雅妩媚，而她的存在又为华丽的装饰平添了更为深刻的内涵。伊莎贝尔头脑里蕴藏着丰富的思想，因而她的言谈，无论多么随意，都绝不显得轻佻。眼下她正谈到自己和母亲那天下午前去欣赏的音乐会，谈到一位英国诗人在礼堂里举行的讲座，谈到政治形势，还谈到父亲最近在纽约以五万美元购得的一幅早期名画。对贝特曼来说，能聆听她的谈话，便是一种慰藉。他感觉自己又回到了文明社会，身处卓越文化的中心；某些令他心烦意乱、在他心头不听话地喧嚣闹腾的声音，此时也终于沉寂了。

"啊，能回到芝加哥，真是太好了。"他说。

晚餐终于结束了，走出餐厅时，伊莎贝尔对母亲说：

"我要带贝特曼去我的书房。我们有不少事儿要谈。"

"好啊,亲爱的,"朗斯塔夫太太说,"我和你爸爸就在杜巴丽夫人①室,你们谈完了可以来找我们。"

伊莎贝尔把这名年轻人带上楼,将他领进那个曾给他留下无数美好回忆的房间。虽然他对这里十分熟悉,但仍忍不住发出一声欣喜的惊呼。这个房间总能令他叹为观止。伊莎贝尔微笑着环顾四周。

"我觉得这儿布置得很成功,"她说,"最主要的是,一切都很对路,甚至连一只烟灰缸都是那个时代的。"

"我觉得,正是这一点让它如此迷人。你做什么事都毫无瑕疵。"

他们在壁炉前坐下,伊莎贝尔用她那灰色的眼睛平静地注视着贝特曼。

"你有什么要告诉我的吗?"她问道。

"我不知道该从哪里说起。"

---

① 杜巴丽夫人(Madame du Barry, 1743—1793),路易十五最后一位首席情妇,出身低微但凭借美貌与手段成为当时巴黎上流社会炙手可热的人物,法国大革命期间被送上断头台。此处因伊莎贝尔以路易十五的风格装饰房子,各房间便以当时宫廷名流的名字命名,凸显出伊莎贝尔对优雅的上流社会生活的追求。

"爱德华·巴纳德会回来吗?"

"不会。"

出现了一阵长久的沉默,两人都各自想了很多,随后贝特曼才又开口说话。讲述这番经历对他来说颇为不易,因为其中有些部分对于敏感的伊莎贝尔来说是一种冒犯,他实在说不出口,但为了对她公正,正如为了对自己公正,他必须告诉她所有的实情。

这一切始于很久以前。在一场旨在将伊莎贝尔·朗斯塔夫引入社交圈的茶会上,还在上大学的贝特曼和爱德华·巴纳德与她相遇。他们认识伊莎贝尔时,她还是个孩子,而他们则是长腿长脚的青涩男生。不过后来她去了欧洲两年完成学业,再度归来时,他们都十分庆幸能与这位可爱的姑娘重拾旧谊。两人都无可救药地爱上了她,但贝特曼很快发现她只对爱德华情有独钟,而出于对朋友的忠诚,他退而求其次,安于做她的知己。他有一阵子十分痛苦,但无法否认爱德华配得上他的好运,并且,由于担心对自己极为珍视的友谊造成影响,他小心谨慎,从不透露一丝自己的感情。六个月后,这对年轻人订婚了。但他们都还太年轻,于是伊莎贝尔的父亲决定，至少等到爱德华毕业后再让他们结婚。这样一来，他们必须等上一年。贝特曼还记得，那一年到冬末时伊莎贝尔和爱德华即将结婚，整个冬天便充斥着舞会、观摩会及各种非正式庆祝活动，而他作为忠实的第三者从不缺席。他对她的爱并不因她即将成为朋友之妻而有所减弱；她的一颦一笑，无意中抛过来的一句开心话，对他心无芥蒂的喜爱之情，总能令他欣喜不已；而他也不无满足地庆幸自己并没有嫉妒他俩的幸福。随后，意外发生了。一家大银行倒闭，股市出现了恐慌，爱德华的父亲发现自己破产了。一天晚上，他回到家里，告诉妻子自己已一无所有，随即在晚饭后走进书房，开枪自杀了。

一周后，爱德华带着疲惫而苍白的面容找到伊莎贝尔，请求她和自己解除婚约。她唯一的回答就是张开双臂搂住他的脖子，泪如雨下。

"别让我更为难了，亲爱的。"他说。

"你以为事到如今我能让你走吗？我爱你。"

"我怎能再要求你嫁给我？一切都毫无希望。你父亲不会同意的。我身无分文。"

"我才不在乎。我爱你。"

爱德华把自己的计划告诉了伊莎贝尔。他必须马上开始挣钱,而乔治·布劳恩施密特,即他们家的一位旧友,已经答应让他到自己的公司供职。他是南太平洋的一名商人,在太平洋许多岛屿上拥有分支机构。他建议爱德华先去塔希提岛待上一两年,在他最得力的经理手下学习这门包罗万象的生意的各种细节,到这一阶段结束时,他承诺为这名年轻人在芝加哥提供一个职位。这是个极好的机会,当爱德华解释完后,伊莎贝尔又重新笑容满面了。

"你这个小傻瓜,之前为什么要让我这么痛苦?"

听到这句话,爱德华脸上露出喜悦的神情,两眼闪闪发光。

"伊莎贝尔,你不会是说想要等我吧?"

"你觉得自己不值得我等吗?"她微笑着说。

"哦,别笑话我了。求你认真点儿吧。可能要等两年呢。"

"不要怕。我爱你,爱德华。等你回来,我就嫁给你。"

爱德华的雇主做事不喜欢耽搁,他告诉爱德华说,如果接受了他提供的这个职位，就必须当周从旧金山坐船出发。爱德华与伊莎贝尔一起度过了最后一晚。就在这天晚饭后，朗斯塔夫先生说要和爱德华谈一谈，便将他带到了吸烟室。朗斯塔夫先生已经温厚地接受了女儿告知他的安排，爱德华想不出此时他还需要进行什么样的神秘交流。看到主人神情尴尬，他疑惑不解。朗斯塔夫先生支支吾吾，只聊些鸡毛蒜皮的小事。到最后，他终于忍不住说出了口。

"我想你听说过阿诺德·杰克逊这个人。"他一边说，一边皱着眉头看着爱德华。

爱德华踌躇了一下。他天生的诚实性格迫使他承认自己知道一件他恨不得否认的事。

"是的，我听说过他，但那是很久以前的事了。我想当时我也没多加注意。"

"在芝加哥，几乎没什么人没听说过阿诺德·杰克逊，"朗斯塔夫先生痛苦地说，"要是还有人不知道，也马上会有人乐意讲给他们听。你知道他是我太太的兄弟吗？"

"是的，我知道。"

"当然，我们已经很多年没和他有任何来往了。他一找到机会就离开了美国，而且我想这个国家的人也不想再见到他。据我们所知，他就住在塔希提。我建议你对他敬而远之，不过如果你听到和他有关的任何消息，请务必告诉我和我太太。"

"当然可以。"

"我要和你说的就是这些。现在我敢肯定你想回去找女士们了。"

几乎每个家庭都会有那么一名成员，让别的成员巴不得能忘掉，要是邻居肯放过的话。过了一两代之后，此人的浪荡事迹罩上了一层罗曼蒂克的迷人光晕，那这家人就能幸运地高枕无忧了。可要是这个人依然在世，要是他的乖张行为已经超越了无伤大雅的酗酒或风流成性，不是用一句无关痛痒的"他只是在和自己过不去"就能被原谅的，那么家人唯一能做的就是保持沉默了。而朗斯塔夫一家对阿诺德·杰克逊采取的正是这种方式。他们从不提起他，甚至不愿经过他曾居住过的街道。但朗斯塔夫一家十分善良，不愿让他的妻儿因他的恶行受苦，多年来都为他们提供资助，不过条件是他们应该住在欧洲。他们竭尽所能清除与阿诺德·杰克逊有关的所有记忆，却明白这件事对公众来说记忆犹新。丑闻刚被爆出来时，大家都目瞪口呆，如今人们对此事的印象依然不曾减弱。阿诺德·杰克逊对任何家庭来说都是一匹害群之马。他本是一名富有的银行家，在所属教派中地位显赫，乐善好施，受到所有人尊敬，这不仅仅是因为他的人际关系（他拥有纯正的芝加哥上流社会血统），还因为他正直的性格。然而有一天，他被指控犯有欺诈罪，遭到逮捕，而由庭审披露的那项欺诈行为并不能用突然的诱惑来加以解释，因为整个过程经过深思熟虑，严密有序。阿诺德·杰克逊是个无赖。当他被送进监狱服刑七年时，几乎没有人不认为他逃脱了应有的重罚。

这对情侣在离别前的最后一晚立下海誓山盟。伊莎贝尔哭成了泪人，但也从爱德华热烈的爱意中稍稍获得了一点安慰。此时她的感受是颇有些奇怪的。一方面，她为不得不与爱德华分别而难过；但另一方面，她又因爱德华对自己的爱慕而感到高兴。

那是两年多以前的事了。

从那以后，每逢有邮件寄送，他都会写信给她，一共写了二十四封信，因为邮件每月只送一次，而他的信件也完全是以一位恋人应有的口吻写就的，语气亲密，令人陶醉，有时也不乏幽默，近来尤其如此，并且十分温柔。一开始这些信件显示出他很想家，处处都表达了回到芝加哥，回到伊莎贝尔身边的渴望，于是伊莎贝尔怀着些许不安回信给他，请求他保持坚忍。她担心他放弃这个好机会，归心似箭地冲回来。她不希望自己的爱人缺乏忍耐力，在信中引用了以下诗句：

亲爱的，我就不配真爱你了，

如果我不更爱我的荣名。①

然而没多久爱德华似乎就安顿下来了，伊莎贝尔十分高兴地看到，他越来越热心于将美国式方法引入那个

---

① 语出英国诗人理查德·洛夫莱斯（Richard Lovelace，1618—1658）的诗歌《出阵前告别鲁加斯达》（ *To Lucasta，Going to the Wars* ），是原诗里的最后两句。原诗主题为男主人公告别未婚妻，依然奔赴战场。此处译文引用郭沫若译本。

被世人遗忘的角落。但她了解他，到了那年年末，也就是刚满爱德华能在塔希提岛驻留的最短时间，她预计自己将不得不用尽一切影响力来说服他不要回来。如果他能把这门生意学透，那就比匆匆回来要好得多，既然他们已经等待了一年，似乎没什么理由不能再等一年。她和贝特曼·亨特详细谈论了这个想法，他一向是最为宽厚诚挚的朋友（在爱德华刚离开的那些日子里，要不是有贝特曼在，她都不知道自己会怎么样），而他们得出的结论是，爱德华的前途比什么都重要。随着时间的推移，当伊莎贝尔发现爱德华没有要回来的意思时，真是松了口气。

"他真是太棒了，是不是?"她兴奋地冲着贝特曼叫道。

"他的品质就像他的血统一样纯洁无瑕。"

"从他信中的字里行间可以看出，他讨厌待在那里，但他要坚持到底，因为……"

她面色微红，而贝特曼带着他富有魅力的庄重笑容，替她讲完了这句话。

"因为他爱你。"

"这让我感觉如此卑微。"她说。

"你很了不起,伊莎贝尔,你真的非常了不起。"

然而第二年过去了,伊莎贝尔还是每月收到爱德华的来信,但没多久情况就变得有点奇怪,因为他绝口不提回来的事。他在信中的口吻就好像自己已在塔希提岛定居,并且安居乐业。伊莎贝尔感到很意外。她把他所有的来信又重读了好几遍,而这回,在仔细研读了字里行间的语意后,她困惑地注意到了之前未曾留意的一种变化。后期的信件一如既往地温柔而令人愉悦,但语气变了。她对这些信中流露的幽默感产生了些许怀疑,作为女性,她对这种莫名其妙的品性有着本能的不信任,而眼下她也在其中觉察出了某种轻浮之气,这令她困惑不解。她不太确定这个写信的爱德华就是那个她所熟知的爱德华。就在来自塔希提岛的一批邮件送达的第二天下午,当她坐在贝特曼车里时,贝特曼问她:

"爱德华有没有告诉你他什么时候启航回国?"

"没有,他没提。我以为他可能和你说过了。"

"他什么也没说。"

"你知道爱德华是个什么样的人,"她笑着回答,

"他没有时间观念。要是下次你写信时想起来，就问问他打算什么时候回来。"

她表现得如此不经意，只有敏锐过人的贝特曼才能觉察出她的请求中带着一种非常急切的渴望。他轻轻一笑。

"好的，我会问他的。真想象不出他脑子里究竟在想什么。"

几天后，当伊莎贝尔再次见到贝特曼时，发现他似乎在为某些事情烦恼。自从爱德华离开芝加哥，他俩就经常在一起。两人都忠于爱德华，都想倾诉对这个不在身边之人的牵挂，这样一来，彼此都找到了一个乐于倾听的对象；结果就是，伊莎贝尔对贝特曼脸上的每个表情都了如指掌，而如今在她敏锐的直觉面前，他怎么否认也无济于事。她直观地感到他那烦恼的神情与爱德华有关，于是便不依不饶地追问，逼得他不得不说出实情。

"其实，"贝特曼终于说，"我间接听说爱德华已经不在布劳恩施密特公司工作了，昨天我找机会问了布劳恩施密特先生本人。"

"嗯?"

"爱德华差不多一年前就不在他们那儿供职了。"

"他一个字都没提,多奇怪啊!"

贝特曼犹豫了一下,可眼下他已经说了那么多,只好把其余的情况也说出来。这让他感觉狼狈不堪。

"他被解雇了。"

"天啊,是什么原因?"

"他们好像警告过他一两次,最后让他走人了。他们说他又懒散又不称职。"

"说爱德华?"

他们都沉默了一会儿,接下来贝特曼看到伊莎贝尔在哭泣。他本能地抓住她的手。

"哦,亲爱的,别哭,别哭,"他说,"我看不得你哭。"

伊莎贝尔情绪崩溃,任由贝特曼握着自己的手。贝特曼试图安慰她。

"这件事很难理解,是吗? 这根本不像爱德华的作风。我总感觉这里面一定有什么地方搞错了。"

有一会儿伊莎贝尔什么话也没说,等她开口时,口气显得犹豫不定。

"你不觉得他最近的信里面有什么奇怪的地方吗?"她问这句话时避开了贝特曼的目光,眼里满是晶莹的泪水。

贝特曼不知道该怎么回答。

"我的确注意到那些信写得不太一样了,"他承认道,"他似乎失去了令我十分钦佩的那种高度认真的态度。给人感觉,可以说,那些<u>重要</u>的东西——呃,无足轻重了。"

伊莎贝尔没有回答。她隐隐感到不安。

"也许他在给你的回信中会说什么时候回来。我们能做的只有等待回信。"

爱德华又给他俩各写了一封信,依然没提回国的事,但他写信时不可能还没收到贝特曼的询问。也许下一批邮件会给他们带来回复。下一批邮件来了,贝特曼把自己刚刚收到的信送到伊莎贝尔那里,可她一看他的神情,就知道他心烦意乱。她仔仔细细地看了这封信,随后,稍稍抿紧了嘴唇,又看了一遍。

"这封信相当奇怪,"她说,"我不太理解。"

"别人可能会以为他在取笑我。"贝特曼说着,脸色通红。

"信里看起来是这样，但肯定不是故意的。这完全不像爱德华的风格。"

"他一点也没提到回来的事。"

"要不是我对他的爱这么有信心，我会以为……我都不知道该往哪方面想了。"

就在此时，贝特曼提出了那天下午在他头脑里形成的方案。他目前在父亲创立的公司中担任合伙人，公司生产各种内燃机车，即将在檀香山、悉尼和惠灵顿设立分支机构。贝特曼建议由自己代替原本被提名的经理过去。他可以在回程时途经塔希提。而事实上，如果从惠灵顿出发，塔希提是必经之路。这样一来，他就可以见到爱德华了。

"有些谜团我一定要解开，这是唯一的办法。"

"哦，贝特曼，你怎么这么善良？"她惊喜地喊道。

"你知道的，这世上我最想要的就是让你幸福了，伊莎贝尔。"

伊莎贝尔看着贝特曼，将双手递给他。

"你真了不起，贝特曼。我从不知道这世上还有你这样的人。我该怎样感谢你？"

"我不需要你感谢。我只要你允许我帮助你。"

伊莎贝尔垂下双眼，脸色微红。她已对他如此熟悉，以至于忘了他有多么英俊。他和爱德华个子一样高，身材一样匀称，但他肤色较深，脸上缺乏血色，而爱德华则面色红润。她当然明白他爱着自己。她被触动了，心中充满了对他的柔情。

眼下贝特曼·亨特就是从这趟旅程中归来的。

这次出差，花在业务上的时间比他预计的更久，因而他有很多时间来思考自己这两位朋友的事。他先前已经得出结论：阻止爱德华回国的原因可能没什么大不了的，也许是自尊心令他决定要先取得成功再回来求娶他爱慕的新娘。但这种自尊心必须是可以理喻的。伊莎贝尔并不快乐。爱德华必须随自己回到芝加哥，立即和她结婚。他可以为他在亨特牵引机及汽车公司的工厂里谋到一个职位。贝特曼内心在流血，却为能牺牲自己，给他在这世上最爱的两个人带来幸福而欣喜不已。他将终身不娶，做爱德华与伊莎贝尔的孩子的教父，多年以后，当他们两人双双过世，他会告诉伊莎贝尔的女儿,自己在很久以前曾深爱着她的母亲。贝特曼暗自想象着这样的场景,不禁泪眼模糊。

贝特曼打算给爱德华来个出其不意,因而没有事先发电报宣告自己的到来,当他终于抵达塔希提岛时,便让一名自称是老板儿子的年轻人带自己来到了鲜花旅馆。自己是最令爱德华始料未及的不速之客,他看到自己走进办公室,一定是一脸惊愕,贝特曼这样想着,不禁轻声笑了出来。

"顺便问一下,"他一边跟着那年轻人走,一边问道,"你能告诉我在哪儿能找到爱德华·巴纳德先生吗?"

"巴纳德?"那年轻人说,"我好像知道这个名字。"

"他是个美国人,高个子,淡棕色头发,蓝眼睛。他来这儿已经两年多了。"

"当然,现在我知道您说的是谁了。您说的是杰克逊先生的侄子。"

"谁的侄子?"

"阿诺德·杰克逊先生。"

"我想我们说的不是同一个人。"贝特曼语气冷淡地答道。

　　他吃惊不小。尽人皆知的阿诺德·杰克逊居然会以自己被判罪时所用的这个不光彩的名字住在这儿，真是咄咄怪事。但贝特曼想不出是谁会被他拿来充作自己的侄子。朗斯塔夫太太是他唯一的姐姐，而他也从未有过兄弟。走在他身边的年轻人用带着某种外国腔的英语喋喋不休地说着话，贝特曼用眼角的余光瞥了他一眼，发现他具有相当一部分当地血统，这是自己刚才没注意到的。贝特曼的举止不自觉地带上了一丝倨傲。他们来到旅馆，安排好房间后，贝特曼便询问去布劳恩施密特公司该怎么走。公司位于岛屿的前端，面朝环礁湖。在海上航行了八天后，终于能在脚下感受到坚实的陆地，贝特曼很是高兴，便沿着洒满阳光的大道，一路悠闲地漫步到水边。找到了自己要找的地方之后，贝特曼将名片呈至经理处，随后便由人领着，经过一个谷仓一般高的、半是店铺半是仓库的房间，来到一间办公室，里面坐着一位身材矮胖、戴着眼镜的秃头男人。

　　"您能否告诉我，在哪儿能找到爱德华·巴纳德先生？据我所知，他在这儿工作了一段时间。"

"是的,没错,可我不知道他在哪儿。"

"可是我想他来这儿,是由布劳恩施密特先生特别推荐的。我和布劳恩施密特先生相熟。"

胖男人用精明而充满怀疑的眼神看了看贝特曼,随后冲着仓库里的其中一个少年大声问道:

"喂,亨利,知道巴纳德眼下在哪儿吗?"

"我想他在卡麦龙商店工作。"有人回了一句,却懒得挪地方。

胖男人点了点头。

"你从这儿出去,往左转,大概三分钟就到卡麦龙商店了。"

贝特曼犹豫了一下。

"我想我应该告诉您,爱德华·巴纳德是我最好的朋友。得知他离开布劳恩施密特公司,我非常吃惊。"

胖男人的眼瞳收缩到针尖般大小,那审视的目光搞得贝特曼狼狈不堪,感觉自己脸都红了。

"我想,大概布劳恩施密特公司和爱德华·巴纳德在某些事情上彼此看不顺眼吧。"他回答道。

贝特曼不太喜欢此人的态度,于是他不失尊严地站起身,为自己打扰了对方致歉,便告辞而去。他离开时,有一种奇特的感觉,似乎自己刚刚拜访的这个人有很多事可以告诉他,却并不想说。他朝着那人指示的方向走,很快便找到了卡麦龙商店。这是个商人开的店铺,同类的店他在一路上已经走过了五六家,而他一进门,见到的第一个人便是爱德华。他穿着衬衫,正在丈量一段棉布。看到爱德华在从事如此卑微的职业,贝特曼大吃一惊。可是他刚一出现,爱德华便抬起头看到了他,随即发出一声惊喜的喊叫。

"贝特曼!谁想到能在这儿见到你?"

他从柜台那一头伸过胳膊来,使劲拧住了贝特曼的手。他的态度中没有任何不自在,反倒是贝特曼感觉很尴尬。

"等一下,让我把这个包裹包好。"

他胸有成竹地用剪刀剪开这段布,将它叠起来,做成一个包裹,然后递给那个肤色黝黑的顾客。

"请到柜台付账。"

随后他转向贝特曼,满面笑容,两眼放光。

"你怎么会来这儿?天啊,见到你真高兴。快坐下,老伙计，别见外。"

"这儿不方便说话，到我住的旅馆去吧。我想你应该能走得开？"

他加上这句话时，带着点儿忐忑。

"当然可以。在塔希提，咱们可没那么正儿八经的。"他冲着站在对面柜台后的一个中国人叫道："阿灵，老板来了就说我一个朋友刚从美国来，我跟他出去喝一杯。"

"行。"那中国人咧嘴一笑说。

爱德华披上一件外套，戴上帽子，和贝特曼一块儿走出商店。贝特曼试图用开玩笑的语气和他说话。

"真没想到，竟让我撞见你在卖三码半破布给一个油腻腻的黑鬼。"他笑着说。

"是这样的，布劳恩施密特把我解雇了，我觉得干这个和干别的一样，没什么不好的。"

爱德华的坦率令贝特曼十分惊讶，不过他觉得深究这个话题未免有欠考虑。

"我想你待在这地方发不了财吧。"他语气有些冷淡地回应道。

"应该不行，可也足够糊口了，我还挺满足的。"

"两年前你可不会这么想。"

"随着年岁增长，人会变得更明智。"爱德华用轻松愉快的语气回应道。

贝特曼朝他看了一眼。爱德华穿了一套破旧的、略有些脏兮兮的白色帆布工作服，头上戴了一顶本地出产的大草帽。他比以前更瘦，肤色被阳光晒得很深，并且毫无疑问，他看上去比以往任何时候都英俊。可是他身上有某些外在的东西让贝特曼很是困惑。他走路的样子带着一种以前没有的活泼自得，举手投足间流露出一种漫不经心的随意，一种没来由的轻松愉快，贝特曼无法就此对他加以责备，却备感困惑。

"真不知道他怎么会这么开心。"他暗自想着。

他们到了旅馆，坐在露台上。一名中国男僮给他们端来鸡尾酒。爱德华急于了解有关芝加哥的所有消息，迫不及待地冲着朋友问这问那。他表现出来的关注十分自然而真诚。但奇怪的是，这种关注度似乎被平摊到各类话题上了。他既想知道伊莎贝尔过得怎么样，也同样关心贝特曼父亲的近况。他谈起伊莎贝尔时不带一丝尴尬，仿佛伊莎贝尔是他的妹妹而不是未婚妻。而贝特曼还没来得及分析清楚爱德华话语中的确切含义，就发现话题已经转到自己的工作以及他父亲最近建造的房屋上了。他决心把对话引回伊莎贝尔身上，正在寻找机会，忽然看到爱德华热情地挥了挥手。一个男人正在露台上朝他们走来，但贝特曼背对着他，所以看不到他。

"过来，坐下。"爱德华轻松愉快地说。

来者走到他们近旁。他高高瘦瘦，穿着白色帆布工作服，拥有一头卷曲的白发。他的脸形也很瘦长，上面长着一个硕大的鹰钩鼻，嘴型漂亮而富于表情。

"这是我的老朋友贝特曼·亨特，我和你说过他。"爱德华说，嘴边浮起他惯有的微笑。

"很高兴见到你，亨特先生。我以前认识你父亲。"

陌生人伸出手，亲切而有力地握住了年轻人的手。爱德华直到此时才说出那人的名字。

"阿诺德·杰克逊先生。"

贝特曼顿时脸色发白，感觉自己的手都变凉了。这就是那个骗子，那个罪犯，而他还是伊莎贝尔的舅舅。

他不知道该说些什么,还得竭力掩饰自己的慌张失措。阿诺德·杰克逊看着他,两眼闪闪发光。

"我敢说你对我的名字很熟悉。"

贝特曼不知该说是还是不是,而更令人尴尬的是杰克逊和爱德华两人似乎都被逗乐了。被迫结识这座岛上他唯恐避之不及的那个人已经够糟糕的了,可更糟糕的是他察觉到自己被愚弄了。不过,也许他这个结论下得太快了,因为杰克逊毫不迟疑地加上一句:

"据我所知,你和朗斯塔夫一家关系很好。玛丽·朗斯塔夫是我姐姐。"

这下贝特曼暗自思忖,阿诺德·杰克逊是否以为自己对这桩芝加哥有史以来最可怕的丑闻一无所知。可杰克逊把手搭在爱德华肩上。

"我没法坐下,特迪,"他说,"我很忙。不过你们两个小家伙最好过来吃晚饭。"

"可以啊。"爱德华说。

"您太客气了,杰克逊先生,"贝特曼冷淡地说,"可我在这儿的时间很短,我的船明天就启航。如果您能见谅,我就不过来了。"

"哦,别胡说。我会招待你一顿原汁原味的当地大餐。我妻子厨艺可棒了。特迪会带你来的。早点过来,可以看看日落。要是你们愿意,我可以替你们俩安排临时住一晚。"

"我们当然会来,"爱德华说,"每次有船开到,那天晚上旅馆里总是吵得一塌糊涂,我们可以在你家小屋里好好聊聊。"

"我可不能放你走,亨特先生,"杰克逊满腔热忱地继续说道,"我想知道关于芝加哥和玛丽的一切。"

贝特曼还没来得及再说什么,他就点头道别,走开了。

"在塔希提,不管你怎么推托,我们都不会接受的,"爱德华笑着说,"何况,你会吃到岛上最美味的晚餐。"

"他说他妻子厨艺很棒,是什么意思?据我所知,他妻子在日内瓦。"

"做夫妻的话,那距离未免也太远了点,是不是?"爱德华说,"何况他已经很久没见过她了。我想他说的是另一个妻子。"

有那么一会儿，贝特曼一句话也没说，脸上的表情十分严肃。可当他抬起头时，看到爱德华眼里有种被逗乐了的神情，面色顿时涨成了深红色。

"阿诺德·杰克逊是个卑鄙的流氓。"他说。

"恐怕的确如此。"爱德华笑嘻嘻地答道。

"我不明白任何一个正派的体面人怎么会和他搭上关系。"

"也许我不是个正派的体面人。"

"你经常和他见面吗，爱德华？"

"是的，经常见面。他已经认我做了侄儿。"

贝特曼倾身向前，用锐利的目光紧盯着爱德华。

"你喜欢他吗？"

"非常喜欢。"

"可难道你不知道，难道这儿的每个人都不知道，他是个骗子，曾经被判过罪吗？他应该被赶出文明社会。"

爱德华望着一圈香烟从他的雪茄上升起，飘入静谧而香甜的空气中。

"我觉得他应该是个彻头彻尾的流氓，"他终于开口说，"而我也不能自以为是地认为，他对自己的过错有所悔悟,你就能以此为借口宽恕他。他曾经是个诈骗犯,一个伪君子。你没法摆脱这个事实。可我从来没遇到过这么讨人喜欢的同伴。他教会了我一切。"

"他都教了你些什么?"贝特曼惊愕地叫道。

"如何生活。"

贝特曼发出一阵讥讽的大笑。

"真是个不错的导师。你丢了发财机会,如今窝在一个卖一毛钱货色的柜台后面当伙计来度日,都是拜他的教导所赐喽?"

"他的性格非常讨人喜欢,"爱德华温厚地笑了笑说,"也许今晚你就能知道我的意思了。"

"要是你真是这个意思,我是不会和他一起吃饭的。我绝不会踏入那个人的家门一步。"

"拜托了,贝特曼,咱俩都那么多年朋友了,我开口求你帮忙的时候,你该不会拒绝吧?"

爱德华的语气中带着一种贝特曼从未领略过的特质,那柔和的口吻具有奇妙的说服力。

"要是你这么说的话,爱德华,我一定去。"他微笑着说。

除此以外，贝特曼还想到，自己最好尽可能多了解阿诺德·杰克逊。显而易见，他对爱德华具有极强的支配力，而如果要与他抗争，必须搞清楚这种影响力中究竟蕴含着什么。贝特曼和爱德华谈得越多，就越是感到他身上已经发生了某种变化。他本能地感到自己应该谨慎行事，并下定决心，在看清自己该采取什么方式之前，不提这次行程的真正目的。他开始把话题转向其他各种事情，谈到自己的这次旅行以及这一路上的收获，谈到芝加哥的政治，谈到两人共同的朋友，以及他们大学时代共度的时光。

最后，爱德华说自己得回去工作了，并提议五点钟过来接贝特曼，这样他们可以一起驱车去阿诺德·杰克逊家中。

"顺便说说，我原以为你住在这家旅馆里呢，"贝特曼在和爱德华一道走出花园时说，"据我所知，它是这儿唯一一家体面的旅馆。"

"我可不住这儿，"爱德华笑着说，"这对我来说实在太高档了。我在城外租了个房间。那儿又便宜又干净。"

"要是我没记错的话,你住在芝加哥时,这些对你来说可不是最重要的考虑因素。"

"天哪,你说芝加哥!"

"我不知道你这是什么意思,爱德华。芝加哥可是全世界最棒的城市。"

"我知道。"爱德华说。

贝特曼飞快地瞥了爱德华一眼,却无法从对方的神情中看出什么。

"你什么时候回芝加哥去?"

"我也不知道。"爱德华笑了笑说。

这个回答,以及爱德华说这句话时的态度,令贝特曼深感震惊。然而他还没来得及要求爱德华做出解释,爱德华已经挥手招呼了一个开车路过的混血儿。

"带我一程吧,查理。"他说。

他向贝特曼点头告辞,随后跑向那辆停在前面几码处的车子。贝特曼被留在原地,竭力想从一大堆令他费解的印象中理出个头绪来。

爱德华赶着一辆双轮轻便马车来接他,马车由一匹老迈的母马拉着,摇摇晃晃的,于是他俩便坐在上面,沿着一条海边的马路行进。路的两边随处可见种植园、椰子树和香草,时不时还能看到一棵棵巨大的芒果树,厚重的绿叶丛中露出或橙黄或嫣红或酱紫色的果实;有时他们还能瞥见一眼环礁湖,水面平静而湛蓝,中间散落着一座座长着高挑棕榈树的秀美小岛。阿诺德·杰克逊的家坐落在一处小山丘上,只有一条路通向那儿,于是他们卸下马具,将马系在一棵树上,把马车留在路边。在贝特曼看来,这是一种随遇而安的处事方式。然而,当他们走上山去,到达那座房子时,迎接他们的却是一名个子高挑、健美端庄、有点上年纪的土著女人。爱德华热诚地和她握了握手,然后把贝特曼介绍给她。

"这位是我的朋友亨特先生。我们会和你一起共进晚餐,拉维娜。"

"好的,"她回答道,随即匆匆一笑,"阿诺德还没回来。"

"我们先去洗个澡。给我们两条沙滩巾吧。"

女人点点头,走进房里去了。

"她是谁?"贝特曼问道。

"哦,那是拉维娜。她是阿诺德的妻子。"

贝特曼抿紧了嘴唇,却什么也没说。不一会儿,女人出来了,把一捆沙滩巾递给爱德华。两个男人爬下陡峭的小径,来到海滩上的一片椰子树下。他们脱下衣服,爱德华教朋友怎样把被称作沙滩巾的红色棉布条整整齐齐地叠成一条游泳裤。很快他俩便在暖洋洋的浅水里拍打起水花来。爱德华兴致高昂,又笑又喊又唱,就像个十五岁的孩子。贝特曼从未见过他如此开心。随后他们躺在海滩上,在澄澈透明的空气中抽着香烟,爱德华情不自禁流露出来的情绪如此轻松愉快,令贝特曼吃惊不已。

"看来你过得非常快活。"他说。

"确实。"

他们听到某种轻微的动静,环顾四周,便看到阿诺德·杰克逊正朝他们走来。

"我想我最好下来把你们这两个小家伙接回去,"他说,"你在水里洗得开心吗,亨特先生?"

"非常开心。"贝特曼说。

阿诺德·杰克逊已经脱下那身整洁的工作服,只在腰间围了一块沙滩巾,光着脚走路。他全身都被阳光晒成了深棕色,那长而卷曲的白发、禁欲的面容,再加上这身当地装束,让他显得有些稀奇古怪,然而他却泰然自若,丝毫没有流露出不自在。

"要是你们准备好了,我们现在就上去吧。"杰克逊说。

"我马上穿衣服。"贝特曼说。

"怎么,特迪,你没给你朋友带条沙滩巾吗?"

"我想他宁愿穿上衣服。"爱德华笑着说。

"当然。"贝特曼答道,语调严肃,因为他看到爱德华只缠了一块遮羞用的腰布,就站起身来准备出发,而这时自己还没来得及穿上衬衫。

"你不觉得光脚走路太不讲究了吗?"他问爱德华,"我觉得这条路有点儿崎岖不平。"

"哦,我习惯了。"

"从镇上回来,换上一块沙滩巾,会让人觉得很舒服,"杰克逊说,"要是你打算在这儿多待一阵子,我会强烈建议你这么做。这是我见过的最合理的一种服饰装扮了,又凉快,又方便,还不用多花钱。"

他们一起走上山,回到家里。杰克逊带他们进入一个大房间，房间的墙刷成了白色，屋顶是敞开的，里面放着一张晚餐桌。贝特曼注意到餐桌布置成了五人用餐的样式。

"伊娃，来和特迪的朋友见个面，然后帮我们做份鸡尾酒。"杰克逊喊道。

随后他带着贝特曼来到一扇长长的矮窗前。

"看那儿，"他说，同时做了个夸张的动作，"仔细看。"

在他们下面，一棵棵椰树朝着环礁湖弯腰倾身，暮光之中，环礁湖色彩柔和多变，宛如鸽子的胸脯。不远处，在一条小河边，聚集着当地村落的幢幢小屋，一艘独木舟正朝着礁石方向驶去，船身轮廓鲜明锐利，几名当地人正坐在上面捕鱼。往更远处眺望，便看到广阔平静的太平洋，而在二十英里之外，如诗人想象中的轻纱般空幻缥缈的，是美得不可思议的莫雷阿岛。这景色如此秀美，以至于贝特曼呆立原地，满怀局促。

"我从未见过这样的景色。"他最后开口说道。

阿诺德·杰克逊站在他前面，凝望着窗外的一切，眼中充满梦幻般的柔情。他瘦削的面庞异常严肃，显得若有所思。贝特曼从旁瞥见他的面容,又一次感受到其中饱含的精神力量。

"真美,"阿诺德·杰克逊喃喃地说,"近距离接触美好事物的机会少之又少。好好看看吧,亨特先生,你眼前所见,今后将不会再见,因为当下转瞬即逝,但它将在你心底留下永不磨灭的记忆。你在触及永恒。"

他的嗓音低沉而洪亮,他身上似乎散发着纯粹的理想主义的气息。贝特曼不得不拼命提醒自己别忘了说这话的人是个罪犯,是个冷酷的骗子。不过这时爱德华像是听到了什么动静,飞快地转过身去。

"这是我女儿,亨特先生。"

贝特曼和这姑娘握了握手。她有着一双明亮的黑眼睛,笑起来时两片红唇会随之颤动。不过她的皮肤是棕色的,从肩上披下来的波浪形卷曲长发也是乌黑的。她只穿了一件棉质的粉色长罩衫,光着脚,头上戴着一个花环,洁白的花朵清香扑鼻。她是个可爱的姑娘,简直就像波利尼西亚的春之女神。

姑娘有点儿害羞,但贝特曼比她还局促不安,因为整个场面对他来说十分尴尬。这位精灵般的姑娘拿起调酒器,熟练地调出三杯鸡尾酒,可这也并没让他感觉自在一点。

"给我们来劲儿大点的,孩子。"杰克逊说。

姑娘把酒倒出来,愉快地笑着,把酒一一递给每个人。调制鸡尾酒是一门精妙的艺术,贝特曼一向对自己在这方面的造诣颇为自得,但他在尝到这杯酒时,竟十分震惊地发现它非常好喝。杰克逊看到客人情不自禁地面露欣赏之色,便自豪地笑了起来。

"很不错,是吧?是我亲自调教这孩子的。以前在芝加哥时,我认为全城没有一个调酒师能和我相比。我在监狱里百无聊赖的时候,就想出新的鸡尾酒点子来自娱自乐,不过说实在话,没有什么酒比得上一杯干马丁尼①。"

贝特曼感觉就像有人在他手肘的麻筋上重重一击,意识到自己脸色一下变得通红,随后又转成煞白。然而他还没来得及想出什么话来说,一名土著男僮就端着一大碗汤进来了,于是所有人都落座开始用晚餐。阿诺

---

① 干马丁尼,一种杜松子酒与苦艾酒调合而成的鸡尾酒。

德·杰克逊的话似乎在他自己心中唤起了一系列回忆，因为他开始谈起自己的狱中岁月。他讲得十分自然，不带一丝怨恨之情，仿佛在回忆自己在某所异国大学的留学经历。他对着贝特曼讲述这些事，贝特曼先是感觉困惑不已，继而狼狈不堪。他看到爱德华的眼睛在盯着自己，其中夹杂着一丝被逗乐的神情。他面红耳赤，因为他忽然意识到杰克逊在嘲弄自己，而同时，由于觉得这一切都很荒唐——并且他知道自己并无理由这么认为——他开始感到愤怒。阿诺德·杰克逊是个厚颜无耻的家伙——除此以外没有其他词可以形容这一情形——而不管是否出于自己的臆测，他这种漠视过往的态度都是不可容忍的。晚餐在继续。贝特曼被招呼着吃下一堆杂食，包括未经烹煮的生鱼肉以及他不知为何物的东西，这些东西他只是出于礼貌才勉强吞下去，却意外地发现非常好吃。随后发生的一段插曲，对贝特曼来说是整个夜晚最令他窘迫难当的经历。他面前放着一个小花环，为了找个话题，他冒冒失失地冲着它发表了一句评论。

"这是伊娃为你制作的花环，"杰克逊说，"不过我想她太害羞了，不敢把它送给你。"

贝特曼将花环拿在手里，礼貌地对那姑娘说了几句感谢的话。

"你应该把它戴上。"姑娘红着脸微笑着说。

"我？我可不想戴。"

"这是本国一个迷人的风俗。"阿诺德·杰克逊说。

他面前也有一个花环，他将花环戴到自己头上。爱德华也这么做了。

"我想我这身打扮不适合扮演这个角色。"贝特曼颇不自在地说。

"你想要沙滩巾吗？"伊娃立即说，"我这就给你去取一条过来。"

"不了，谢谢。我这样感觉挺好。"

"教教他怎么戴，伊娃。"爱德华说。

这一刻，贝特曼恨死了自己这个好朋友。伊娃从桌边站起来，笑着将花环戴到他的一头黑发上。

"和你很配啊，"杰克逊太太说，"不是吗，阿诺德？"

"当然配了。"

贝特曼每个毛孔都在冒汗。

"真遗憾，天已经黑了，"伊娃说，"本来可以替你们三个拍张照。"

贝特曼简直谢天谢地。他觉得自己整整齐齐地穿着一身绅士派头十足的蓝色哔叽西服和高领衬衫，头上却顶着一个可笑的花环，那模样一定是蠢到家了。他怒火中烧，尽管眼下装出一副随和的样子，但实际上，他此生从未如此拼命地克制自己。这老头坐在桌子的主位上，半裸着身子，摆出一副圣人般的面孔，漂亮的白发上戴着一圈花，这模样让他怒不可遏。整个局面简直荒谬绝伦。

晚餐结束了，伊娃和她母亲留下来清理桌子，三个男人便坐在露台上。天气很热，空气中充溢着在夜间盛放的白色花朵的清香。一轮满月在澄澈无云的天空中穿行而过，在广阔的海面上开辟出一条路径，通向浩瀚无垠的永恒之境。阿诺德·杰克逊开口说话了。他的嗓音浑厚悦耳。这一回，他谈论的是当地土著和这个国度的古老传奇。他叙述了过去那些怪异的传说故事，故事中充满了深入未知世界的冒险探索、爱情与死亡，以及怨恨与复仇。他在故事中还讲到发现那些遥远岛屿的探险者,那些在岛上安顿下来并娶了大酋长女儿为妻的水手,以及在那些银色沙滩上有着形形色色生活遭遇的海滩流浪汉。贝特曼感觉既窘迫又恼怒,一开始闷闷不乐地听着,但很快便被那些话语中的某种魔力迷住了,坐着听得出了神。浪漫传奇的幻彩风情令平凡生活黯然失色。难道他忘了阿诺德·杰克逊铁齿铜牙,单凭三寸不烂之舌便从毫无防范之心的民众那里骗走大笔钱财,又几乎借此逃脱了对其罪行的惩罚吗?他引人入胜的口才无人能敌,而他对故事高潮的敏锐感觉更是无人能出其右。突然间他站起身来。

"好了,你们俩已经好久没见面了,我得让你们在一起聊聊。你想上床睡觉时,特迪会带你去住处的。"

"哦,可我没想过要在这儿过夜,杰克逊先生。"贝特曼说。

"你会发现在这儿过夜更舒服。我们明早会按时叫醒你的。"

随后,阿诺德·杰克逊彬彬有礼地和贝特曼握了握手,向客人告别,那威严高贵的模样简直就像一位身着法衣的主教。

"要是你想回帕皮提①,我当然会开车把你送回去,"爱德华说,"但我还是建议你留下来。清晨开车兜风会很棒。"

有一会儿,两人都没说话。这一天发生的一切,让贝特曼更为迫切地想要与爱德华进行对话,但他不知道该怎么开口。

"你什么时候回芝加哥?"他突然问道。

有一阵子,爱德华没有回答。随后他颇为慵懒地转过来看着朋友,微微一笑。

"我不知道。也许永远不回去。"

"天,你究竟是什么意思?"贝特曼大叫起来。

"我在这儿过得很开心。再去换种方式生活,不是很愚蠢吗?"

"天哪,你总不能在这儿住一辈子吧。这不是一个人该有的生活。这样过日子简直是行尸走肉。噢,爱德华,趁着还不算太晚,马上离开。我已经感觉到有些东西不对劲了。你沉迷于这个地方无法自拔,屈服于邪恶

———————

① 帕皮提(Papeete),法属波利尼西亚首府。

的影响,可你只要努力一下,就能挣脱这一切。而你一旦摆脱这个环境,就会感谢所有神明。你就像个戒掉了毒品的瘾君子,发现自己整整两年都在呼吸有毒的空气。你无法想象,当肺里再次充满自己祖国清新纯净的空气时,会感觉多么如释重负。"

他说得很快,情绪激动,简直有些语无伦次,声音里透出诚挚真切的情感。爱德华深受感动。

"你真好,这么为我着想,老朋友。"

"明天就跟我走,爱德华。你来这个地方就是个错误。这不是你该过的生活。"

"你张口闭口这种那种生活。你觉得一个人要怎么样才算是活出最佳状态了呢?"

"哎呀,我认为这个问题不会有第二个答案。当然应该是承担责任,努力工作,履行他所处状况和地位的一切义务。"

"那么他的回报又是什么呢?"

"他的回报就是知道自己完成了自己要做的一切。"

"这些话对我而言,有点儿装腔作势,"爱德华说,而在夜晚的光亮中,贝特曼能看得出他在微笑,"恐怕你会觉得我已经可悲地堕落了。我敢说,我现在想的几件事,要是放在三年前,我肯定会觉得不可容忍。"

"这些事你是从阿诺德·杰克逊那儿学来的吗?"贝特曼讥讽地问道。

"你不喜欢他?也许我不该期望你喜欢他。我刚来时也不喜欢他。那时我对他的偏见和你一模一样。他是个非同寻常的人。你已经看到了,他对自己曾进过监狱的事实毫不掩饰。他是否感到悔恨,犯了什么罪才导致入狱,我一无所知。我所听到的他唯一的抱怨,就是出狱时健康受到了损害。我想他不知道什么叫作悔恨。他完全没有任何道德观念。他对一切事物来者不拒,对自身也完全接受。他是个慷慨而仁慈的人。"

"他一向如此,"贝特曼打断他的话说,"都是慷他人之慨。"

"我感觉他是个非常好的朋友。我按照自己的感觉来判断一个人,难道不是再自然不过了吗?"

"结果是你分不清是非。"

"不,是非之分在我脑子里和从前一样清晰,不过让我觉得有点儿困惑的是好人和坏人之间的区别。阿诺德·杰克逊究竟是个会做好事的坏人,还是个会做坏事的好人? 这个问题很难回答。也许我们太过于重视人和人之间的区别了。也许我们中最好的人也是罪人,最坏的人也是圣人。谁知道呢?"

"你这种颠倒黑白的说法永远也无法把我说服。"贝特曼说。

"我肯定说服不了你,贝特曼。"

贝特曼不明白为什么爱德华表示同意的时候,嘴边会掠过一丝微笑。爱德华有一阵子没说话。

随后他开口说道:"贝特曼,我今天上午见到你时,仿佛看到了两年前的自己。同样的领带,同样的皮鞋,同样的蓝色西装,同样的干劲,还有同样的坚定决心。上帝啊,我那时真的是精力充沛。这里让人昏昏欲睡的办事方式让我恨得全身血液翻腾。我到处兜兜转转,每到一处都会发现开发和创业的机会。这里能让人发财。椰肉干居然用麻袋从这里运走,运到美洲再榨成油,这在我看来简直荒唐。要是能现场榨油,劳动力便宜,还省了运费,不是要经济得多吗? 而我也已经看到了这座岛上一家家大工厂在拔地而起。

还有,他们从椰子里取椰肉的方式在我看来也低效得无可救药,于是我发明了一种机器,能以每小时两百四十个的速度劈开椰子,挖出椰肉。港口不够大,我就制订计划来扩建港口,再组建一个财团来购买土地,建造两三座大酒店,还要建些平房来为临时居民提供住所。我还有个计划,要提高蒸汽船的服务质量,吸引更多人从加州过来。我预见到,二十年后,这座懒散的半法属帕皮提小镇将会变成一座美国大城市,有十层楼高的房子和有轨电车;一座电影院,一座歌剧院,一家股票交易所,以及一名市长。"

"那就这么干啊,爱德华,"贝特曼大叫一声,激动得从椅子上蹦了起来,"你又有想法又有能力。天啊,你会成为澳大利亚和美国之间最有钱的人。"

爱德华轻轻一笑。

"可我不想这么干。"他说。

"你是说你不想要钱,不要大钱,几百万的钱? 你知道有了这些钱你可以干什么吗? 你知道这些钱会带来什么样的权力吗? 要是你自己不在乎这些,想想你可以用这些钱做的事,为人类企业开辟新渠道,为成千上万的人提供职位。我已经被你所描绘的愿景迷晕了。"

"那就坐下吧,我亲爱的贝特曼,"爱德华笑起来,"我的椰子切割机永远不会投入使用,另外,依我所见,有轨电车永远也不会在帕皮提闲散的街道上行驶。"

贝特曼重重地坐回椅子上。

"我真看不懂你。"他说。

"我是一点点明白过来的。我开始喜欢这里的生活,如此轻松,如此闲适,这里的人们秉性善良,总是面带开心的笑容。我开始思考。我之前从未有时间做这样的思考。我开始看书。"

"你一直都在看书。"

"我之前看书是为了考试,为了能在交谈中坚持己见,为了获得指导。可是在这儿,我学会了为消遣而看书。我学会了怎样谈话。你知道吗,和人交谈是人生最大的乐趣之一,可这需要有闲暇时间。我以前一直都太忙了。然后,渐渐地,我原本一直如此看重的那种生活方式开始显得琐碎而庸俗。这种奔走忙碌,这种无休无止的奋斗,又有什么用呢?我现在想起芝加哥,就仿佛看到一座黑乎乎灰蒙蒙的城市,什么都是石头做的,就像一座监狱,而且永远都乱哄哄的。可所有那些忙忙碌碌最终又怎么样呢?一个人能在那儿活出最佳状态吗?我们来到这世间,难道就是为了匆匆赶到办公室,一刻不停地从早忙到晚,然后匆匆赶回家,吃完饭,再赶去剧院看戏?我就必须这样度过我的青春时代吗?青春如此短暂,贝特曼。等我年纪大了,我又能指望拥有什么样的生活呢?还是每天早上从家赶到办公室,一刻不停地忙到晚上,然后赶回家,吃完饭,再赶去剧院?要是你能发财,也许这么做还值得。这我不好说,这取决于你的天性。可要是你发不了财,那这么做还值得吗?我希望我的人生不仅限于此,贝特曼。"

"那么你看重生活中的哪些东西呢?"

"也许你会笑话我。真,善,美。"

"你不觉得在芝加哥也能得到这些吗?"

"也许有些人可以,但我不行。"这一回,轮到爱德华跳起来了。"我告诉你,我一想起自己从前过的那种日子,就充满恐惧,"他激动地大喊道,"一想到自己逃离了什么样的险境,我就害怕得浑身发抖。我完全不知道原来自己也有灵魂,直到我在这儿找到了。如果我一直是个有钱人，我就有可能永远失去自己的灵魂。"

"天晓得你怎么能这么说，"贝特曼愤怒地叫道，"我们以前还经常讨论这个话题。"

"是的，我知道。可是这些讨论就像聋哑人之间讨论协奏曲一样毫无效果。我永远不会回到芝加哥，贝特曼。"

"那伊莎贝尔怎么办?"

爱德华走到露台边缘，倾身向前，凝视着魅力无穷的深蓝夜色。当他回过身来看着贝特曼时，脸上带着一丝微笑。

"伊莎贝尔对我来说实在是太过出色了。我对她的钦佩超过我所认识的任何一名女性。她头脑聪慧，美丽又善良。我钦佩她充沛的精力和远大的抱负。她天生就是要拥有成功人生的。我完全配不上她。"

"她可不这么想。"

"可你必须这么告诉她，贝特曼。"

"我?"贝特曼叫道，"我是最不可能这么做的人。"

爱德华背对着皎洁的月色，他脸上的表情贝特曼无法看清。是否有可能，他又微笑了一下呢?

"你试图隐瞒她什么是徒劳无益的,贝特曼。她机敏聪慧,五分钟就能把你里里外外盘问个透。你最好立刻老老实实向她和盘托出。"

"我不知道你这是什么意思。我当然会告诉她我和你见面了。"贝特曼有些焦虑不安地说,"坦白说我不知道该和她说些什么。"

"告诉她我没有成功。告诉她我不仅贫穷,而且还安于贫穷。告诉她我被公司开除了,因为我懒散又心不在焉。告诉她你今晚所看到的一切,以及我告诉你的一切。"

一个念头在贝特曼脑海中一闪而过,他站起来,面对着爱德华,无法控制自己的不安。

"天哪,难道你不想娶她吗?"

爱德华严肃地看着他。

"我无法请求她解除婚约。要是她希望我遵守承诺,我将竭尽全力,为她物色一名尽心尽责、富有爱心的好丈夫。"

"你希望我把这个消息转达给她吗,爱德华?噢,我做不到。这太糟糕了。她一刻也没有想过你会不想和她结婚。她爱你。我怎么能让她蒙受这样的屈辱呢?"

爱德华又微微一笑。

"你自己为什么不娶她呢,贝特曼?你已经爱上她好多年了。你们俩极为般配。你会让她非常幸福的。"

"别和我说这种话。我受不了。"

"我退出,让给你,贝特曼。你才是更好的人选。"

爱德华语气中带有某种东西,让贝特曼迅速抬起头来,但爱德华眼神严肃,不带一丝笑意。贝特曼不知道该说什么。他觉得有些尴尬,不知道爱德华是否在怀疑自己是带着特殊使命来到塔希提的。虽然他明白这样很不厚道,但他还是无法抑制内心的狂喜。

"如果伊莎贝尔写信给你,终结和你之间的婚约,你会怎么办?"他缓缓问道。

"活下去。"爱德华说。

贝特曼如此激动,以至于都没听到这个回答。

"我真希望你身上穿的是正常的衣服,"他有些气恼地说,"你正在做一个重大而严肃的决定。你那身奇装异服让这个决定显得极其随意。"

"我向你保证,我围着沙滩巾、戴着玫瑰花环的时候,郑重严肃的态度绝不亚于戴着高顶礼帽、穿着燕尾服之时。"

随后贝特曼忽然想到了另一种可能性。

"爱德华,你不是为了我的缘故才这么做的吧?这事儿不太好说,可也许这会彻底改变我的未来。你不是为了我而在牺牲自己吧?你知道,那样的话我是无法忍受的。"

"不,贝特曼,我在这儿学会了不要做傻事,不要多愁善感。我希望你和伊莎贝尔幸福,可我一点也不希望自己不幸福。"

这个回答令贝特曼有点寒心。对他来说,这显得有点儿不够义气。如果要他扮演一个高尚角色,他也是乐意的。

"你的意思是说你安于在这个地方浪费一辈子?这简直无异于自杀。我们大学毕业时,你怀有那么远大的抱负,可如今你竟会满足于只在一家廉价小店里当个销售员,这简直太糟糕了。"

"噢,我只是暂时在干那个而已,再说我也从中获得了许多宝贵的经验。我头脑里有另一个计划。阿诺德·杰克逊在帕摩图群岛拥有一座小岛，离这儿大约一千英里，是一圈围着环礁湖的陆地。他在那儿种植了椰子树。他说要把那地方送给我。"

"他为什么要那么做？"贝特曼问道。

"因为如果伊莎贝尔和我解除婚约，我就会娶他女儿为妻。"

"你？"贝特曼目瞪口呆，"你不能娶一个混血儿。你不可能疯到那个程度吧？"

"她是个好姑娘，性格甜美而温柔。我想她会令我很幸福的。"

"你爱她吗？"

"我不知道，"爱德华若有所思地答道，"我对她的爱和对伊莎贝尔的爱是不一样的。我崇拜伊莎贝尔。我觉得她是造物主最美妙的杰作。我连她的一半都配不上。但我对伊娃不是这样的感觉。她就像一朵美丽的异域之花，需要有人为她遮风挡雨。我想要保护她。没人会想到要去保护伊莎贝尔。我觉得伊娃爱的是我本人，而不是我可能成为的那个人。不管我将来会怎么样，我都绝不会让她失望。她适合我。"

贝特曼沉默了。

"我们明天必须一大早出门，"爱德华最后说道，"真的该上床睡觉了。"

随后贝特曼开口了，他的话音中带着一种真实的痛苦。

"我完全被弄糊涂了，都不知道该说些什么。我来到这里，是因为我觉得事情有点不对劲。我以为是你没能成功达成既定目标，失败以后没脸回来。我完全没想到会面对这样的局面。我觉得遗憾至极，爱德华。我太失望了。我曾希望你能干一番大事。想到你在以这种可悲的方式浪费你的才华，你的青春，你的机会，我简直无法忍受。"

"别伤心，老朋友，"爱德华说，"我并没有失败。我已经成功了。你无法想象我现在是怀着怎样的热情在盼望生活，而生活对我来说多么充实，又多么有意义。等你和伊莎贝尔结婚以后，也许有时还会想起我。我会在珊瑚岛上为自己建一座房子，然后住在那里，照顾我的那些椰子树——以他们已经流传了无数年的古老方式把椰子肉从壳里取出来——我会在花园里种上各种各样的东西，还会去打鱼。我会有足够的事情要忙活，不会因为没事干而感到无聊。我会拥有我的书籍和伊娃，希望还有孩子，最重要的是，我会拥有变化无穷的大海和天空，清新的黎明，壮美的日落，以及辉煌富丽的夜晚。我会把不久前还是一片荒芜的地方改造成花园。我会有所创造。岁月将不知不觉地流逝，当我垂垂老矣，回首往日，我希望能看到自己所过的是一种幸福、朴素而平和的生活。我虽渺小，也能拥有生活之美。你以为知足常乐就这么微不足道吗？我们都知道，如果一个人获得了全世界，却失去了灵魂，对他是没有好处的。我觉得我已经得到了自己的灵魂。"

爱德华把贝特曼带到一个放了两张床的房间，然后自己往其中一张床上随意一躺。十分钟后，贝特曼从爱德华那孩童般平和而规律的呼吸声中知道，他已经睡着了。可他却心绪不宁，无法休息，直到晨曦如幽灵般悄无声息地潜入房间，他才终于入睡。

贝特曼向伊莎贝尔讲完了这段漫长的经历。除了他认为会对她造成伤害，或是让自己显得可笑的部分外,他对她毫无隐瞒。他没有告诉她自己被迫头戴花环坐在餐桌边,也没有告诉她,一旦她放手还他自由,爱德华就打算娶她舅舅那个混血女儿。但也许伊莎贝尔的直觉比他所知的还要敏锐,因为随着他的不断讲述,伊莎贝尔的眼神变得越来越冰冷,上下嘴唇也抿得更紧了。她时不时地仔细打量贝特曼,而贝特曼如果不是那么专注于自己的讲述,也许就会暗自纳闷她的表情究竟是什么意思。

"这姑娘长什么样?"贝特曼讲完后,她问道,"我问的是阿诺德舅舅的女儿。你觉得她和我有什么相似之处吗?"

贝特曼对这个问题感到很诧异。

"这我还真的没想过。你知道,除了你以外,我从没注意过其他人,我也不可能觉得什么人会像你。谁会长得和你相像呢?"

"她漂亮吗?"伊莎贝尔听了贝特曼的回答后微微一笑,随即问道。

"我想是的。我敢说会有男人觉得她很美。"

"噢,这无足轻重。我觉得我们不需要再去关注她。"

"那你打算怎么办呢，伊莎贝尔？"贝特曼接着问道。

伊莎贝尔低头看着自己的手，那上面还戴着订婚时爱德华送给她的戒指。

"我不愿让爱德华解除婚约，是因为我认为这对他来说是一种激励。我想成为鼓舞他的力量之源。我认为假如有什么因素能令他取得成功，那便是他知道我爱他。我已竭尽全力，但这件事根本无法挽回。如果我不承认事实，只会显示出我自身的软弱。可怜的爱德华，他只是在和自己过不去。他很可爱，为人很好，可他身上缺乏某些特质，我想他缺的是毅力。我希望他幸福。"

她将戒指从手指上褪下，放在桌子上。贝特曼看着她，心跳快得几乎让他喘不过气来。

"你真了不起，伊莎贝尔，你真是太了不起了。"

伊莎贝尔微笑了一下，随后站起身来，将手递给他。

"我要怎样感谢你为我做的这一切？"她说，"你帮了我一个大忙。我就知道自己是可以信任你的。"

贝特曼接过她的手，握住了。伊莎贝尔看上去比任何时候都要美。

"哦,伊莎贝尔,我愿意为你做的远不止这些。你是知道的,我只想请求你允许我爱你,并为你效劳。"

"你真坚强,贝特曼,"伊莎贝尔叹息道,"你给了我信心,这感觉真美妙。"

"伊莎贝尔,我爱慕你。"

贝特曼不知道自己哪来的勇气,突然将伊莎贝尔紧紧搂在怀里,而伊莎贝尔也完全没有抵抗,只是笑容可掬地直视着他的眼睛。

"伊莎贝尔,你是知道的,从见到你的第一天起,我就想娶你为妻。"贝特曼充满激情地叫道。

"那你为什么不向我求婚?"伊莎贝尔回答道。

她爱他。贝特曼几乎不敢相信这是真的。她向他送上自己可爱的双唇,任他亲吻。而当贝特曼将伊莎贝尔搂在怀里时,他仿佛看到了亨特牵引机及汽车公司的工厂规模不断扩大,地位不断上升,直至覆盖了一百英亩土地,他仿佛看到了工厂将要生产出的数以百万计的发动机,也看到了自己将要收集的、足以令纽约人的任何藏品都黯然失色的大量画作。他将戴上一副角质镜架的眼镜。伊莎贝尔感受着被他双臂环抱的美妙滋味,发出了幸福的叹息,因为她想到了自己将要拥有的摆满了古董家具的精美豪宅,想到了自己将会举办的音乐会和茶舞会①,以及只限于最有教养的人光临的晚宴。贝特曼应该戴上角质镜架的眼镜。

"可怜的爱德华。"她叹息道。

---

① 茶舞会,原文为法语,指午后茶点时间举办的舞会。

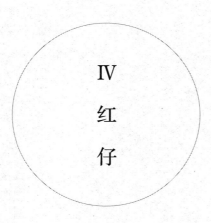

IV

红

仔

船长一把将手插进裤子口袋，费力地掏出一块硕大的银表，他这么费劲儿是由于口袋在前面而不是在侧边，而他又是个肥胖的人。他看了看表，又看了看逐渐下沉的夕阳。掌舵的卡纳卡人瞥了他一眼，但没开口。船长的目光落在他们正在靠近的那座小岛上。一道白色泡沫标出了暗礁的位置。他知道那儿有个缺口，大小足以让他的船通过，当他们靠得更近一点儿时，他指望能看到这个缺口。在日落前，他们还有将近一个小时的白昼时间。环礁湖内的水很深，他们可以轻松地抛锚停泊。透过椰树林，他已经能看到那个村庄，村里的酋长是大副的朋友，要是能上岸过夜，会是件很惬意的事。这时大副走了过来，船长朝他转过身。

"我们带上一瓶酒，找几个姑娘来跳舞吧。"他说。

"我没看到那缺口。"大副说。

他是个卡纳卡人，外貌英俊，皮肤黝黑，长得略有点像罗马帝国后期的一个皇帝，已经显出发胖的趋势；不过他的脸却很精致，而且轮廓分明。

"我百分百确定就在那儿有个缺口，"船长透过眼镜看着大副说，"真搞不懂我怎么会找不到的。找个小家伙爬上桅杆去看看。"

大副召来一名船员，向他下达了指令。船长看着那个卡纳卡人爬上去，等着他开口说话。可那个卡纳卡人向下喊话说，除了那道连成一线没有缺口的泡沫，他什么也看不到。船长的萨摩亚语说得和当地人一样好，这时便对他破口大骂。

"要让他一直待在上面吗?"大副问道。

"那有什么屁用?"船长回答道，"这该死的笨蛋看到的东西一文不值。我敢拿命打赌，要是我在上面，准能找到那缺口。"

他怒气冲冲地瞪着那根纤细的桅杆。对于一名一辈子都习惯于在椰子树上爬上爬下的当地人来说，这根桅杆一点问题都没有。可他却太胖太重了。

"下来，"他大喊道，"你就跟条死狗一样一点用都没有。咱们只能沿着暗礁走，直到找到那缺口为止。"

这是一艘七十吨的纵帆船，装有石蜡辅助剂，在没有逆风的情况下，航行速度大约为每小时四到五节①。

———————

① 节，航速单位，1 节为 1 海里/小时，即 1.852 千米/小时。

这是条破烂不堪的船，很久以前刷成过白色，可现在却肮脏邋遢，斑斑驳驳。船身散发着浓烈的石蜡味儿，还有经常运载的椰肉干的味道。眼下他们离暗礁不足一百英尺，船长便吩咐舵手沿着暗礁行驶，一直开到缺口处。可开了几英里后，他意识到他们已经错过了缺口。于是他调转船头，缓缓往回开。暗礁周边的白色泡沫依然没有断开的迹象，而此时夕阳已西沉。船长咒骂着船员的愚蠢，但也只能无奈地等到第二天早晨。

"把船掉转过来，"他说，"我可没法在这儿抛锚。"

他们把船往海上开出去一点，天很快便黑了。他们抛锚歇脚。船帆被收拢后，船身开始剧烈摇晃。阿皮亚的人说有朝一日这艘船会翻个底朝天。船主是个德裔美国人，经营着当地最大的店铺之一，他曾放话说，就算有人出再多的钱，他也不会坐这条船出海。船上的厨子过来说晚饭做好了。厨子是个中国人，穿着条又脏又破的白裤子和一件薄薄的白色束腰上衣。船长进了船舱，发现轮机师已经入座等着开饭了。轮机师是个细高个儿，脖子瘦得皮包骨。他穿着蓝色工装裤和一件无袖运动衣,露出两条细胳膊,上面的刺青从肘部一直延伸到手腕。

"见鬼,得在外面过夜了。"船长说。

轮机师没搭腔,两人一声不吭地吃了晚饭。船舱里点着一盏昏暗的油灯。等他们吃完杏脯罐头,这顿饭就算结束了,中国厨子给他们上了茶。船长点起一根烟,走到上层甲板上。在夜色的映衬下,那座小岛这会儿只是黑乎乎的一团阴影。天上的星星明亮耀眼,此时耳边唯一能听到的就是海浪无休无止的拍打声。船长一屁股坐到折叠躺椅上,无所事事地抽着烟。不一会儿,三四名船员走过来坐下。有一人拿着一把五弦琴,另一个则带着一把六角手风琴。他们开始演奏,其中一人则开始唱歌。当地歌曲用这些乐器演奏出来,听上去很奇怪。随后,两个人和着歌声开始跳舞。这是一种未开化的舞蹈,粗野而原始,节奏很快,手脚动作迅疾,身体扭曲。这舞蹈充满感官刺激,甚至可说十分性感,却是一种毫无热情的性感;又颇具动物性,直来直去,怪异却毫无神秘感,简而言之就是接近自然本能,甚至会有人说它像孩童般天真。最后他们终于玩累了,便在甲板上伸着懒腰睡着了，于是一切归于寂静。船长费力地从躺椅上抬起身子，顺着同伴的身子爬下来，走进自己的船舱，拿出衣服。随后他爬上床铺，躺了下来。在夜晚的热浪中，他微微喘着气。

然而第二天早晨，当黎明悄悄爬上宁静的海面时，在他们停泊处的东面，便能稍稍看到一点昨夜他们没发现的那个藏在暗礁间的缺口了。纵帆船驶入了环礁湖。水面上没有一丝波纹，珊瑚岩深处可以看到色彩缤纷的小鱼在游来游去。抛锚停泊后，船长吃了早餐，走上甲板。阳光从万里无云的天空照射下来，不过在清晨，空气凉爽宜人。今天是周日，周围的气氛显得平静安宁，仿佛大自然也在休养生息，这让他感觉到一种不同寻常的舒适。他坐在那里，注视着树木丛生的海岸，感觉慵懒而安逸。不一会儿，一个微笑慢慢浮上他的嘴唇，他把烟蒂扔进水里。

"我要上岸去一下，"他说，"把小艇放下去。"

他顺着陡峭的梯子爬下去，让人划着小艇送到一个小海湾那儿。椰子树一直长到水边，不是成排成排的，而是以一种井然有序的形式间隔开。这些树就像一群跳着芭蕾舞的老处女,虽已年迈,却依然轻佻,傻笑着用矫揉造作的姿态展示出往日的优雅。船长沿着一条勉强可见的曲折小径,漫步穿过椰树丛,不久便来到一条开阔的小河边。河上有座桥,不过桥身是由十来支单根椰树干建造而成的,这些椰树干首尾相连,接合处由一根嵌入河床的分叉树枝作为支撑。走在光秃秃圆溜溜的桥面上,又窄又滑,手也无处可扶。走过这样一座桥需要稳健的双脚和莫大的勇气。船长犹豫了。然而这时,他看到小河对面的树丛中有一座白人的房子。于是他下了决心,小心翼翼地迈出步子。他留意着脚下,每当来到两根树干互相交叠的连接处,脚下的平面出现高低落差时,他的步履就会有些不稳。当他到达最后一根树干,并终于踏上了河对岸坚实的平地时,他放松地舒了口气。他如此专注于克服过桥时的困难,以至于完全没注意到有人在注视着他,因而听到有人和自己说话时,他吃了一惊。

"在你还没习惯时,过这种桥是要点儿胆量的。"

他抬起头,看到有个人站在自己面前。显然他是从自己刚才看到的那座房子里出来的。

"我看到你犹豫了一下，"那人接着说，嘴角带着微笑，"我在等着看你掉下去。"

"绝对不会。"船长说，此时他已经恢复了自信。

"我自己以前曾掉下去过。我记得，有一天晚上我打猎回来，连人带枪一起掉了下去。现在我找了个小伙子来替我扛枪。"

他已经不年轻了，下巴上蓄着少许略显灰白的胡须，脸颊瘦削。他穿着一件无袖汗衫和一条帆布裤子，脚上既没穿鞋子也没穿袜子。他说的英语略带点儿口音。

"你是尼尔森？"船长问道。

"是的。"

"我听说过你。我估计你住在这一带。"

船长跟着主人走进小平房，主人示意他在椅子上坐下，他便一屁股坐了上去。尼尔森出去拿威士忌和玻璃杯的时候，船长四下打量着这房间。房间里的摆设让他觉得非常惊奇，因为他从未见过这么多书。四面墙都是书架，从地板直达天花板，上面密密匝匝地挤满了书。一架大钢琴上四散着乐谱，还有一张巨大的桌子,上面也横七竖八地扔着一堆书籍和杂志。这房间令他感到局促不安。他想起来,尼尔森是个怪人。虽然他来到这个群岛已经好多年了,但人们对他知之甚少,而那些认识他的人一致都说他很怪。他是个瑞典人。

"你这儿的书堆得可真多啊。"尼尔森回来时船长说。

"这不会碍什么事。"尼尔森微笑着答道。

"你都看过吗?"船长问。

"绝大部分都看过。"

"我也比较爱看点儿东西。我让人定期给我送《星期六晚邮报》。"

尼尔森给来访者倒了一杯上好的烈性威士忌,又递给他一根雪茄。船长主动告诉了他一些情况。

"我昨晚到的,可没找到那个缺口,就只好在外头抛锚。我以前没跑过这条线,不过我手下人有点东西想带到这儿来。你认识格雷吗?"

"认识,他在附近开了家店。"

"嗯,他想要一大堆罐头食品,还有点儿椰肉干想卖掉。他们觉得我与其在阿皮亚没事儿干,不如来这儿跑一趟。我大多数时候在阿皮亚和帕果帕果①之间跑船，不过眼下那儿在闹天花，也没什么劲。"

他喝了口威士忌，点上雪茄。他本来是个沉默寡言的人，但尼尔森身上有些东西令他紧张，而这种紧张感驱使他不停地说话。瑞典人用他那黑色的大眼睛注视着他，眼里带着一丝兴味。

"你这地方收拾得还挺齐整的。"

"我已经尽力了。"

"你靠这些树肯定挣了不少钱。这些树看上去都挺不赖。眼下椰肉干能卖个好价钱。我自个儿以前也有座种植园，在乌波卢岛上，不过后来只能卖掉了。"

他又一次打量着房间，房间里的所有这些书带给他一种莫名其妙、充满敌意的感觉。

"不过我猜你一定会觉得住这儿有点儿寂寞。"他说。

"我已经习惯了。我在这儿待了二十五年了。"

这会儿船长想不出什么话好说了，只好默默地抽着雪茄。尼尔森显然无意打破这种沉默，他用沉思的眼神

---

① 帕果帕果(Pago Pago)，东萨摩亚首府。

注视着客人。对方是个高个子男人，身高超过六英尺，并且相当肥胖。他面色很红，脸上斑斑点点，脸颊上交错分布着一根根细小的紫色血管，五官则因脸部肥胖而陷了进去。他眼睛充血，脖子被埋入一团团脂肪里。他后脑勺上长着一小圈几近全白的长长的鬈发，除此之外他可以说已经秃顶了。而那个光溜溜的大脑门，原本也许能带给他一副聪明的假象，却反而让他显得异乎寻常地愚钝。他上身穿着一件蓝色法兰绒衬衫，敞开的领口处露出肥厚的胸部，上面覆盖着一团红毛，下身则穿着一条陈旧不堪的蓝色哔叽裤。他以一种笨拙的姿态坐在椅子上，大肚子往前凸出，两条肥硕的腿叉开放着。他的四肢毫无灵活性可言。尼尔森漫不经心地暗自思忖着他年轻时会是个什么样的人。几乎无法想象这个庞然大物也曾是个会四处乱跑的少年。船长喝光了威士忌，于是尼尔森把酒瓶往他面前推了推。

"别客气。"

船长倾身向前，用肥大的手一把抓住酒瓶。

"话说，你是怎么来到这一带的?"他问道。

"噢，我是出于健康原因来到这群岛的。我的肺不好,他们说我活不过一年。你看,他们没说对。"

"我是说,你怎么会在这儿安顿下来?"

"我是个感伤主义者。"

"噢!"

尼尔森知道船长对自己说的意思完全摸不着头脑,于是他注视对方的黑眼睛里闪出嘲讽的光芒。也许正因为船长是个如此粗野而迟钝的家伙,他才突然心血来潮,想要继续说下去。

"你过桥的时候一心只顾着保持平衡,怕是没注意到吧,这一带被公认景色相当优美。"

"你这座小房子很漂亮。"

"哦,我刚来的时候是没有这房子的。这儿原本有座当地人的小屋,有着蜂巢一样的屋顶,还有柱子。屋子就躲在一棵大树的浓荫下,树上开着红红的花,四周还有巴豆丛,叶子颜色各异,有黄的,有红的,也有金色的,像花花绿绿的篱笆一样围着它。还有,周围全是椰子树,这些树就和女人一样,耽于幻想,还自视甚高。它们站在水边,整天看着自己水里的倒影。当时我还很年轻——天哪,都已经是二十五年前的事了——那时我想要在临死之前,用留给我的短暂时光好好享受一下这世界的一切美好。我觉得这里是我见过的最美的地方。我第一次看到这地方时就被触动了,感觉简直想哭。我当时只不过二十五岁,尽管表面上强装镇定,但我其实不想死。不知怎么地,我觉得这里的美景让我更易于接受自己的命运。当我来到这里时,感觉自己过去的一切,斯德哥尔摩、那里的大学生活,还有在波恩的日子,全都消失殆尽了:那一切仿佛根本不属于我,似乎这下我终于实现了我们那些哲学博士一直在喋喋不休讨论的目标——你看,我自己就是其中一员。'一年,'我大声对自己说,'我还有一年时间。我将在这儿度过这一年,然后心满意足地死去。'"

"人在二十五岁的时候,往往愚蠢、多愁善感而又夸张不实,可要不是这样,也许到了五十岁就不会那么明智。"

"喝吧,朋友,别让我这些胡话打搅了你的雅兴。"

他晃了晃瘦削的脑袋,朝着酒瓶方向示意,于是船长把杯子里剩下的酒一饮而尽。

"你什么也没喝嘛。"他一边伸手去拿威士忌一边说。

"我习惯保持清醒,"瑞典人说,"我用自认为更微妙的方式麻醉自己。但也许那不过是虚荣心所致。不管怎么说,那效果更持久,结果的危害性也要小一些。"

"听说美国现在有很多人在吸可卡因。"船长说。

尼尔森压低嗓门轻笑一声。

"不过我也不太见到白人,"船长继续说,"再说就这么一次,我倒也不觉得喝口威士忌能碍什么事。"

他给自己倒了点酒,加了点苏打水,呷了一口。

"我很快便发现了为什么这儿拥有如此不同寻常的美景。爱情在这儿逗留,就像一只迁徙的候鸟偶尔在远洋航船上歇脚,暂时收起自己疲惫的羽翼。一股从美好的激情中散发出的芬芳弥漫在它上空,就像五月山楂树的香味徘徊在我家草地之上。在我看来,人们爱过或遭受过不幸的地方,总有某种淡淡的芳香留在那儿挥之不去,就好像这些地方获得了一种灵性,会对过客产生神秘的影响。我真希望自己能把意思表达清楚。"他微微一笑,"不过我无法想象,要是我真的说清楚了,你是否能理解。"

他停顿了片刻。

"我觉得这地方之所以美,是因为我曾在这儿拥有过美丽的爱情。"而这时他耸了耸肩，"可也许，这不过是因为，年轻的爱情和合适的场景在这儿愉快地结合，满足了我的审美感受吧。"

即便是一个头脑没有船长那么迟钝的人，如果被尼尔森的话搞得茫然无措，也情有可原，因为尼尔森对自己说的话似乎也流露出些许嘲笑之意。似乎他从理智的角度，感觉自己出于情感所说的话颇为荒唐。他先前曾自称是一名感伤主义者，而一旦感伤主义和怀疑主义相结合，那就祸不单行了。

他沉默了片刻，看着船长，眼里忽然闪现出困惑。

"你知道，我总感觉以前在什么地方见过你。"他说。

"可我真不记得你。"船长回答道。

"我有一种奇怪的感觉，你的脸我似乎很熟。这种感觉已经让我困惑了一阵子了。可我无法将记忆落实到任何地点或时间上。"

船长大幅度耸了耸他那厚重的肩膀。

"从我第一次来到这个群岛，已经过去三十年了。一个人没法儿指望记得这么长一段时间里遇到的所有人。"

瑞典人摇了摇头。

"你知道,有时候一个人就是有这种感觉,一个他从未去过的地方,却让他感到很熟悉,这很奇怪。这就是我见到你的感觉。"他笑了笑,带着异想天开的表情,"也许我是在过去的某种存在状态下认识你的。也许,也许你曾是古罗马一条大帆船的船主,而我是划桨的奴隶。你是说你在这儿待了三十年了?"

"整整三十年了。"

"我不知道你是否认得一个叫红仔的人?"

"红仔?"

"我只知道他这个名字。我和他没有任何私交,甚至从未见过他。可我似乎把他看得比很多人更清楚,比如我哥哥,我和他一起生活了很多年。他活在我的想象中,清晰得就像保罗·马拉泰斯塔①或罗密欧。不过我想你从未读过但丁或莎士比亚的作品吧?"

---

① 保罗·马拉泰斯塔(Paolo Malatesta),但丁《神曲》中的悲剧人物,出身中世纪意大利贵族家庭,外貌英俊,因被父亲要求代替外貌丑陋的哥哥相亲,与嫂嫂弗朗切斯卡坠入情网无法自拔,最终双双被哥哥杀死,死后因犯通奸罪而下地狱。此处与罗密欧一样被视为爱情悲剧中英俊美男的典型。

"我可真没读过。"船长说。

尼尔森抽着雪茄，往后靠在椅子上，两眼空洞地凝视着飘浮在静谧空气中的那个烟圈。他嘴角泛起一丝微笑，眼神却很严肃。随后他注视着船长。此人极度的肥胖中透出某种格外令人厌恶的特质。他具有那种大胖子特有的极度自满，令人感觉十分蛮横无理，也让尼尔森神经紧张。眼前看到的人和他脑海中想象的人形成了令人愉悦的对比。

"可以说，红仔是你见过的最漂亮的人。我和不少当年认识他的人聊过，都是白人，他们一致认为，你一见到他，他的俊美就足以让你窒息。因为他有一头红发，所以他们叫他红仔。他的红发天然卷曲，披得很长。拉斐尔前派①的艺术家们狂热赞美的一定就是这种美妙的颜色。我觉得他不是在炫耀，他太过天真率直，不会

———————————

① 拉斐尔前派，19 世纪中叶出现于英国的画派，反对当时英国画坛保守平庸的风格，主张回到拉斐尔之前的时代去，以早期文艺复兴那种明快色彩、丰富细节和漂亮自然光的绘画艺术为榜样，真实表现自己的感情和观念。该画派注重油画的精神内涵和中古时期的情调，作品多有一种感伤和富于神秘意味的风韵。

有这种想法，但就算他真的有，也不会有人责怪他。他个子很高，身高达到六英尺一或六英尺二——先前坐落在这儿的那座土著小屋里，屋子中央支撑屋顶的那根树干上还留着用刀子刻下的他的身高印记——而他的身材也像一位希腊神祇一样，宽肩窄腰。他就像阿波罗，拥有普拉克西特列斯①赋予他的那种柔和的圆润度，以及温和的女性般的优雅，扰人心绪而又神秘莫测。他乳白色的皮肤白得耀眼，如缎子一般，就像女人的皮肤。"

"我小时候皮肤也挺白的。"船长说，充血的眼睛里闪动着光芒。

然而尼尔森并没有理睬他。眼下他正在讲述自己的故事，被人打断令他颇不耐烦。

"他的脸庞也正如他的身材一样美好。他有着大大的蓝眼睛，颜色很深，以至于有些人说他的眼睛是黑色的，而和绝大多数红头发的人不同的是，他的眉毛是深色的，睫毛又黑又长。他的五官完美得一丝不苟，嘴巴

①　普拉克西特列斯（Praxiteles），公元前四世纪中期希腊雕塑家。

恰似一道鲜红的伤口。他当时二十岁。"

说到这里,瑞典人颇具戏剧效果地停顿了一下,然后呷了一口威士忌。

"他是独一无二的。他美得空前绝后。他的出现,就像一株野生植物上开出了一朵绝美的花那样不可思议。他是大自然的意外之喜。

"一天,他来到你今早停靠的那个小海湾。他是一名美国水手,在阿皮亚的一艘军舰上开小差逃了出来。他说服了某个性情温厚的当地人,让他坐上了一艘正巧从阿皮亚开往萨福图的小艇,然后坐独木舟在这儿上岸了。我不清楚他为什么要开小差。或许他对军舰上处处受约束的生活感到厌烦,或许他遇到了麻烦,又或许是因为南太平洋以及这儿充满浪漫色彩的岛屿已深入他的骨髓,让他无法自拔。这些美景时不时会莫名其妙地迷住一个人,而这人会感觉自己就像被蛛网困住的苍蝇一样无法挣脱。也许构成他身体的神经纤维有其柔软之处,而这些绿色的山丘,柔和的空气,还有湛蓝的海水,将他身上原有的北方人的力量卸去了,就像大利拉卸去了拿撒勒人的力量①。不管怎么说，他想要躲起来，并且他认为在军舰启航离开萨摩亚之前，自己待在这个隐蔽的角落将是安全的。

"海湾边有一座当地小屋，当他站在那儿不知该何去何从时，一位年轻姑娘从里面出来，邀请他进屋。当地语言他只会说一两个词，那姑娘也几乎不会英语。可他完全理解她的微笑和她那曼妙的姿势代表了什么，于是便跟着她进去了。他在垫子上坐下，姑娘招待他吃菠萝片。我只能根据道听途说来讲述红仔，可我在他俩初次相遇三年后见到了那姑娘，她当时还不满十九岁。你无法想象她有多么秀美。她拥有木槿花般的热情与优雅，也有其浓艳的色彩。她身材高挑而纤细，拥有她所属人种的精巧五官，一双大眼睛就好像椰子树下两汪宁静的水潭；她的头发乌黑卷曲，在背后披泻下来，头上还

① 大利拉与拿撒勒人（Dalilah and Nazarite），《旧约·约书亚记》10：12-13 中记载，拿撒勒人参孙因获得上帝赐予的一缕头发而力大无穷，打败了非利士人。非利士美女大利拉以美色诱使参孙说出自己力量的来源，并趁参孙熟睡时剪去他的头发，使其失去力量。参孙被非利士人俘获，受尽凌辱，向上帝祈求，重获魔力，最后推倒神殿与三千敌人同归于尽。

戴着一个芬芳的花环。她的双手也十分可爱,小巧精致,能拨动人的心弦。在那时,她动不动就会笑起来。她的笑容如此令人愉快,简直能让你的双膝颤抖。她的皮肤就像夏日里一片成熟的玉米地。天哪,我要怎么形容她? 她美得简直不真实。

"这两个年轻人,姑娘十六岁,小伙子二十岁,见到对方的第一眼便坠入爱河。那是真正的爱情,并非出于意气相投、利益一致或是才学相当,就只是再单纯不过的爱情。那是亚当在伊甸园中一觉醒来,看到夏娃用水汪汪的大眼睛含情脉脉地注视着自己时感受到的爱情。那种爱情不仅能让两头野兽互相吸引,也能令两位神明一见钟情。那是令这世界成为奇迹的爱情。那是为生命赋予意义的爱情。你大概不知道,那个睿智而愤世嫉俗的法兰西公爵①曾说,两个恋人中,总有一个主动去爱,而另一个则被动接受。这条真理令人痛苦,但我们

———————

① 此处应指弗朗索瓦·德·拉罗什富科,又称马西亚克亲王,17世纪法国古典作家。年轻时曾是投石党叛乱的中心人物,后回归朝廷,著有《道德箴言录》,主要表现他愤世嫉俗的思想。

大多数人都不得不屈从。然而时不时会有这样的情况，两个人都主动去爱，并且都被动接受。这时人们往往会感觉日月停留，岁月静好，就像约书亚向以色列的神祈求日月停留①时那样。

"即使到了现在，这么多年以后，每当我想到这两个人，如此年轻，如此美好，如此单纯，想到他们的爱情，我的心就会作痛。这种痛楚能将我的心撕裂，就像在某些夜晚，当我凝望着一轮满月从澄澈无云的夜空向环礁湖洒下清辉时所感到的那样。当你静观冥思完美事物时，总难免会感到痛楚。

"他们当时都还只是孩子。姑娘善良甜美而体贴。我对小伙子一无所知，但我愿意相信，无论如何，当时的他都是天真率直的。我愿意相信，当时他的灵魂和他的身体一样可爱。不过我敢说，他和天地初开时的林中生灵一样，并不具有成熟复杂的灵魂。在那时，这些生灵折苇为笛，取山泉而浴，你还能瞥见幼鹿跟在须髯飘飘

---

① 《旧约·约书亚记》10：13 记载，约书亚在一场决定性的战役中，以极大的信心呼求上帝，使日月停止约一日之久，以便以色列人能继续争战直到胜利为止。

的人马怪后面,在林间空地上飞奔而过。拥有灵魂是一件麻烦事,人类一生出灵魂,便失去了乐园。

"呃,当红仔来到这个小岛时,岛上刚刚经历过一场由白人带到南太平洋的瘟疫,三分之一的居民都死了。似乎姑娘失去了所有的近亲,如今寄居在远房表亲家里。这个家里共有两个干瘪的老太婆,两人都弯腰驼背、满脸皱纹,有两个年轻一些的女人,还有一个成年男人和一个男孩。红仔在那儿住了几天。不过也许他觉得自己离海滩太近了,有可能遇到白人,从而暴露了自己的藏身之处,也有可能这对相爱的人无法忍受因为有别人在身边陪伴而被夺走哪怕是一刻在一起的美好时光,一天早晨,他们双双离开了那里,带着姑娘仅有的一点儿物品,在椰树下沿着一条长满青草的小径一路走到了你看到的这条小河边。他们必须走过你刚才走过的那座桥,姑娘看到小伙子胆怯了,笑得很开心。她拉着他的手走到第一棵树的末端,可这时小伙子的勇气消失了,不得不往回走。他冒险再次过桥之前,被迫脱掉所有衣服,而姑娘则替他把衣服顶在头上运了过去。他们在那儿的空屋子里安顿下来。姑娘对这所房子是否拥有权利（群岛上的土地占有制是一桩十分复杂的事务），屋主是否已经死于瘟疫，我不得而知，不过无论如何，没人向他们提出质疑，他们便占了这屋子。他们的家具包括几张用于躺在上面睡觉的草垫，一块镜子的碎片，还有一两只碗。在这片宜人的土地上，这些足以让他们开始家庭生活了。

"人们说快乐的人没有来历，那么自然快乐的爱情也没有。他们成日无所事事，可日子似乎太过短暂。姑娘有个当地名字，不过红仔管她叫莎莉。他很快学会了这门简单的语言，常常一连几个小时躺在垫子上，听她快活地跟自己聊天。红仔是个沉默寡言的人，也许是他的思维比较迟缓。姑娘用当地烟草和露兜树叶为他制作雪茄，他便抽个不停；而每当姑娘用灵巧的手指制作草垫时，他便会在一旁注视着她。时常会有当地人进屋来，没完没了地讲述过去那些事儿，说那时这个小岛被部落战争搅得不得安生。有时候他会跑到礁石上去捕鱼，把满满一篮子五颜六色的鱼带回家。有时候他会在夜里打着灯笼出去捕龙虾。小屋四周种着大蕉，莎莉便会做一顿烤大蕉来让二人充饥。她知道怎样用椰子来做出美味佳肴,小河边的面包树也为他们提供了果实。在节日里,他们宰杀了一头小猪,在炙热的石头上将它烤熟。他们在小河里一起沐浴,到了傍晚,他们便一起到环礁湖去,坐在带有硕大的舷外托架的独木舟上,划着桨四处游荡。大海是深蓝色的,日落时分则呈现出酒红色,就像荷马史诗中描述的希腊的海面;然而环礁湖里却呈现出无尽的缤纷色彩,浅蓝,紫晶,翠绿,而有那么一会儿,夕阳又将它染成了流光溢彩的金色。珊瑚的色彩不一而足,有棕色的,有白色的,有粉色的,有红色的,还有紫色的,形态也是妙不可言。这里就像一个魔幻花园,而匆匆游过的鱼儿就像花园中的蝴蝶。这一切奇异地缺乏现实感。珊瑚丛中有一个个水塘,水底铺满白沙,水质清透耀眼,极其适合沐浴。随后,他们浑身清凉,心情愉悦,手挽着手,在朦胧的暮色中,顺着柔软的草径一路漫步回到小河边,此时八哥鸟的鸣叫声响彻了椰树林。随后夜晚到来,辽阔的夜空中金黄的月亮熠熠生辉,这里的夜空似乎比欧洲的天空更为广阔,温柔的空气轻拂过四面通风的小屋,此时漫漫长夜又显得过于短暂了。姑娘这时候十六岁,红仔还不到二十岁。黎明从小屋的木柱间悄悄潜入，照在这对相拥而眠的可爱孩子身上。太阳躲在大片破烂的大蕉叶后面，以便不去惊扰他们，随后，却又带着调皮的恶意，朝着他们的面部射出一根金色的光线，就好像一只波斯猫伸出的爪子。他们睁开蒙眬的睡眼，微笑着迎接另一天的到来。一周又一周，一月又一月，一年就这样过去了。他们彼此相爱的程度似乎一如既往——我不想说充满激情，因为激情这个词总是带着一丝悲伤的色调，带着一丝苦涩或痛楚，所以不如说他们依然全心全意，单纯而又自然而然地相爱着，就如初次相遇的那一天。就在相遇的一刻，他们已然意识到自己心中有神明入驻。

"如果你当时有机会问他们，毫无疑问他们绝不相信两人之间的爱情会消失。难道我们不知道，爱情的关键要素就在于相信它会天长地久吗？而也许，连红仔自己也不知道，姑娘也丝毫不曾怀疑，其实在红仔心中已经有了一颗小小的种子，随着时间的推移，这种子将长出厌倦的果实。因为有一天，从海湾那边过来的一名当地人告诉他们，在海滩过去一点的下锚处，停着一艘英国捕鲸船。

"'哇,'他说,'不知道我能不能拿些椰子和大蕉去换一两磅烟草。'

"莎莉用不知疲倦的双手为他制作的露兜叶香烟很有劲儿,抽起来味道也相当不错,但并不能让他感到满足。他突然间渴望真正的烟草,刚猛,浓烈,辛辣。他已经连续多月没抽过烟斗了。一想到这里,他便馋得口水直流。人们可能会以为某种不祥的预感会让莎莉试图说服他不要去,但爱情已完全占据了她的心,以至于她丝毫没有想过这世上会有任何力量能将他从自己身边夺走。他们一起上山采集了一大篮野生橙子,橙子虽还青涩,却甜美多汁;他们还一起在屋子四周采摘了大蕉,从自家树上采摘了椰子,还有面包果和芒果;随后他们将这些东西运到了海湾。他们把这些东西装进那艘摇摇晃晃的独木舟,于是红仔和那个把捕鲸船的消息带给他们的男孩划着桨驶出了礁石圈。

"这是姑娘最后一次见到红仔。

"第二天,男孩独自一人回来了。他痛哭流涕地讲述了以下的事情经过。他们经过长途划行,抵达了那艘捕鲸船所在处,然后红仔和对方打招呼,一名白人从船的侧面看到了他们，便让他们上船。他们把带过去的水果运上船，然后红仔将它们堆在甲板上。白人和红仔开始交谈，接着他们似乎达成了某种协议。其中一个人下到船舱里，把烟草带了上来。红仔立刻拿了一点，点上烟斗。男孩模仿了一下他兴高采烈地从嘴里呼出一大团烟雾的样子。随后他们和他说了些什么，于是他便走进了船舱。男孩通过开着的门好奇地朝里面张望，看到有人拿出一个瓶子和几个玻璃杯。红仔喝着酒抽着烟。他们似乎问了他什么，因为他摇了摇头并笑了起来。那第一个和他们说话的人也笑了，并再次往红仔的杯里倒满酒。他们继续边聊边喝，很快男孩便看腻了这种与己无关的场景，在甲板上蜷起身子酣然入睡。他是被人踢醒的，于是一下子跳起来，发现船正在慢慢驶出环礁湖。他看到红仔坐在桌边，头沉沉地枕在胳膊上，睡得正香。男孩作势朝他跑过去，想要叫醒他，但一只粗大的手抓住了他，一个男人满面怒容，嘴里说着他听不懂的话，朝旁边指了指。男孩冲着红仔大叫，可他很快便被抓起来扔出了船舷。他呼天不应，叫地不灵，只好朝自己那条漂在稍远处的独木舟游过去,将它推到礁石边。他爬进独木舟,一路哭哭啼啼地划着桨回到岸上。

"发生了什么事是显而易见的。那条捕鲸船由于人员开小差或遭遇疾病,正缺人手,而当红仔上船时,船长请他加入,遭到拒绝以后便把他灌醉,绑架了他。

"莎莉痛不欲生。她大哭大叫了整整三天。当地人想尽一切办法来安慰她,可她不肯接受安慰。她不肯吃东西。接着,在筋疲力尽之后,她陷入了愁眉苦脸的状态。她整日待在海湾边,凝视着环礁湖,徒劳地希望红仔能以某种方式逃出来。她长久地坐在白色沙滩上,任由眼泪从脸颊上流下来,到了夜晚,再拖着疲惫的身子往回走,穿过小河,回到自己曾拥有幸福的那间小屋里。红仔到来之前曾与她同住的那些人希望她回去,但她不肯;她坚信红仔会回来,而她希望他在和她分别的地方找到自己。四个月之后,她生下一个死胎,前来帮她分娩的老妇人便留在小屋里与她同住。她生命中的一切欢乐都被夺走了。如果说随着时间的推移,她的痛苦变得不再那么难忍的话,这是因为它已被一种根深蒂固的忧郁取代了。这些当地人的情感虽相当强烈,却也转瞬即逝,你不会料到,在他们当中,竟也会有这样的女子,能保持如此长久的激情。她从未失去这种深刻的信念——有朝一日红仔会回来。她等待着他,每次有人走过这座由椰树干架成的窄窄的小桥,她都会注意看。也许终于能盼到他。"

尼尔森停止讲述,轻轻叹息了一声。

"那她最后怎么样了?"船长问道。

尼尔森苦涩地一笑。

"噢,三年后她嫁给了另一个白人。"

船长发出了一声响亮而讥讽的大笑。

"他们这些人往往就这样。"他说。

瑞典人恨恨地瞪了他一眼。他不知道为什么这个粗野而肥胖的家伙会在自己心中激起如此强烈的厌恶感。然而他思绪游移,感觉自己头脑里满是往日的记忆。他回忆起二十五年前的事。当时他厌倦了阿皮亚那种充斥着酗酒、赌博和粗俗不堪的感官刺激的生活,刚刚来到这个小岛上。此前他曾雄心勃勃,对事业充满无限遐想,然而这一切都一去不返,他疾病缠身,只能让自己安于天命。他毅然决定将一切扬名天下的期望抛诸脑后,努力满足于把所剩无几的几个月生活过得谨慎些,这也是他唯一能指望的。他寄宿在一名混血儿商人那里,这商人在当地村子边上开了家店铺,离海滩有几英里。有一天,他沿着椰树林中青草丛生的小径漫无目的地闲逛时,偶然来到了莎莉居住的小屋那里。那儿的美景令他心中充满几近痛苦的狂喜,随后他看到了莎莉。她是他见过的最美的造物,而她乌黑华美的眼睛里透出的哀伤对他产生了奇特的感染力。卡纳卡人是漂亮的一族,其中不乏美人,但那种美只是像动物般身形匀称。那是一种空洞的美。然而她那悲伤的眼睛深邃而充满神秘色彩,你可以从中感受到人类的灵魂在摸索过程中那种错综复杂的痛苦。商人把莎莉的故事讲给他听,他被深深打动了。

"你觉得他有朝一日会回来吗?"尼尔森问商人。

"绝不会。嘿,那艘船给他结清工资让他走人得花上好几年,到那时候他就会把她忘得干干净净了。我敢打赌,他醒来发现自己被绑架了肯定气得发疯,八成就想找人打一架。可他只能乖乖地逆来顺受,而且我猜,不出一个月他就会觉得,能离开这座岛对自个儿来说真是再好不过了。"

然而尼尔森无法将这个故事从脑海中忘却。也许是因为他自己疾病缠身，孱弱无力，红仔那洋溢着健康光芒的形象令他浮想联翩。由于他本人长相丑陋，貌不惊人，他对别人俊美的外貌特别看重。他从未充满激情地恋爱过，当然也从未被别人充满激情地爱过。那两个年轻人之间两情相悦的故事带给他一种非凡的愉悦感。这个故事具有绝对事物那种不可言喻的美感。他又一次造访了河边的那座小屋。他拥有语言天赋，头脑活跃，勤于工作，并且已经花了很多时间来研究当地语言。他依然保留了过去的习惯，正在收集资料写一篇关于萨摩亚语的论文。那个和莎莉同住的丑老太婆邀请他进屋坐下，并招待他喝卡瓦酒，抽香烟。她很高兴能有人和她交谈。在老婆子唠叨的时候，尼尔森注视着莎莉。她令他想起那不勒斯博物馆里的普赛克①像。她的五官线条同样纯净可爱，虽然已经生过一个孩子，但她看

---

① 普赛克，罗马神话中的灵魂女神。原为罗马国王的女儿，外表和心灵美丽无双，爱神丘比特爱上了普赛克并和她秘密成婚。

上去依然像个处女。

直到见过两三次以后,尼尔森才得以引导莎莉开口说话。而她也仅限于问他是否在阿皮亚见过一个叫红仔的人。红仔失踪已经两年了,但显而易见她依然不停地思念着他。

尼尔森没过多久便发现自己爱上了她。现在他需要运用意志力才能不让自己每天都去小河边,即便是没和莎莉在一起的时候,他也在想着她。起先,他将自己看作一个将死之人,只希望能看到她,不时听到她说话,这种爱情带给他一种美妙的幸福感。他为这种爱情的纯洁无瑕而欣喜若狂。他并不想从她那儿得到任何东西,只希望有机会在她柔美的形貌周遭编织一张美丽的幻想之网。然而,露天的环境,恒定的气温,良好的休息,简单的食物,这一切都开始对他的健康产生意想不到的影响。他的体温在夜里不再飙升到惊人的高度,咳嗽有所缓解,体重也开始增加。六个月过去了,他没有大出血,于是他忽然意识到自己有可能继续活下去。他仔细研究过自己的病情,此时突然产生了希望,意识到自己只要小心谨慎,也许就能阻断病程。得以再度展望未来让他兴奋不已。他制订了计划。很明显,任何涉及频繁活动的生活都是不可能的,但他可以生活在岛上,他那份微薄的收入在其他地方捉襟见肘,在这儿却足以维持生活。他可以种植椰子树,这能为他提供一份生计,他还会让人把他的书和钢琴运过来;但他敏锐地发现,所有这一切,都只是在试图向自己掩饰那个占据了他全部身心的欲望。

他想要莎莉。他不仅爱她的美貌,也爱她黯淡的灵魂,那是自己从她悲伤的眼神后面领悟到的。他会用自己的激情让她陶醉,并最终让她忘却前尘往事。他放任自己沉浸在狂喜之中,幻想着自己也能给予她幸福,那种幸福他曾以为永不能再拥有,如今却奇迹般地得到了。

他请求莎莉和自己住在一起。她拒绝了。他预料到这个结果,并不因此而感到沮丧,因为他确信她迟早会做出让步。他的爱情是无法抵挡的。他把自己的愿望告诉了那老婆子,并略感惊讶地发现老婆子和邻居们都早已知晓他俩的事,都在强烈敦促莎莉接受他的求婚。毕竟,每个当地人都乐意替一个白人做家务,而按照岛上的标准，尼尔森算是个有钱的白人了。为他提供住宿的商人去找莎莉，和她说不要犯傻，这样的好机会不会再有了，而且都过了这么久，她不该再相信红仔还会回来了。姑娘的抵抗反而让尼尔森的欲望变得更强烈，当初十分纯洁的爱情如今变成了一种痛苦的激情。他下定决心要扫除一切障碍。他不停地骚扰莎莉。最终，他的不依不饶，以及周遭每个人时而恳求、时而愤怒的轮番劝说搞得莎莉筋疲力尽，只好同意了。然而第二天，当他兴冲冲地过去探望她时，却发现她已经在头天晚上把自己和红仔同住的那间小屋烧毁了。老婆子怒气冲冲地向他跑过来，嘴里不停地辱骂着莎莉，不过他并没有理睬她；这无足轻重，他们会在小屋的原址上建一座平房。确实，要是他想摆上一台钢琴和大量的书，一座欧式房子会更加方便。

于是木屋建了起来，到如今他已经在里面住了很多年，而莎莉也成了他的妻子。在最初几周的狂喜中，他对莎莉所给予自己的感到满意，但在那之后，他便郁郁寡欢。出于疲惫，她向他做出了让步，但她只是在自己并不看重的方面妥协了。他曾隐约瞥见的那个灵魂并不属于他。他知道她根本不在乎他。她依然爱着红仔，一直都在等着他回来。尼尔森知道，只要红仔一有表示，她就会毫不犹豫地离他而去，将他的爱情、他的温存、他的同情心、他的宽宏大度弃之不顾，丝毫不会考虑他的不幸。尼尔森陷入极度痛苦之中，面对她的顽固不化，他不停地发起猛攻，却遭到她愠怒的抵抗。他的爱变得苦涩起来。他试图用体贴关怀来融化她的心，可她的心依然和之前一样坚硬；他假装冷漠，可她根本没注意到。有时候他会发脾气，对她恶语相加，然后她便会默默流泪。有时候他觉得她只不过是个骗子，那个灵魂只不过是自己的臆想，而自己之所以无法进入她心中的圣殿，是因为那儿根本就没有什么圣殿。他的爱情变成了一座他渴望逃离的监狱，可他却无力把门打开，走到室外——而要想逃离，他要做的只不过是把门打开而已。这是一种折磨，到最后他变得麻木而绝望。终于，激情之火燃尽，当他看到她的视线在那座窄窄的小桥上停留片刻时，充溢内心的不再是愤怒，而是不耐烦。受习惯和便利的束缚，他们如今已在一起生活了多年，而当他回首自己往日的激情时，只能付之一笑。她已成了一名老妇,因为岛上的妇女衰老得很快,而如果说他对她的爱情已然消亡,容忍却依然还在。她对他不理不睬,而他也满足于跟自己的钢琴和书籍待在一起。

思量至此,他倒是想发表些评论。

"如今我追忆当年,回想红仔和莎莉之间短暂而激越的爱情,我倒是觉得,也许他们应该感谢无情的命运,在爱情似乎依旧处于高潮时将他们分开。他们遭遇了不幸,却是以美好的方式遭遇不幸。他们得以免于遭受爱情真正的悲剧。"

"我不太明白你的话。"船长说。

"爱情的悲剧不在于死亡或分离。如果这事没发生,你觉得还需要多久,他们二人中就会有一个不再在乎这份感情?呀,你曾全心全意爱过一个女人,觉得一旦她离开你的视线你就无法忍受,可如今你看着她,却意识到即使你从今往后再也不见她也无所谓,这真是极其痛苦的事。爱情的悲剧在于心如止水。"

然而在他说话的时候,一件非同寻常的事发生了。虽然他在对着船长说话,但他并没有在说给他听,他在把思绪整理成语言,说给自己听;虽然他的眼睛盯着眼前的人，却对他视若无睹。可这时一个形象浮现在他眼前，不是他眼前看到的这个人的形象，而是另一个人的。他好像在朝一面哈哈镜里张望，哈哈镜让人变得要么格外矮胖，要么极其瘦长，但此时发生的事正好相反，他在这个肥胖而丑陋的老头身上瞥见了一个年轻男子的影子。这时他迅速而透彻地审视着他。为什么一次随意的漫步就恰好让他走到了这里？他心里猛地一颤，稍稍屏住了呼吸。他突然产生了一种荒谬的怀疑。他想到的事不可能发生，却也许真的发生了。

"你叫什么名字？"他突然问道。

船长的脸皱了起来，随后他发出了一声狡黠的轻笑。此时的他显得恶毒而极其庸俗。

"我已经太久没听到这个名字，差不多连自个儿都要忘了。不过在这些岛上，三十年来他们一直管我叫红仔。"

他发出一阵低沉得几乎听不见的狂笑，巨大的身躯随之颤动，看起来相当猥琐。尼尔森浑身战栗。红仔被深深逗乐了，泪水从他充血的双眼沿着脸颊流了下来。

尼尔森倒吸了一口气，因为就在这时，一个女人走了进来。她是个当地人,仪态带着一丝威严,结实但并不肥胖,皮肤黝黑(当地人随着年龄增长,皮肤会越来越黑),头发全都花白了。她穿着一件宽大的黑色长罩衣,薄薄的衣料映出她沉重的乳房。这一刻终于来临了。

她就一件家务事向尼尔森发表了意见,尼尔森回应了她。他不知道自己的声音在她听来是否也像自己听来那么不自然。她冷漠地瞥了一眼坐在窗边椅子上的男人,便走出了房间。这一刻来临了,随后又消失了。

尼尔森有一会儿无法开口说话。他在奇怪地颤抖着。随后他说:

"我很乐意请你留下来和我一块儿吃顿晚饭。只是家常便饭。"

"不了,"红仔说,"我得去找那个叫格雷的家伙。我要把货交给他,然后就走。我想明天回到阿皮亚。"

"我会派个男孩陪你去,给你指路。"

"那太好了。"

红仔费力地从椅子上站起来,瑞典人召来在种植园里干活的一名男孩,把船长要去的地方告诉他,于是男孩便走上桥去。红仔准备跟着他。

"别掉下去。"尼尔森说。

"才不会。"

尼尔森看着他过了桥，等他消失在椰树林中后，他依然一动不动。随后他重重地坐到椅子上。这就是剥夺了他幸福的那个男人吗？莎莉多年来一直爱着的、如此无望地等待着的，就是这么一个男人吗？这太可笑了。他突然感到一阵愤怒，本能地想要跳起来，把身边的一切都砸个粉碎。他受骗了。他俩最终见面了，却完全没发现。他开始笑起来，笑得阴郁而悲伤，随后他的笑声越来越响，直至变得歇斯底里。众神对他开了个残酷的玩笑，而他现在已垂垂老去。

最后莎莉进来告诉他晚饭做好了。他在她面前坐下，试图吃些东西。他不知道，要是自己现在告诉她，那个坐在椅子上的肥胖老头就是她至今仍沉湎于青春的激情中怀念的那个爱人，她会有什么说法。多年前，当他因为她令自己如此不快乐而怨恨她时，他会乐意告诉她。那时他想要像她伤害自己那样去伤害她，因为他的怨恨只是出于爱情。可现在他不在乎了。他冷淡地耸了耸肩。

"那个人来干吗?"不一会儿,她问道。

尼尔森没有立刻回答。莎莉也老了,成了一个又老又胖的当地妇女。他暗自诧异于自己当年为什么会如此疯狂地爱上她。他曾将自己灵魂中最宝贵的一切都呈献于她脚下,而她却不屑一顾。虚掷了,真是虚掷了!而现在,当他看着她时,心里只感到轻蔑。他的耐心终于耗尽了。他回答了她的问题。

"他是一艘纵帆船的船长,从阿皮亚来。"

"噢。"

"他替我捎来了老家的消息。我大哥病得很重,我必须回去。"

"你会去很久吗?"

他耸了耸肩。

V
水
潭

　　当阿皮亚大都会旅馆的老板查普林把我介绍给劳森时,我并没有给予他什么特别关注。当时我们坐在酒吧间里,早早地喝着鸡尾酒,而我则津津有味地听着岛上的各种街谈巷议。

　　查普林款待了我。他的本行是采矿工程师,而也许,在这个自己的职业成就毫无用武之地的地方安家落户,正符合他的个性。不过,据说他是个非常精明能干的采矿工程师。他身材矮小,不胖不瘦,黑色头发已开始变得灰白,顶上发量稀疏,嘴唇上方还长着一簇杂乱无章的小胡子。由于日晒和酒精的共同作用,他的脸色非常红。他是个有名无实的老板,因为这家旅馆(尽管名字起得宏伟堂皇,却只是座两层楼的木板房)是由他妻子管理的。查普林太太是个五十四岁的澳大利亚人,个子很高,骨瘦如柴,仪态威严,气质坚定果断。查普林这个小个子男人易于激动,时常略带醉意,对她十分惧怕,陌生人不久便听说两人吵架时她会动用拳脚来让他屈服。据说她有一晚喝醉后把丈夫关在他自己房间里,关了一天一夜,然后便有人看到,查普林因为不敢离开这间牢房,只能可怜巴巴地待在露台上和楼下街上的人聊天。

查普林是个颇有特点的人物,他对自己那丰富多彩的生活的回忆,不管是真是假,都值得一听,因而当劳森溜达着走进来时,我对他打断我们的谈话颇有些反感。虽然还没到中午,但他显然已经喝了不少酒,而迫于他的坚持,我只得勉强接受了他再来一杯鸡尾酒的提议。我已经知道查普林自控力不强,而根据惯常礼节我会被迫点下一轮酒,可那一杯便足以让他兴奋起来,然后查普林太太便会对我怒目而视。

劳森的外表毫无吸引力。他身材瘦小,脸形很长,气色灰暗,窄窄的下巴软弱无力,硕大的鼻子骨骼突出,很是惹眼,黑色的眉毛又粗又厚,蓬松杂乱。这些五官特征令他显得颇为奇特。不过他的眼睛很大,颜色很深,看上去倒是相当闪亮动人。他表现得开朗快活,可在我看来,这种快活却并非发自内心,只是在表面上装个样子,是他用来欺骗世人的一张面具。我怀疑这下面掩藏的是他刻薄的本性。他显然渴望被人看作一条"有肚量的好汉",对人也有些过分熟络。可不知为什么,我总觉得他奸诈狡猾,贼头贼脑。他粗声粗气地说个不停，和查普林二人互相比拼，看谁的故事更精彩，他们聊着那几场已传为美谈的宴会和在英国人俱乐部度过的一个个醉酒之夜，谈到在狩猎探险之旅中喝掉为数惊人的威士忌，还提到几次去往悉尼的远足，而这其中令他们引以为豪的，则是自己居然醉得完全不记得从上岸到返航之间发生过什么。真是一对愚蠢的醉鬼。酒过四巡，二人头脑都不再清醒，但即便在酣醉之际，二人间的差异依然十分显著：查普林粗野而庸俗，而劳森即使喝醉了，也依然不失绅士风度。

最后，劳森从椅子上站起身来，样子略有点摇摇晃晃。

“呃，我得回家去了，”他说，“晚饭前再见。”

“你太太好吗？”查普林问。

“好。”

他走了出去。他回答的单音节词中带着一种奇特的语调，令我不由抬起头来。

“是个好小伙，”劳森出门走向室外的阳光时，查普林直截了当地说，“数一数二的好人。只可惜他酗酒。”

这一评论出自查普林之口，不无幽默。

"他一喝醉就想找人干一架。"

"他经常喝醉吗?"

"一周里有三四天烂醉如泥。是这个岛毁了他,还有艾瑟尔。"

"艾瑟尔是谁?"

"艾瑟尔是他妻子。他娶了个混血儿,是老布雷瓦尔德的女儿。他带她离开了这儿,因为他没别的办法了。可她受不了,现在两个人又回来了。他总有一天要上吊自杀,要是在这之前他还没把自个儿喝死的话。是个好小伙儿,可他喝醉了真的很难对付。"

查普林打了个响亮的嗝儿。

"我得去冲个澡。真不该喝刚才那最后一杯。人总是死在最后一杯酒上。"

他决定去配有淋浴设施的那个小房间,于是他迟疑地望了望楼梯,随后煞有介事地站起身来。

"跟劳森交朋友对你有好处,"他说,"这家伙看的书可多了。他清醒时的样子你都会觉得意外。而且他很聪明,跟他聊天绝对值当。"

就在这几段话里,查普林已经把劳森的整个故事都讲给我听了。

临近傍晚，我乘车沿着海岸兜完风以后回到旅馆，劳森又在里面了。他瘫坐在酒吧间的一把藤椅上，目光呆滞地望着我。显而易见，他整个下午都在喝酒。他行动迟缓，脸色阴沉，带着寻仇斗气的神情。他的目光在我身上停留了一会儿，不过我能看出他并没有认出我。还有两三个人坐在那儿摇骰子，没人注意他。他这副模样显然太常见了，不会惹人关注。我坐下来，开始玩骰子。

"你们这伙人可真是合群。"劳森突然开口说。

他从椅子上站起身，膝盖也没伸直，便摇摇晃晃地走向门口。我不知道这场景是否比他大吵大闹更可笑。他走了以后，其中一个人吃吃地偷笑起来。

"劳森今天醉得够可以的。"他说。

"要是我只有这点儿酒量，"另一个人说，"我就会爬上马车，待在里面不出来。"

谁能想到，这条可怜虫却是个生性浪漫的人，只不过他的方式与众不同？又有谁能想到，他的生活中，竟充斥着理论家所说的对获取悲剧效果必不可少的悲情与可怖的因素？

我有两三天没再见到他。

一天傍晚，我坐在旅馆二楼可以俯瞰下面街道的露台上，劳森忽然走了过来，一屁股坐到我身边的椅子上。此时他相当清醒。他随口说了句话，发现我的回应有点儿冷淡，于是便笑起来，语带歉意地加上一句：

"那天我喝得烂醉如泥。"

我没搭腔。我真的没什么好说的。我大口抽着雪茄，徒劳地指望能把蚊子赶走，两眼则望着那些干完了活回家去的当地人。这些人走路时步子迈得很大，却走得缓慢、谨慎而端庄，而他们光脚发出的轻轻的拍打声听上去也颇为奇特。他们的黑头发无论是卷是直，都经常用石灰染成白色，他们的相貌也一眼便可区分：他们都高挑而匀称。随后一群所罗门群岛①人，都是契约劳工，哼着歌儿经过。和萨摩亚人相比，他们个子更为瘦小，皮肤像煤炭般黝黑，硕大的脑袋上毛茸茸的头发染成了红色。时不时有白人驾着轻便马车经过，或是骑着

----

① 所罗门群岛，南太平洋的一个岛国，位于太平洋西南部，属美拉尼西亚群岛。

马进入旅馆的院子。环礁湖上，两三艘纵帆船优雅的身影倒映在宁静的水面。

"我不知道，在这种地方，除了喝醉酒还能干什么。"劳森终于开口了。

"你不喜欢萨摩亚吗?"我随口问道，只是为了找话说。

"这儿很漂亮，不是吗?"

他选择的这个字眼根本不足以描述岛上美得不可思议的旖旎风光，我笑了起来。可当我带着笑意看向他时，却大吃一惊。他那双漂亮而忧郁的眼睛里充满了极度痛苦的神情，这双眼睛里透露出一种深切的悲情，而我从未料到他竟也能怀有这种情感。然而这种神情随即消逝无踪，他微笑起来。他的笑容单纯而带着点儿天真。这笑容改变了他脸上的神色，使得我对他最初的厌恶之情动摇了。

"我刚来的时候，把这儿逛了个遍。"他说。

他沉默了一会儿。

"三年前我彻底离开了这儿，可后来又回来了，"他犹豫了一会儿说，"我妻子想要回来。她出生在这儿，你知道。"

"噢,对。"

他又沉默了一会儿,随后冒冒失失地对罗伯特·路易斯·史蒂文森①发表了一句评论。他问我是否去过维利马②。出于某种原因,他在努力讨我喜欢。他开始谈论史蒂文森的著作,于是话题不久便转向了伦敦。

"我想考文特花园歌剧院③的发展势头还是很强劲吧,"他说,"待在这地方,我最想念的就是这家歌剧院。你看过《特里斯坦和伊索尔德》④吗?"

他问这个问题时的神情,就仿佛答案对他而言真的十分重要,而当我略有点儿随意地说自己看过时,他便显得很欣慰。他开始谈论瓦格纳,但不是从作曲家的角

---

① 罗伯特·路易斯·史蒂文森(Robert Louis Stevenson,1850—1894),十九世纪英国小说家,作品风格独特多变,代表作品有长篇小说《金银岛》《化身博士》《绑架》《卡特丽娜》等。
② 维利马(Vailima),位于萨摩亚首都阿皮亚以南四千米的村庄。
③ 考文特花园歌剧院,即伦敦皇家歌剧院,伦敦最负盛名的老牌剧院,也是全世界著名的大歌剧院之一。
④ 《特里斯坦和伊索尔德》,又称《特里斯坦》,德国作曲家理查德·瓦格纳根据十三世纪文学作品改编的三幕歌剧,为其巅峰之作,讲述十二世纪同名浪漫传奇爱情故事。原作为骑士文学中的代表作品之一。

度，而是把自己当作一个从他那儿得到情感满足的普通人，虽然这种情感满足连他自己也无从剖析。

"我觉得最应该去的地方就是拜罗伊特①，"他说，"可我从没攒够钱，真不走运。不过当然，你也可以去考文特花园，那儿灯火辉煌，女人们打扮得漂漂亮亮，音乐也不赖。《女武神》②的第一幕不错，是吧？还有《特里斯坦》的结尾。天哪！"

这时他两眼闪着光，脸上容光焕发，与之前几乎判若两人。他那灰黄消瘦的面颊上泛起红晕，而我竟忘了他说话声音粗哑难听。此时的他甚至具有某种魅力。

"天哪，我真想今晚就回到伦敦。你知道蓓尔美尔饭店③吗？我以前经常去那儿。还有皮卡迪利广场④，

---

①　拜罗伊特（Bayreuth），德国巴伐利亚的一座城市，拥有瓦格纳主持建造的瓦格纳节日歌剧院。拜罗伊特全年不同时段举行各种音乐和戏剧表演，每年都吸引大量的游客，其中规格最高的是在瓦格纳节日歌剧院举行的瓦格纳音乐节。

②　《女武神》，瓦格纳著名的大型史诗连篇歌剧《尼伯龙根的指环》中的第二联。

③　蓓尔美尔饭店，伦敦威斯敏斯特的一家饭店，位于俱乐部云集的蓓尔美尔街旁。

④　皮卡迪利广场，伦敦首要的购物商圈，索霍区的娱乐中心。

那儿的店铺灯火通明，人头攒动。你站在那儿看着公交车和出租车川流不息，似乎永远都不会停下来，真是棒极了。我还喜欢斯特兰德大街①。关于上帝和查令十字架②的那几行诗是怎么写的来着？"

我吃了一惊。

"你是说汤普森③的诗吗？"我问道。

于是我吟诵了这几句诗。

当你哀伤到无以复加之时，

哭泣吧，而在你痛失所有之际

雅各之梯将搭在天堂与查令十字架之间，

---

① 斯特兰德大街，伦敦中西部街，以旅馆和剧院著称。

② 查令十字架，查令十字路口位于伦敦市中心，连接斯特兰德大街和白厅，在特拉法尔加广场之南。1291 年，英王爱德华一世曾于此地立十字架，以纪念王后灵柩停留之所。"查令"（Charing）之名据传由法语 chère reine（亲爱的王后）转音而成。

③ 弗朗西斯·汤普森（1859—1907），英国维多利亚时期著名诗人、评论家兼传记作家。19 世纪天主教复兴运动的代表诗人之一，部分作品流露出对宗教意象的刻意追寻，代表作有《天国的猎犬》《上帝之国》等。诗歌形式讲究意象的精致，选词流于生僻奇险，被认为偏向巴洛克或唯美主义风格。

闪闪发光，上有天使来来往往。①

他轻轻地叹息了一声。

"我看过《天国的猎犬》。写得不错。"

"一般都这么认为。"我咕咕哝哝地说。

"你在这儿碰不到什么爱看书的人。他们都觉得这不过是在卖弄。"

他脸上带着一种渴望的神情，我觉得自己领悟到了促使他来接近我的那种情感。我连接着他怀念的那个世界和他不会再拥有的那种生活。因为不久以前我还在他所热爱的那个伦敦，他对我怀有敬畏和羡慕之情。大约有五分钟，他什么也没说，随后他突然说了一句话，其情感之强烈令我大吃一惊。

"我受够了，"他说，"我受够了。"

---

① 该部分为汤普森《上帝之国》一诗第五节。"雅各之梯"典故出自《旧约·创世记》28：12-13。雅各在逃亡途中梦见有个梯子立在地上，直入云霄，上帝的使者在梯子上走上走下，上帝在梦中许诺保佑雅各。雅各之梯因而象征与上帝心灵上的相通。后用来喻指通往幸福的道路。

"那你为什么不干脆离开呢?"我问道。

他的脸又绷了起来。

"我的肺不太好。我现在受不了在英国过冬。"

这时露台上又来了一个人加入我们的谈话,劳森便陷入了沉默,显得郁郁寡欢。

"喝酒时间到了,"新来者说,"谁想和我一块儿喝点苏格兰威士忌? 劳森?"

劳森像是才从一个遥远的世界惊醒过来。他站起身。

"我们下楼去酒吧吧。"他说。

他离开后,我对他的感觉比自己原本预想的更亲近了一步。他令我困惑,也令我很感兴趣。几天后我遇到了他妻子。我知道他们结婚五六年了,因而看到她依然极其年轻,觉得很惊讶。劳森娶她的时候,她应该最多只有十六岁。她非常漂亮可人,肤色最多和西班牙人一样深,长得娇小玲珑,精致秀美,手脚都小小的,身材纤细,体态轻盈。她的五官很可爱,但我觉得最打动我的是她长得十分精美。混血儿通常都带有一点粗糙感,看上去不够细致,但她身上有一种精巧纤美的特质,足以

让你惊艳。她给人感觉教养良好，因而当你发现她竟身
处那种环境，便会觉得很诧异，随后又会不由自主地联
想到拿破仑三世宫廷里那些让全世界都议论纷纷的佳
丽名媛。虽然她只穿了一件细棉布罩袍，戴了一顶草
帽，可她那优雅的穿戴方式却透出时尚女性的气息。劳
森初次见到她时，她一定美得令人心醉神迷。

　　当时劳森刚从英国来到这里，管理一家英格兰的银
行在当地的分部。他是在旱季刚开始时到达的，到了以
后便在旅馆里租了个房间。他很快就结识了所有人。
岛上的生活轻松惬意，令人愉快。他喜欢在旅馆酒吧间
里花大把时间和人闲聊，也喜欢参加英国人俱乐部里欢
闹的晚间活动，那儿通常会有一群人一起打台球。他喜
欢阿皮亚，这座城市沿着环礁湖边缘延伸，散落着店铺、
平房，还有当地居民的村庄。到了周末，他会骑马去造
访各个种植园主的宅邸，然后在山上过几晚。他以前从
未领略过自由闲暇的乐趣。他也陶醉于这里的阳光。
当他骑马穿过灌木丛时，四周的美景简直令他有些目眩
神驰。这片土地无比肥沃。有些地方的森林依然处于
原始状态，只看到奇异的树木、繁茂的灌木丛和各种纠

结缠绕的藤蔓,所有这一切都充满神秘感,又让人心绪不宁。

然而真正令他出神迷恋的,则是阿皮亚一两英里外的一个水潭,他经常在傍晚去那儿沐浴。那儿有一条小河,湍急的水流泛着泡沫越过岩石,形成一个深水潭。随后,河水变得清浅晶莹,向前流经一个由巨石形成的浅滩,当地人有时会来这儿沐浴或洗涤衣物。椰子树密密丛丛地生长在小河两岸,姿态优美而轻佻,它们全身裹缠着藤萝,映照在碧绿的水中。这简直就是德文郡山丘间的景色,但又有所不同,因为这儿的景色带着热带地区特有的丰饶,热情洋溢,却又透着慵懒的气息,似乎要将你的心融化。河水清新而不冷冽,在一天的炎热过去后让人感觉十分宜人。沐浴其中,恢复的不仅是身体,还有灵魂。

劳森来到那里时,那儿一个人也没有。他逗留了很久,时而漫无目的地漂浮在水面上,时而在夕阳中晾晒身体,享受着独处的乐趣和令人舒心的静谧。那时的他并不惋惜自己离开了伦敦,也不后悔放弃了之前的生活,因为那时他的生活似乎圆满而精致。

就在这个地方，他第一次看到了艾瑟尔。

一天，为了处理完赶次日月度航班发出的信件，他迟迟不能脱身，傍晚骑马来到水潭时，天色已经快暗下来了。他拴好马，漫步走到岸边。有个女孩坐在那儿。劳森走过去时，女孩回身望了望，便无声地滑入水中，就像一位因凡人的接近而受惊的水中仙女。劳森既诧异又觉得有趣。他想知道她躲在哪儿，于是朝下游游去，没多久便看到她坐在一块岩石上。女孩看了他一眼，似乎对他并没什么好奇心，劳森便用萨摩亚语向她打招呼。

"你好啊。"

她回应了一声，突然间笑了，随后再次滑入水中。她游得轻松自在，头发在身后散开。劳森看着她游过水潭，爬上对岸。就和所有当地人一样，她游泳时穿着一件长罩衣，因为沾了水，衣服贴在她纤细的身体上。她站在那儿拧干头发，那漫不经心的样子让她显得比任何时候都更像水中或林中的野性生灵。这时劳森才发现她原来是个混血儿，于是朝她游过去，从水里出来后，用英语和她搭话。

"你来游得挺晚的嘛。"

姑娘把头发往后一甩，任那丰盈的卷发披散在肩上。

"我喜欢一个人。"她说。

"我也是。"

她笑了起来，神情中带着当地人那种孩童般的率真。她把一件干的长罩衣套到头上，褪下湿的那件，抬步跨了出来。她拧干衣服，准备要走，这时她稍稍犹豫了一下，随后便漫步离开了。夜色突然降临。

劳森回到旅馆，将姑娘描述给在酒吧间摇骰子赌酒喝的那些人听，很快便发现了她是谁。她父亲是个名叫布雷瓦尔德的挪威人，时常在大都会旅馆的酒吧间里拿朗姆酒兑水喝。布雷瓦尔德是个小个子老头，身上长满了节瘤，就像棵古树一样。他四十年前来到这个群岛时，是一艘远洋船的大副。后来他当过铁匠、商人、种植园主，一度颇为富裕。然而九十年代那场飓风令他破了产，如今他除了一小片椰树种植园外无以为生。他娶过四个土著老婆，而且他会用嘶哑的声音窃笑着告诉你，他的孩子多得连自己都数不清。不过有些孩子死了，有些出去闯世界了，所以眼下留在家里的只剩艾瑟尔一个。

"她是个美人儿，""莫阿娜"号的押货员纳尔逊说，
"我朝她抛过一两次媚眼，不过我觉得不管用。"

"老布雷瓦尔德才没那么傻，小家伙，"另一个名叫
米勒的人插嘴说，"他要的女婿，得乐意供着他舒舒服服
地过完这辈子。"

这群人谈及那位姑娘时竟用这样的口吻，这让劳森
很不愉快。他把话题扯到即将寄出的信件上，分散了他
们的注意力。不过第二天傍晚他又去了水潭。艾瑟尔
也在那里。落日神秘莫测，水潭幽深静谧，椰树优雅轻
盈，这一切都令她显得更美，为她的美增添了一种深度、
一种魔力，令人心中泛起莫名的情愫。出于某种原因，
那一次劳森心血来潮没和她搭话，而艾瑟尔也没注意
他，甚至都没朝他的方向瞥上一眼。她在碧绿的水潭里
游来游去，一会儿潜水，一会儿上岸休息，旁若无人，因
而劳森产生了一种奇怪的感觉，似乎自己是个隐形人。
残缺不全、半已忘却的诗句在他记忆中飘过，他模糊地
回想起学生时代曾敷衍了事地研究过的古希腊时期。
艾瑟尔脱下湿衣裙，换上干衣服，漫步离开后，劳森在她

待过的地方发现了一朵猩红色的木槿花。她来沐浴时头发上别着这朵花，而在摘掉花儿跳入水中后，却忘了或是懒得再把它别回去。劳森将花儿拿在手里，怀着一种奇异的情感端详着它。他本能地想要把花儿保留下来，却对自己如此多愁善感而感到恼怒，便将它扔了。望着花儿随河水漂向下游，他心里颇有一种微微的刺痛感。

他纳闷这姑娘天性中究竟有什么奇特之处，能促使她在周围不可能有人时来到这个隐秘的水潭。岛上的当地人对水十分依恋。他们每天都会在某个地方沐浴，至少一次，时常达到两次。不过他们沐浴时是成群结队的，一个家庭在一起，欢声笑语不断。而你也经常会看到一群姑娘在溪流浅滩处戏水，斑驳的阳光透过树荫洒在她们身上，其中也有混血儿。似乎这个水潭中有什么秘密吸引着艾瑟尔不自觉地来到这里。

眼下夜幕已然降临，周围神秘而寂静，劳森为了不发出声音，轻手轻脚地入了水，在温暖的夜色中慵懒地游着泳。经她纤细的身体沐浴之后，潭水中似乎还留着余香。劳森在星空下骑马回到镇上，感觉与世无争。

现在他每天傍晚都会去水潭,每次都会看到艾瑟尔。他很快便令她克服了羞怯。她变得顽皮而友好。他们会一起坐在水潭高处的岩石上,任湍急的河水流经身下,也会并排躺在可以俯瞰水潭的岩石边缘,看着暮色渐浓,直至将水潭完全笼罩在一片神秘之中。他俩会面的事不可避免地传开了——在南太平洋地区,人们似乎对彼此的事儿都知道得一清二楚——而劳森也得承受旅馆里那些人一大堆粗鲁的打趣。他只是笑笑,随他们去说。面对他们那些粗俗的暗示,连费力否认都不值得。他的情感绝对纯洁。他对艾瑟尔的爱,就如一位诗人对月亮的爱。他并未将艾瑟尔视为一名普通女子,而是将她视为不属于俗世的仙子。她就是水潭的精灵。

有一天,劳森在旅馆里经过酒吧间时,看到那个老布雷瓦尔德站在那儿,像往常一样穿着他那条破破烂烂的蓝色工装裤。因为他是艾瑟尔的父亲,劳森很想和他说说话,于是便走了进去,朝侍者点头示意,点了自己的酒,随后不经意地转过身,邀请老头和自己一起喝一杯。他们聊了几分钟当地事务,劳森意识到那个挪威人在用狡黠的蓝眼睛审视着自己,这让他很不自在。对方的举止并不令人愉快。一方面,他显得阿谀奉承;而另一方面,他虽已年老,又在与命运的争斗中落败,但他那谄媚的样子背后隐现着旧日的野蛮。劳森记得他曾是一艘专门从事奴隶贸易的纵帆船的船长,这种船在太平洋地区被称为黑奴船,而他胸口有一大块突起,是有一次和所罗门群岛人发生冲突时留下的伤疤。午餐铃响了。

"哎呀,我得走了。"劳森说。

"找个时间到我家来一趟怎么样?"布雷瓦尔德带着呼哧呼哧的声音说,"我家算不上豪华,不过您会受到欢迎的。您认识艾瑟尔。"

"我很乐意过来。"

"星期天下午再合适不过了。"

布雷瓦尔德的平房破旧不堪,满是泥污,坐落在种植园的椰树丛中,离通向维利马的大路稍有点距离。屋子周边近处生长着巨型大蕉树,树叶破破烂烂的,好似一位衣衫褴褛的可爱女子,透着凄美的气息。这儿的一切都显得马马虎虎,疏于管理。瘦小的黑猪崽高耸着背,四处乱拱,而鸡群则一边啄食着散落各处的垃圾,一

边咯咯叫着。三四个当地人闲坐在露台上。当劳森要
求见布雷瓦尔德时,老头用粗哑的嗓音招呼他,于是他
走进起居室,看到老头在用一支老旧的欧石南根制成的
烟斗抽着烟。

"坐吧,别客气,"他说,"艾瑟尔在梳妆打扮呢。"

艾瑟尔进来了。她穿着衬衫和裙子,头发弄成了欧
洲的式样。虽然此时的她缺少了那种每天傍晚去水潭
时展现的带着羞怯与野性的魅力,但她看上去更为寻
常,因而也更平易近人了。她和劳森握了握手。这是劳
森第一次接触到她的手。

"希望您能和我们一起喝杯茶。"她说。

劳森知道她曾在一所教会学校就读,看到她为了自
己装出正经待客的模样,劳森觉得既有趣又感动。茶点
已经在桌上摆好,没多久老布雷瓦尔德的第四位妻子便
端来茶壶。她是个健美端庄的当地人,已不再年轻,只
会说寥寥几个英语词。她一刻不停地微笑着。下午茶
是颇为隆重的一餐,要上一大堆面包和黄油,以及各种
甜腻的蛋糕,交谈也很正式。随后一名满脸皱纹的老妇
轻手轻脚地走了进来。

"那是艾瑟尔的外祖母。"老布雷瓦尔德一边说，一边大声朝地板上吐了口痰。

那老妇很不舒适地坐在一把椅子的边缘，于是你便能看出，这对她来说很不寻常，其实她坐在地上会更自在些。她一声不吭，两眼闪闪发光，目不转睛地盯着劳森。屋子后面的厨房里，有人开始演奏六角风琴，两三个声音唱起了赞美诗。不过他们唱诗是为了享受乐声，而不是出于虔诚。

劳森走回旅馆时，莫名地感到快乐。他被那些人杂乱无章的生活方式感动了，而在布雷瓦尔德太太温厚的微笑中，在那小个子挪威人不可思议的职业生涯中，在年迈的外祖母那闪闪发光的神秘双眼中，他发现了某种不同寻常而又令人着迷的东西。那种生活比他所知晓的任何一种都更为自然，更贴近这片友善而肥沃的土地。那一刻，他对文明感到厌恶，而仅仅通过与这些天性更为原始的人进行接触，他感受到了更多的自由。

他仿佛看到自己摆脱了这家已开始令他感到厌倦的旅馆，在属于自己的精心打理的白色小平房里安顿下来，面朝大海，眼前总能看到色彩缤纷的环礁湖。他喜爱这个美丽的岛屿。伦敦和英格兰对他而言不再有任何意义，他将满足于在这个被世人遗忘的地方度过余生，坐拥世上最可贵的东西：爱情和幸福。他下定决心，无论什么样的障碍都无法阻止他娶艾瑟尔为妻。

然而他并没遇到什么障碍。他在布雷瓦尔德家里一直受到欢迎。老头对他逢迎讨好，而布雷瓦尔德太太则无休无止地微笑着。他曾短暂地瞥见过几名似乎属于这个种植园的当地人，也曾有一次看到一名缠着印花腰布、刺着文身、头发用石灰染成白色的高个子青年和布雷瓦尔德坐在一起，随后便被告知这是布雷瓦尔德太太的哥哥的儿子。不过大多数时候他们都不在他面前出现。艾瑟尔很喜欢他，她见到他时眼里发出的光让他陶醉。她可爱迷人，天真烂漫。她向劳森讲述自己曾经就学的那所教会学校以及那儿的修女，劳森听得入了迷。他和她一起去每两周开放一次的电影院，又和她一起在放完电影后的舞会上跳舞。乌波卢岛上的娱乐活动很少，人们会为此从岛上各处聚集过来，于是你会在那儿看到当地形形色色的人：白人女士基本自成一个小圈子；混血儿们身着美国式服装，显得相当讲究；而当地人中,肤色黝黑的姑娘们穿着白色的长罩衣成群结队,小伙子们则穿着令他们不习惯的帆布裤子和白鞋子。一切都显得时髦而欢乐。艾瑟尔很乐于向自己的朋友介绍这位一刻也不离她左右的白人追求者。很快便有传言说劳森有意娶她为妻,而她的朋友也对她投以羡慕的目光。对一名混血儿来说,能让一名白人娶她是件天大的好事,就算关系没那么密切也聊胜于无,只不过结局如何谁也无法预知;而劳森银行经理的身份令他成为岛上最理想的结婚对象之一。要不是他对艾瑟尔如此着迷,他就会注意到有许多双眼睛在好奇地盯着他,也会看到白人女士们将目光投向他,然后把脑袋凑在一起说长道短。

后来,当那些住在旅馆里的人在回去就寝前喝着威士忌的时候,纳尔逊突然蹦出一句:

"嘿,听说劳森要娶那姑娘。"

"那他就是个该死的傻瓜。"米勒说。

米勒是个德裔美国人,原姓穆勒,长得人高马大,肥胖秃顶,一张圆脸上胡子刮得干干净净。他戴着一副大大的金边眼镜,这使他看起来温和友好,他身上穿的帆布裤子始终干净洁白。他是个酒鬼，总是乐于和"伙计们"一块儿闹个通宵达旦，但从不喝醉。他生性快活，和蔼可亲，却非常精明。什么也不能妨碍他的生意。他是旧金山一家公司的代理，经销岛上售卖的各种货品，包括白棉布、机械设备以及诸如此类的东西，而他待人接物的友善态度其实是他的惯用手段之一。

"他不知道自己会遇上什么麻烦，"纳尔逊说，"得有人让他清醒一下。"

"听我的话，别去搅和跟你无关的事儿，"米勒说，"男人一旦下了决心要出洋相，就只能让他去。"

"我很乐意在这儿和姑娘们玩玩找点乐子，可要说结婚——我可以告诉全世界，这女孩儿完全不行。"

查普林也在场，这时他开口了：

"我见过很多人这么干过，可这样行不通。"

"你得和他谈一谈，查普林，"纳尔逊说，"你最了解他了。"

"我给查普林的建议就是随他去。"米勒说。

即使在当时，劳森也不太受欢迎，没人会对他关心到来替他操这份心。查普林太太把这事儿和两三位白人太太详细说了说，但她们都只是对此表示遗憾而已。而当查普林告诉妻子劳森要结婚了的时候，再要采取什么措施似乎也为时已晚。

有一年时间，劳森过得很快乐。他在环绕阿皮亚的海湾尽头买下一座平房，紧挨着一座当地村庄。房子坐落在迷人的椰树林中，面朝激情澎湃的蓝色太平洋。艾瑟尔在小屋子里走来走去，像只林中的小动物般轻盈优雅，十分可爱，并且心情欢快。他们时常一起开怀大笑，或废话连篇。有时旅馆里的一两个熟人会过来一起消磨一个晚上，而周日他们经常会离家一整天，去造访某个娶了当地人为妻的种植园主。时不时会有这个那个在阿皮亚开店的混血儿商人举办聚会，他们便会前去参加。现在那些混血儿对劳森的态度和以前有了很大不同。他的婚姻令他们视其为自身群体中的一员，他们称呼他伯蒂，和他勾肩搭背，毫无拘束之感。劳森喜欢看艾瑟尔参加这些聚会。此时她眼里散发出光彩，笑得很开心。能看到她容光焕发的快乐模样，对劳森来说也是件好事。有时艾瑟尔的亲戚会到他们家里来，其中当然有老布雷瓦尔德，还有她母亲，不过也有些关系不太清楚的表亲,包括穿着长罩衣的当地妇女,以及缠着印花腰布的成年男子和男孩,他们把头发染成红色,身上刺满了精美的文身。劳森从银行下班回到家时,会看到他们坐在那儿。于是他会宽容地笑着说:

"别让他们把我们家吃光。"

"他们是我的家人。他们向我求助的时候,我总想为他们做点什么。"

劳森知道,当一名白人娶了当地人的时候,他必须预见到她的亲戚会将自己视为一棵摇钱树。他用双手捧起艾瑟尔的脸颊,亲吻她红艳的双唇。也许他不该期待她能明白,让一名单身汉丰衣足食的薪水,若要供养一个妻子和一座房子,那就必须精打细算了。随后艾瑟尔生了个儿子。

劳森第一次将孩子抱在怀里时,心里猛地感到一阵刺痛。他没料到孩子肤色会这么深。毕竟这孩子只有四分之一的当地血统,他没理由不长成一个英国孩子的样子;然而,这孩子在他怀里缩成一团,脸色灰黄,头上已经覆盖着黑发,还有一双大大的黑眼睛,看起来活像个土著孩子。自从劳森结婚以来,侨居此地的白人女性就对他不再理睬。他也会遇到一些白人男子，先前还是单身汉时，他常去这些人家里吃饭，可现在他们和他在一起时却会有些拘谨；而为了掩饰自己的尴尬，他们会表现得格外真挚热情。

"劳森太太好吗？"他们会这么说，"你真是个幸运的家伙。那姑娘真漂亮。"

然而当他们和自己的妻子一起遇到劳森和艾瑟尔时，当妻子的会居高临下地向艾瑟尔点点头，这会让他们很难堪。劳森曾一笑而过。

"他们那帮人，就像地沟里的水一样沉闷乏味，"他说，"他们不请我去那些无聊的聚会，也不会影响我睡个好觉。"

可眼下他却感到有些烦恼。

肤色黝黑的小婴儿皱起了脸。这就是他的儿子。他想起了阿皮亚的那些混血儿。他们看上去都不太健康，蜡黄的脸缺乏血色，早熟得令人生厌。他曾在船上看到过去新西兰上学的混血儿，而他们去的学校也得经过挑选，要愿意接收带有土著血统的孩子。这些孩子缩在一起，肆无忌惮却又胆小羞怯，奇特的体貌特征令他们显得与白人截然不同。他们在自己的圈子内讲当地语言。长大后，男性由于身上带有土著血统，只能接受较低的薪水；女孩有可能嫁给一名白人，但男孩却毫无机会，他们只能娶一名像他们一样的混血儿，或者一名土著姑娘。劳森怀着强烈的愿望下定决心，要让自己的儿子远离这样一种屈辱的生活。无论代价如何，他都要回欧洲去。而当他进入房间时，看到艾瑟尔躺在床上，显得柔弱而美丽，围绕在她身边的都是当地妇女，这更增强了他的决心。他如此强烈地爱着她，他想要她从灵魂和肉体上都与自己密不可分；而他明白，在这儿，那些根深蒂固的东西会把她和当地生活联系起来，她始终都会与他有些隔阂。

一种隐晦的本能令他不想声张，于是他默默地回去上班，随后给一位在阿伯丁的一家船运公司担任合伙人的表亲写了一封信，说自己的健康状况（和其他许多人一样，这也是他来到这个群岛的原因）已经好多了，似乎没什么理由不回欧洲去。他请求这位表亲动用一切可

能的影响力为自己在迪塞德①谋得一份职位，不管薪酬
有多低，因为那儿的气候对于患有肺病的人来说非常适
宜。信件从阿伯丁到达萨摩亚要花上五六周，有些还得
中转。他有足够的时间来让艾瑟尔做好思想准备。艾
瑟尔得知后高兴得像个孩子。劳森听到她向朋友吹嘘
说自己要去英国了，那模样让他不禁莞尔。这对她来说
是一次身份的提升，在那儿她会变得相当英国化，而他
们即将启程，这也让她兴致盎然，激动不已。最后，当一
封电报发来，告知劳森金卡丁郡的一家银行已为他提供
了一份职位时，她简直喜出望外。

　　长途跋涉结束之后，他们在这座布满花岗岩房屋的
苏格兰小镇安顿下来，这时劳森才意识到，对他来说，重
新生活在自己的种族之中有多么重要。回顾自己在阿
皮亚度过的三年，他觉得简直就是一场流放，于是他如
释重负地舒了口气，回归如今显得正常的生活。他很庆
幸得以再次去打高尔夫球，再次去钓鱼——是以恰当的
方式钓鱼，在太平洋地区，这种垂钓方式简直毫无乐趣

————————

①　迪塞德（Deeside），苏格兰港口城市阿伯丁郡周边一市镇。

可言，因为你随便一甩钓鱼线，就能从鱼虾成群的海里捞上来一条又一条反应迟钝的大鱼。而他也庆幸能再次每天看一份刊载了当天新闻的报纸，能和跟自己同一族类的男男女女会面，这些人是自己可以交谈的对象；能吃到没有冰冻过的肉，喝到不是罐装的新鲜牛奶，他也觉得十分惬意。和在太平洋地区时相比，他俩更能独立自主，而非依靠外部资源，劳森也很高兴能独占艾瑟尔。经过两年的婚姻生活，他比以往任何时候都更全心全意地爱着她，要是眼前一刻看不到她，他便几乎无法忍受，于是他更加迫切地想要让两人之间的交流更为亲密。可奇怪的是，在初来乍到的兴奋劲儿过去之后，艾瑟尔对新生活的兴趣却并不如他所预期的那样强烈。她有点儿无精打采。当绚烂的秋天过去，严冬到来之时，她抱怨天气太冷了。她半个上午都躺在床上，而剩下的时间则躺在沙发上，有时会看看小说，但大部分时间则无所事事。她看上去很憔悴。

　　"没关系，亲爱的，"劳森说，"你很快就会适应这儿的。等着夏天到来吧。到那时，这儿有时候就会热得和阿皮亚差不多。"

劳森比前几年都感觉更健康，更强壮。

艾瑟尔在料理家务方面漫不经心，这在萨摩亚不是问题，但在这儿却显得格格不入。当有人来访时，劳森不想让家里看起来乱糟糟的，于是他一边笑着打趣艾瑟尔几句，一边动手把东西收拾整齐。艾瑟尔只是懒洋洋地旁观。她一连几小时都在逗儿子玩，还用自己所属国度的婴儿语言和孩子交谈。为了让她分散注意力，劳森努力在邻居中结交朋友，他们时不时地去参加一些小型聚会，在这些场合，女士们会哼唱一些客厅歌谣，而男士们则面带笑容，温厚地洗耳恭听。艾瑟尔很害羞，似乎不太和其他人坐在一起。有时候劳森会突然感到一阵焦虑，便问她是否感到快乐。

"嗯，我挺快乐的。"艾瑟尔回答说。

然而她的眼神中却隐藏着劳森无法猜到的某种想法。她似乎变得沉默寡言了，于是劳森意识到，自己如今对她的了解，和第一次在水潭看到她沐浴时并无二致。他有一种不安的感觉，艾瑟尔在向自己隐瞒着什么，而因为他深爱着她，这种感觉令他痛苦。

"你没有想念阿皮亚吗？"他有一次问她。

"噢，没有——我觉得这儿挺好。"

一种隐晦的疑虑促使劳森说了一些贬低阿皮亚和那儿的人们的话。艾瑟尔只是笑笑，没有回应。在极少数时候，她会收到从萨摩亚寄来的一摞信件，随后便会有一两天不停地走来走去，脸色僵硬而苍白。

"我无论如何也不会回到那儿去，"劳森有一次说，"那儿绝不是一个白人该去的地方。"

然而他渐渐意识到，有时当自己不在家时，艾瑟尔会哭泣。在阿皮亚时，她很健谈，会喋喋不休地就各种生活琐事以及当地的小道消息说个不停；可现在她逐渐变得沉默了，虽然劳森更加努力地逗她开心，她依然无精打采。劳森感觉艾瑟尔对往日生活的回忆正在令她与自己日渐疏远，于是他疯狂地嫉妒那个小岛，那片海，嫉妒布雷瓦尔德，还有那些让他如今回想起来就充满恐惧的深色皮肤的人们。每当艾瑟尔提起萨摩亚时，劳森就用尖刻而挖苦的话语来回应。暮春时节，桦树开始抽枝发芽。一天傍晚，劳森打完一轮高尔夫球回到家，发现艾瑟尔没有像往常一样躺在沙发上，而是站在窗前。显然她在等他回来。劳森一进屋，她就冲他开口了。让劳森惊讶的是,艾瑟尔用的是萨摩亚语。

"我受不了了!我没法在这儿再住下去!我讨厌这儿!我讨厌这儿!"

"看在上帝的分儿上,用文明语言说话。"劳森怒气冲冲地说。

艾瑟尔走到劳森面前,局促不安地用胳膊搂住他,动作里带着某种未开化的野蛮气息。

"我们离开这儿吧!回萨摩亚去。如果你让我再在这儿待下去,我会死的。我想回家!"

艾瑟尔强烈的情感突然之间迸发出来,一时泪流满面。劳森的怒气消失了,他将她拉过来,让她坐在自己膝盖上。他向她解释说,自己不可能放弃现在的工作,因为毕竟这意味着养家糊口的收入来源。他在阿皮亚的职位早就被人替代了,他现在回去没有任何立身之本。他试图将事情解释得合理化,包括岛上生活的不便,他们肯定会遭受的屈辱,以及这必然给他们的儿子带来的痛苦。

"苏格兰在教育这些方面做得非常出色。学校很好,学费也便宜,他可以去阿伯丁上大学。我要把他塑造成一个真正的苏格兰人。"

他们给孩子取名叫安德鲁。劳森希望他将来成为一名医生。他会娶一名白人女子为妻。

"我有一半土著血统,可我并不以此为耻。"艾瑟尔绷着脸说。

"当然了,亲爱的。这没什么好觉得羞耻的。"

劳森贴着艾瑟尔娇嫩的脸颊,感觉心都软了。

"你不知道我有多爱你,"他说,"为了能让你知道我内心的爱意,我愿意付出一切。"

他搜寻着她的唇。

夏天来了。苏格兰高地的山谷青翠芬芳,山丘上长满了欧石南,显得色彩艳丽。在那个隐秘的地方,每天都是艳阳高照,在看多了公路路面刺眼的反光之后,桦树的树荫凉爽宜人。艾瑟尔不再提起萨摩亚,劳森也没那么紧张了。他认为她已经顺应了周围的环境,并觉得自己对她的爱如此强烈,她内心不可能再有任何憧憬。直到有一天,当地的医生在路上拦住了劳森。

"我说,劳森,你太太要在咱们的高地溪流里洗澡,可得小心一点。你看,这儿和太平洋地区可不一样。"

劳森很惊讶，一时也没想到去掩饰这一点。

"我不知道她在洗澡。"

医生笑了起来。

"很多人都看到她了。你看，这让他们议论纷纷，因为挑这个地方是很奇怪的，水潭在桥的上方，那儿是不允许洗澡的，不过那倒也没什么关系。只是我不知道她怎么能受得了那样的水。"

劳森知道医生说的那个水潭，突然间他想到了，在某种程度上，这个水潭和乌波卢那个艾瑟尔习惯每晚都去沐浴的水潭非常相似。一条清澈的高地溪流蜿蜒而下，岩石密布，激起欢快的水花，随后形成一个幽深而平静的水潭，旁边有一片小小的沙滩。水潭上方树荫浓密，不是椰子树，而是山毛榉，阳光时不时透过树叶在波光粼粼的水面上嬉戏。这件事令劳森大为震惊。他想象着艾瑟尔每天来到那里，在岸边宽衣解带，滑入水中，潭水清冷，冷过她所热爱的家乡的潭水，而她则重新找回了片刻往日的感觉。在他眼中，她再次成了陌生而野性的水中精灵，而他产生了一种不可思议的感觉，仿佛流水在呼唤着她。那天下午，劳森来到了河边。他在树丛中小心翼翼地穿行,小径青草丛生,令他的脚步声也不那么明显了。不久他便来到另一处可以看到水潭的地方。艾瑟尔坐在岸上,俯视着水面。她一动不动地坐着,仿佛这水对她具有无法抗拒的吸引力。劳森很想知道她脑海里游荡着什么样的奇思异想。最后她站起身,在他视线中消失了一两分钟;随后他再次看到了她,她穿着一件长罩衣,光着一双小脚,轻巧地走在长满苔藓的河岸上。她来到水边,轻柔地将自己浸入水中,没有溅起一点水花。她在水里无声地游来游去,体态中带着某种不属于人类的气质。劳森不知道为什么这会令自己产生如此奇特的感觉。他一直等到艾瑟尔从水里爬出来。她站立片刻,湿漉漉的衣裙褶皱贴在身上,勾勒出她的体形,随后,她慢慢地用手抚摸乳房,轻轻发出一声愉悦的叹息。然后她便消失了。劳森转身离开,走回了村里。他心里感到一阵剧痛,因为他明白了,艾瑟尔对自己来说依然是个陌生人,而他那饥渴的爱情注定得不到满足。

他对自己看到的一切只字未提。他完全不追究这件事,却用好奇的眼光观察着艾瑟尔,试图猜测她头脑里究竟在想什么。他对她加倍温柔,希望用自己的爱来使她忘却灵魂中那种深切的渴望。

然后有一天,劳森回到家,震惊地发现艾瑟尔不在家里。

"劳森太太呢?"他问女佣。

"她带着孩子去阿伯丁了,先生,"女佣回答,对劳森问这个问题觉得有点儿惊讶,"她说要等到最后一班火车才回来。"

"哦,好吧。"

艾瑟尔从未对自己提及这次出去的事,劳森对此有点懊恼,但并没有觉得不安,因为最近艾瑟尔时不时会去阿伯丁,而他也很高兴看到她竟也会逛逛商店,有时甚至去看看电影。他去火车站等最后一班火车,却没等到她,这时他才突然惊恐起来。他上楼进入卧室,立刻发现她的洗漱用品都不在原处了。他打开衣橱和抽屉,发现里面一半已经空了。她出逃了。

劳森感到一阵强烈的愤怒。那天晚上已经太晚,他无法打电话去阿伯丁了解情况,但他已经知道去询问的话,可能会得到什么结果。她以恶魔般的狡猾选择了一个时机,此时银行正在进行定期账目结算,他不可能去追她。他被工作束缚得严严实实。劳森拿起一份报纸,发现次日上午有一班开往澳大利亚的航船。眼下她一定已经在去伦敦的路上了。劳森无法抑制发自内心的痛苦的呜咽。

"我已为她竭尽全力,"他哭喊道,"可她竟忍心这样对我。她如此残忍,残忍得可怕!"

在痛苦中度过两天后,劳森收到了艾瑟尔的一封信。信是用她那女学生式的笔迹写的。艾瑟尔在书写方面一直有些困难。

亲爱的伯蒂:

我没法再忍下去了。

我要回家了。再见。

艾瑟尔

她没有说一句懊悔的话,甚至没有要求他一起回去。劳森几乎痛不欲生。他了解到了航船的第一个停靠站，虽然明知她不会来，但还是发去一封电报请求她回家。他怀着痛苦而焦虑的心情等待着。他只希望她能写给自己哪怕只是一个怀着爱意的字眼，可她甚至都没回复。他经历了一阵又一阵激烈的情绪波动，一会儿告诉自己这下终于摆脱了她，一会儿又告诉自己可以通过不给钱的方式逼她回来。他形单影只，愁眉苦脸。他想念儿子，想念艾瑟尔。他明白，无论如何自欺，自己只有一条出路，就是追随她。他已经离不开她了。他所有的未来蓝图都像一座纸牌搭成的屋子那样一触即溃，而他则在气急败坏中将屋子推倒，让牌落了一地。他不在乎自己是否抛弃了赢得大好前途的机会，因为对他来说，只要能重新找回艾瑟尔，其他什么都不重要。当找到机会成行，他就去了阿伯丁，告诉银行经理他要立刻离职。经理劝诫了他，告诉他这样临时提出辞职会对银行造成不便。但劳森不听劝告。他下定决心要在下一班航船启程前恢复自由之身；而直到他变卖了一切财物，登上船后，他才恢复了一点平静。到那时为止，那些和他有过接触的人都觉得他简直失去了理智。他在英国做的最后一件事就是发电报到阿皮亚，告诉艾瑟尔自己要来跟她会合。

他在悉尼又发了一封电报，而当他乘坐的船终于在黎明时分穿过阿皮亚港的沙洲，眼前再次出现沿着海湾散落的白色房子时，他感觉如释重负。医生和船务官登上船。他们都是劳森的老相识，见到他们熟悉的面孔，劳森备感亲切。他和他们喝了几杯酒，既是为了叙旧，也是因为他感到无比紧张。他不确定艾瑟尔是否乐意见到自己。当他坐上汽艇，靠近码头时，他焦虑不安地扫视着等候在岸边的那一小群人。发现艾瑟尔不在其中，劳森心里一沉，不过他随即看到了一身蓝色旧衣服的布雷瓦尔德，顿时对他产生了好感。

"艾瑟尔呢？"劳森一跳上岸就问道。

"她在家里，和我们住在一起。"

劳森感到很沮丧，但他装出一副愉快的样子。

"噢，那你有地方给我住吗？我想我们要安顿好，大概要花上一两个礼拜。"

"哦，当然，我想我们可以为你腾点地方。"

过了海关后，他们来到旅馆，那儿有好几个老朋友来迎接劳森。他们喝了好多轮酒才得以脱身，最终从旅馆出来往布雷瓦尔德家走时，两个人都有点乐而忘形。到了家，劳森将艾瑟尔紧紧搂在怀里。终于可以再次看着她，他欣喜万分，把之前的痛苦都忘得干干净净。见到劳森，他的岳母很高兴，岳母的母亲，那个上了年纪、满脸皱纹的老太婆也不例外。几个当地人和混血儿也进来了，围着他席地而坐，朝他露出笑容。布雷瓦尔德喝了一瓶威士忌，也给每个来家里的人都分了一小口。劳森坐在那儿，让自己幼小的深色皮肤的儿子坐在膝盖上，孩子身上的英式服装已经被脱掉了，现在他全身光溜溜的，而艾瑟尔则穿着长罩衣坐在劳森身边。劳森感觉自己像个回头浪子。到了下午，他又去了旅馆，回来时已经不仅仅有点乐而忘形，还喝醉了。艾瑟尔和她母亲都知道白种男人会时不时喝醉，你得做好思想准备，于是她们一边和气地笑着，一边扶他上了床。

没过一两天劳森便开始找工作了。他明白自己不能指望找到一个像他回英国前弃之不顾的那种好职位，不过以自己受过的职业训练，一定能在一家贸易公司有用武之地，因而这次变动也许最终不会令他受损。

"毕竟，在银行工作挣不了什么钱，"他告诉自己，

"贸易才是我该干的事儿。"

他希望能让自己很快变得不可或缺,这样一来,有人便会让他成为合伙人,而他则没有理由不在几年内发财致富。

"等我搞定了,我们就去找个小房子,"他对艾瑟尔说,"咱们不能一直住在这儿。"

布雷瓦尔德的家太小了,人人都挤在一起,连独处的机会都没有。住在这里既不得安宁,也没有隐私可言。

"噢,不急。找到我们想要的房子之前,住在这儿没什么问题。"

劳森花了一周时间才解决工作问题,随后进入了一个名叫贝恩的人开的公司。然而当他和艾瑟尔谈搬家时,她却说在孩子出生之前自己不想挪地方,因为这时她又怀孕了。劳森试图和她争辩。

"要是你不喜欢住这儿,"艾瑟尔说,"就去住旅馆好了。"

劳森一下子脸色苍白。

"艾瑟尔,你怎么能提出这种建议!"

艾瑟尔耸了耸肩。

"我们明明可以住在这儿,为什么还要去搞一所自己的房子?"

劳森屈服了。

当劳森下班回到那所平房时,发现那儿挤满了当地人。他们随处乱躺,抽着烟,睡着觉,喝着卡瓦酒,还喋喋不休地说着话。整个屋子脏乱不堪。他的孩子到处爬来爬去,和当地孩子一起玩耍,而他耳边听到的就只有萨摩亚语。劳森逐渐养成了下班路上顺便到旅馆里喝几杯鸡尾酒的习惯,因为只有借着酒劲,他才能回去面对夜晚的生活以及那一大群和蔼可亲的当地人。虽然他比以往任何时候都爱艾瑟尔,却始终感到,艾瑟尔和自己渐行渐远了。婴儿出生后,劳森提出他们应该搬到自己的房子里去住,但艾瑟尔拒绝了。她在苏格兰居留的这段经历似乎迫使她开始依靠自己的族人,而一旦怀着强烈的热诚重新和他们在一起,她便肆无忌惮地过起了她的土著生活。劳森开始喝得更多了。每周六晚上他都要去英国人俱乐部喝个烂醉。

劳森有个特点,喝醉了会变得爱和人争吵,有一次他和自己的雇主贝恩大吵了一通。贝恩把他解雇了,于是他不得不另找一份工作。他有两三个礼拜无所事事,在此期间,他宁愿在旅馆或英国人俱乐部里闲逛喝酒,也不愿坐在那栋平房里。那个叫米勒的德裔美国人只是出于同情,而非别的原因,才接纳他去自己的公司工作。可他是个生意人,虽然劳森的财务技能让自己很有价值,但当时的情况令他无法不接受一份比之前低的薪水,而米勒在开给他这份薪资时也毫不手软。艾瑟尔和布雷瓦尔德都责怪他接受了这份工作,因为那个混血儿彼得森给他的薪水更高。可劳森对于在一个混血儿手下听从使唤非常抗拒。当艾瑟尔唠唠叨叨地埋怨他时,他暴跳如雷:

"我死也不会去替一个黑鬼做事!"

"也许你不得不去。"艾瑟尔说。

六个月后,劳森最终发现自己要被迫接受这一羞辱。他嗜酒如命,经常喝得醉醺醺的,工作干得一塌糊涂。米勒警告了他一两次,但劳森并不是个轻易接受训诫的人。一天,在一次争执中,他戴上帽子扬长而去。可到了这时,他的坏名声已尽人皆知,他找不到任何人来雇用他。有一阵子他无所事事，随后患上了一种叫作"震颤性谵妄"的病。痊愈后，他满心羞愧，虚弱无力，再也抵抗不了来自家庭的持续不断的压力，便去找彼得森，求他给自己一份工作。彼得森很乐意在自己店铺里雇用一个白人，而劳森在计算方面的能力也让他成为一名得力员工。

从那时起劳森的处境便迅速恶化。白人都冷落他，只是出于轻蔑的怜悯，以及对他喝醉后的暴力行为的某种恐惧，他们才没有完全与他断绝来往。劳森变得极其敏感，总是小心提防着别人的冒犯。

他完全生活在当地人和混血儿当中，但他再也没有身为白人的那种威望了。他们感觉到他对他们的嫌恶，也讨厌他那种高人一等的态度。现在他已经是他们中的一员，他们并不觉得他有什么理由摆架子。布雷瓦尔德曾低三下四地对他逢迎讨好，如今也对他不屑一顾。艾瑟尔这笔买卖做亏了。家中有时会出现不光彩的场面，有一两次，两个男人打了起来。吵架的时候，艾瑟尔会站在自己家庭这一边。他们发现劳森清醒时还不如喝醉，因为他喝醉了就会躺在床上或地上呼呼大睡。

随后劳森意识到他被人隐瞒了某些事。

当他回到那所平房,准备吃一顿可怜的半土著式晚饭时,艾瑟尔经常不在家。他问起她在哪儿时,布雷瓦尔德就会告诉他艾瑟尔不是去找这个就是去找那个朋友一块儿过夜了。有一次他追踪她到布雷瓦尔德所说的那户人家,发现她并不在那儿。艾瑟尔回家后,劳森问她去了哪里,她告诉他是父亲搞错了,她去的是谁谁谁家。可劳森知道她在撒谎。她穿着最好的衣服,眼睛闪闪发光,看上去很美。

"别跟我耍花招,丫头,"他说,"要不然我会把你身上的每根骨头都打断。"

"你这个醉鬼。"艾瑟尔鄙夷地说。

他觉得布雷瓦尔德太太和那个老外婆看自己的眼神似乎满怀恶意,而这些日子里布雷瓦尔德却一反常态地对自己和颜悦色,他把原因归结为这老头有些不可告人的秘密瞒着女婿,正为此感到沾沾自喜。随后,他的疑心被激发出来了,他似乎看到所有白人都在向自己投来奇怪的目光。当他走进旅馆酒吧间时,人群会突然安静下来,于是他深信自己便是他们刚刚议论的话题。一定发生了什么事,这事人人都知道,只有他本人被蒙在鼓里。他妒火中烧。他相信艾瑟尔和一个白人在偷情,便用审视的目光将这些人一个个看过来,可没有任何东西可以给他提供哪怕一点儿线索。他感觉十分无助。正因为他无法将自己的怀疑切实锁定在任何一个人身上,他便像个胡言乱语的疯子一样走来走去,寻找着一个可以让他发泄怒气的对象。最后,由于机缘巧合,他撞上了最不该遭受他暴力行为的那个男人。一天下午,劳森郁郁不乐地一个人坐在旅馆里,查普林走进来在他身旁坐下。也许查普林是这个岛上唯一一个对他心存同情的人。他们一起点了酒,聊了几分钟即将举行的赛马会。随后查普林说:

"我想咱们都得花点钱买新衣服了。"

劳森窃笑。因为查普林太太攥着钱包,要是她想为这一场合买条新裙子,当然不会向丈夫要钱。

"你太太好吗?"查普林想表现得友好一些,于是问道。

"那和你有什么关系?"劳森皱起两条黑眉毛说。

"我只是出于礼貌问一下而已。"

"噢,你少管闲事。"

查普林并不是个很有容忍力的人。他长期居住在热带地区,常喝威士忌,家里的事也不令他顺心,这一切都让他在控制脾气方面比劳森好不了多少。

"听着,小子,你待在我的旅馆里的时候,给我规矩一点,否则你就会立刻被扔到街上。"

劳森阴沉的脸涨成了深红色。

"让我最后告诉你一次,你可以讲给所有人听,"他怒气冲冲地说,"要是你们当中有谁和我老婆乱搞,最好给我小心点。"

"你以为谁想和你老婆乱搞?"

"我可没你想的那么傻。要是我面前有堵石墙,别人能看见,我也能看见。我警告你,就这么简单。我绝不会容忍什么偷鸡摸狗的事儿,绝对不会。"

"听着,你最好现在就给我滚出去,等清醒了再回来。"

"我爱什么时候出去就什么时候出去,一分钟也不会提前。"劳森说。

夸这种海口令人遗憾,因为查普林在经营旅馆的过程中练就了一项特殊的技能,面对那些他不想与之做伴而情愿赶走的绅士,他知道如何对付他们。劳森这话刚一出口,就被查普林一把抓住衣领和胳膊,强行推到街上。他跌跌撞撞地下了台阶,顿时被阳光刺得睁不开眼。

就是因为这次事件,劳森第一次对艾瑟尔动了粗。当时他被羞辱感刺痛了心,不愿回到旅馆,便在那天下午提前回到家。他发现艾瑟尔正在穿衣打扮,准备出门。通常,她没什么事时,都穿着一件长罩衣,赤着脚,在黑头发上别一朵花;可这会儿,她穿着白色的丝质长筒袜和高跟鞋,在整理一条粉红色的棉布连衣裙,这是她所有衣服中最新的一件。

"你打扮得好漂亮,"劳森说,"你要去哪儿?"

"我要去克罗斯利家。"

"我和你一起去。"

"为什么?"她不动声色地问。

"我不想让你总是一个人找乐子。"

"他们没邀请你。"

"我才不在乎。没有我,你不许一个人去。"

"你最好躺一会儿,等我准备好。"

艾瑟尔以为劳森喝醉了，觉得他一旦在床上躺下，便会很快睡过去。可劳森在椅子上坐下，开始抽烟。艾瑟尔看着他，越来越恼怒。当她打扮停当时，劳森站起身来。非常碰巧的是，这时屋子里一个人也没有。布雷瓦尔德在种植园里干活，他妻子去了阿皮亚。艾瑟尔和劳森正面对峙。

"我不想带你一起去。你喝醉了。"

"你撒谎。没有我你不许去。"

艾瑟尔耸了耸肩，试图从劳森身边走过去，但劳森抓住她的胳膊，将她抱住。

"让我走，你这个恶魔。"艾瑟尔情急之下用萨摩亚语喊道。

"为什么不让我和你一起去？我不是告诉过你，我不会容忍你跟我耍花招的吗？"

艾瑟尔攥紧拳头，打在劳森脸上。劳森再也控制不住自己了。他的爱，他的恨，全都涌上心头，令他怒不可遏。

"我要教训教训你，"他叫道，"我要教训教训你！"

他抓起一根正好放在他手底下的马鞭，抽在艾瑟尔身上。艾瑟尔尖叫起来，而尖叫声更使劳森发狂，于是他继续抽打着她，一下又一下。她尖厉的叫喊声响彻整个屋子，而劳森则一边打一边咒骂着她。随后他将她扔到床上，她便躺在那儿，满怀痛苦和恐惧地抽泣着。劳森扔掉鞭子，冲出了房间。艾瑟尔听到他离开，停止了哭泣。她谨慎地环顾四周，随后坐了起来。她浑身疼痛，但伤得并不严重，然后她检查了一下自己的裙子，看看有没有被弄坏。土著女子对于遭受殴打习以为常。劳森的所作所为并没有激怒艾瑟尔。她照照镜子，整理完头发后，两眼闪闪发光，眼神颇为奇特。也许此时她比以往任何时候都更爱他了。

而劳森则毫无方向地一路狂奔，他跌跌撞撞地穿过种植园后，突然间感觉筋疲力尽，软弱得像个孩子，便一头栽倒在一棵树下。他痛苦不堪而又羞愧难当。他想到了艾瑟尔，在温柔的爱情中他浑身的骨头似乎都软了下来。他想起了过去的一切，想起了自己怀有的希望，顿时对自己的所作所为感到惊骇。他比以往任何时候都更想念她。他想把她搂在怀里。他必须立刻去找她。于是他爬了起来，可是他太虚弱了，以至于走路都摇摇晃晃。他走进屋子,看到艾瑟尔坐在他们那间狭小的卧室里,正在照镜子。

"哦,艾瑟尔,原谅我吧。我对自己感到太羞愧了。我都不知道自己做了些什么。"

他跪倒在她面前,怯怯地抚摸着她的衣裙。

"我一想到自己做的事,就无法忍受。太可怕了。我觉得我当时一定是疯了。在这个世上,我最爱的就是你。只要能让你免受痛苦,我什么都愿意做,可我却伤害了你。我永远都无法原谅自己,可是看在上帝的分儿上,说一句你原谅我了。"

艾瑟尔的尖叫声还在他耳边回响,这让他难以忍受。她一声不响地看着他。他试图握住她的手,泪水从眼里流了出来。他满怀羞愧地将脸埋到她大腿上,虚弱的身体随着呜咽而颤抖着。艾瑟尔脸上露出无比轻蔑的表情。身为土著女子,她鄙视在女人面前卑躬屈膝的男人。一个软弱的家伙!有那么一会儿,她几乎以为他在耍什么花招。他就像条杂种狗一样匍匐在她脚下。她带着不屑随意踢了他一下。

"滚出去,"她说,"我讨厌你。"

劳森试图抱住艾瑟尔，可艾瑟尔将他一把推开。她站起身，开始脱衣服。她踢掉鞋子，褪下脚上的长筒丝袜，随后换上她那件穿旧了的长罩衣。

"你要去哪儿？"

"那和你有什么关系？我要去水潭。"

"让我也一起去吧。"他说。

劳森问这话的语气简直像个孩子般可怜巴巴的。

"你连这个都不放过我吗？"

劳森双手捂住脸，痛苦地哭泣着，艾瑟尔从他身旁经过，走出门去，眼神冷酷无情。

从那时起艾瑟尔便彻底鄙视劳森了。虽然他们不得不挤在一起生活，因为这座小小的平房里聚集着劳森和艾瑟尔以及她的两个孩子、布雷瓦尔德、他妻子和妻子的母亲，还有那些总是进进出出的关系模糊的亲戚和食客，但劳森已无足轻重了，也没人再关注他。他早上吃完早饭离开家，回来只为吃个晚饭。他放弃了挣扎，因为没钱而去不了英国人俱乐部时，他会跟老布雷瓦尔德和那些当地人一起玩红心牌戏消磨夜晚的时间。除了喝醉时，他胆小怕事，无精打采。艾瑟尔对待他的态度就像对待一条狗。她有时会屈服于他的暴怒，也会被随之而来的阵阵怨恨吓倒，可事后当他又变得奉承讨好、哭哭啼啼时，她便会对他鄙夷得恨不得朝他脸上啐口水。有时候劳森会很暴力，可如今艾瑟尔知道该怎么对付他，他打她时，她便会又踢又抓又咬。两人闹得凶时，劳森也未必每次都赢。很快整个阿皮亚都知道他俩相处得不好。没什么人同情劳森，而在旅馆里，大家觉得诧异的是老布雷瓦尔德居然没把他扫地出门。

"布雷瓦尔德可不是什么善类，"其中一个人说，"有朝一日要是他一枪崩了劳森，我也不会觉得奇怪。"

艾瑟尔依然在傍晚时分去那个寂静的水潭洗澡。那地方对她的吸引力似乎不属于人类世界，如果要你想象，那就像凉爽咸涩的海浪吸引着一条获得了人类灵魂的美人鱼。有时劳森也会去。我不知道是什么促使他去的，因为艾瑟尔显然对他在场颇为恼怒。或许是因为他希望在那儿能重温他初见她时充满心胸的那种纯净的喜悦之情，又或许，这仅仅是出于爱而不得的疯狂，而他感觉自己的固执能迫使对方爱他。有一天，他漫步来到那儿，产生了一种如今已难得出现的感觉。他忽然觉得与世无争。夜幕降临,暮色仿佛一片纤薄的云彩,附着在椰树叶上,微风无声地吹动着树叶,一弯新月悬挂在树梢。他来到岸边,看到艾瑟尔仰面漂浮在水面上,头发披散在四周,手中握着一朵硕大的木槿花。劳森呆立了一会儿,欣赏着她。她简直就像奥菲利娅①。

"嘿,艾瑟尔!"他愉快地喊道。

艾瑟尔突然动了一下,手中的红花掉落,悠然漂走了。她划了一两下水,直到探明水底不超过自己的深度,随后站了起来。

"滚开,"她说,"滚开。"

劳森大笑起来。

"别这么自私。这儿足够容得下我们两人。"

"你为什么不能放过我? 我想要一个人待着。"

"得了吧,我想洗澡。"劳森回答,一点也没生气。

"你到桥那儿去。我不想让你在这儿。"

"真是抱歉。"劳森依然微笑着说。

---

① 奥菲利娅,莎士比亚悲剧《哈姆雷特》中的女主角,丹麦王子哈姆雷特之女友,温柔美丽。在哈姆雷特失手杀死其父并逃亡之后,因孤独绝望而溺死水中。

　　劳森一点儿也不生气,也没怎么注意到艾瑟尔其实怒火中烧。他开始脱外套。

　　"滚开,"艾瑟尔尖叫道,"我决不让你在这儿。你连这点自由都不能留给我吗? 滚开!"

　　"别犯傻了,亲爱的。"

　　艾瑟尔弯下腰,捡起一块锋利的石头,飞快地掷向劳森。劳森来不及躲避,石头打中了他的太阳穴。他惨叫一声,用手捂住头部,松开时,发现手上沾满了鲜血。艾瑟尔站在那儿一动不动,愤怒地喘着气。劳森脸色煞白,一声不响地拿起外套,转身就走。艾瑟尔再次颓然倒入水中,顺着溪水缓缓漂流到了浅滩处。

　　石头留下了一个锯齿状的伤口,有那么几天,劳森四处走动时头上都缠着纱布。他为这个意外事件编造了一个煞有介事的故事,以防俱乐部里那些家伙问起,但根本没机会用上。没有人提及这件事。他看到他们朝他头上的伤投来鬼鬼祟祟的目光,却一句话也不说。沉默只能说明他们知道他的伤是怎么来的。现在他已经确定艾瑟尔有一个情人,而他们也都知道这人是谁,然而没有任何细微的迹象来给他提示。劳森从未见过艾瑟尔和谁在一起，也没人表示愿意和她在一起，或在对待他本人的态度上表现出不对劲。他被狂怒攫住了身心，由于无人可以作为发泄对象，他喝得越来越凶。在我来到岛上之前不久，他的"震颤性谵妄"刚刚又发作了一次。

我是在一位名叫卡斯特的人的家里遇到艾瑟尔的，卡斯特娶了一位土著妻子，住在离阿皮亚两三英里远的地方。我当时和卡斯特一起打网球，打累了以后，他提议喝杯茶。我们走进他家的屋子，在凌乱不堪的起居室里看到艾瑟尔在和卡斯特太太聊天。

"你好，艾瑟尔，"卡斯特说，"我不知道你来了。"

我禁不住好奇地打量着她，试图发现她身上有什么特别之处，能在劳森身上引发如此惊人的激情。可又有谁能解释这种事呢？她确实很有魅力，令人想起红色的木槿花，那是一种在萨摩亚的栅篱上常见的花，优雅、慵懒而富于激情。然而即使在当时，我对他俩的事也已知之甚多，考虑到这一点，最令我惊讶的是她竟如此清新纯朴。她很文静，略有点害羞，身上不带一丝粗野或俗艳，也不像一般的混血儿那样表现得情感夸张。几乎无法相信，她就是如今尽人皆知的夫妻大闹的可怕场面中的那个悍妇。她穿着漂亮的粉红色连衣裙和一双高跟鞋，看上去很像个欧洲人。你几乎猜想不到，她是从阴暗的土著生活背景中成长起来的，并且她对这种生活感觉更为自在。我觉得她智力平平，要是一个男人在和她生活了一段时间以后，发现之前吸引自己去接近她的那种激情转成了厌倦，我也一点不会惊讶。这让我想到，她这种难以捉摸的特质，正是她独特的魅力所在，就像一种思想浮现在意识中，却在能被语言捕捉到之前消失了。可或许这只是幻觉而已，如果我事先对她一无所知，我一定会仅仅将她视为一名漂亮可爱的混血儿，与旁人毫无二致。

她和我聊起各种各样的事，都是萨摩亚人会和陌生人聊的内容，也聊到我的旅途，问我有没有去帕帕西亚的滑水石①滑过水，还问我是否打算住到土著村庄里。她和我聊起苏格兰，我注意到她似乎倾向于夸大她在那

---

① 帕帕西亚的滑水石（Papaseea Sliding Rock），阿皮亚当地一景点，为瀑布冲刷形成的岩石斜坡，表面光滑，旅游者可以在上面体验坐瀑布滑梯的感觉。

儿的宅邸中的豪华生活。她还天真地问我是否认识这位夫人或那位太太，这些人是她住在北方时结识的。

随后米勒，那个肥胖的德裔美国人进来了。他非常诚挚友好地和所有人握了手，然后坐了下来，用他那快活的大嗓门要了一杯掺苏打水的威士忌。他极其肥胖，出了好多汗，于是便摘下金边眼镜擦了擦。这时你会发现，他那双小眼睛藏在硕大的圆形镜片后面时显得和蔼可亲，其实却精明而狡黠。在他到来之前，这场聚会令人感觉有些沉闷，但他很擅长讲故事，且开朗快活。没过多久，两位女士，即艾瑟尔和我朋友的太太，便被他的俏皮话逗得开心大笑。他在岛上拥有"女士的最佳男伴"的好名声，而你也能看出为什么这个肥胖粗野、年老丑陋的家伙仍可能令人着迷了。他让自己的幽默感和身边人的理解力保持一致，这是需要精力和自信心才能做到的，而他的西部口音也使他的谈吐显得很特别。最后他转向我：

"噢，要是想回去吃晚饭的话，我们得走了。要是您愿意，我可以开车带您一起走。"

我道了谢，站起身来。他和其他人握了握手，迈着厚重有力的步伐走出房间,爬上自己的车子。

"劳森太太真是又漂亮又可爱。"车子行驶在路上时,我说。

"劳森这么对她,真是太糟糕了,把她打得遍体鳞伤的。我听到男人打女人的事儿就很生气。"

我们又往前开了一小段路,随后他说:

"劳森娶她这件事儿干得很蠢。我当时就是这么说的。要是他没娶她,肯定能让她服服帖帖的。他是个混蛋,没错,他就是个混蛋。"

接近年底,我离开萨摩亚的时间也快到了。我坐的船定于一月四号开往悉尼。旅馆举行了适当的仪式来庆祝圣诞节,然而大家都只是把它看作新年的预演,那些习惯于在酒吧间里碰面的男人在新年前夜决定要好好乐一乐。晚餐热热闹闹,吃完后一伙人晃晃悠悠地来到英国人俱乐部,也就是一座小小的简易木板房里玩赌台球的游戏。大家说说笑笑,押注赌钱。有些人玩球玩得实在糟糕,但米勒却不一样。其他人都比他年轻得多,他也一点不比他们喝得少,却依然眼神敏锐,手下动作稳健。他心情愉快、温文尔雅地把那些年轻人的钱装进自己兜里。这样玩了一小时后,我觉得累了,便走了出去,穿过马路来到海滩上。那儿长着三棵椰树,就像三位月亮仙子在等待情郎骑马跃出海面。我坐在其中一棵树下,凝望着环礁湖和群星荟萃的夜空。

我不知道那晚劳森去了哪里,不过他在十点多钟时来到了俱乐部。他沿着那条积满尘土、空无一人的马路一路东倒西歪地走过来,感觉沉闷无聊。到了俱乐部,在进入弹子房之前,他先来到酒吧间独自喝上一杯。如今,当一大群白种男人聚在一起时,他对于加入其中会感到有些羞怯,需要喝点烈性威士忌来为自己壮壮胆。他端着酒杯站在那儿时,米勒进来朝他走了过去。他穿着衬衫,手里还拿着球杆。他朝酒吧招待使了个眼色。

"你出去一下,杰克。"他说。

那名酒吧招待是个当地人,穿着一件白色上衣,围着一条红色印花腰布。他什么也没说,便轻手轻脚地离开了那个小房间。

"听着,劳森,我一直想和你说几句话。"那大个子美国人说。

"噢,请便,这不要钱。在这个该死的岛上,这种免费的好事儿可不多。"

米勒把金边眼镜往鼻梁上加固了一下，用冰冷而坚定的眼神看着劳森。

"听着，年轻人，我知道你又在打你太太了。我不会再容忍这种事。要是你不立刻停手，我就打断你这副龌龊的小身板里的每一根骨头。"

这下劳森终于明白自己长久以来一直想要搞清楚的事了。原来是米勒。这个男人肥胖而秃顶，一张光溜溜的圆脸，双下巴，戴着金边眼镜。看着他的外表，想到他的年纪，以及他那叛教神父一般看似和蔼实则精明的神情，再想到纤细而纯洁的艾瑟尔，劳森陡然间充满了恐惧。不管劳森有什么错，他都绝不是个懦夫，于是他一言不发地朝米勒猛击过去。米勒飞快地用拿着击球棒的手挡住了这一击，随后奋力挥起右臂，一拳打在劳森的耳朵上。劳森比这美国人矮四英寸，体格瘦小，由于疾病缠身，又长期生活在令人萎靡不振的热带地区，还终日酗酒，他变得虚弱不堪。他像根木头一样重重地摔倒了，晕乎乎地躺在吧台下面。米勒摘下眼镜，用手帕擦了擦。

"我想你现在知道我会和你说什么了吧。你已经得到了警告,最好拿它当回事。"

他拿起击球杆,回到弹子房里去了。那里面热闹非凡,没人知道发生了什么。劳森从地上爬起来,把手放在还在嗡嗡作响的耳朵上,随后偷偷溜出了俱乐部。

我看到有个人过了马路,在黑暗的夜色中,我只能看到一团白色的影子,但并不知道那是谁。他来到海滩上,从坐在树下的我身边走过时,低头看了看。这时我看清了来人是劳森,但他毫无疑问已经喝醉了,我就没开口。他犹犹豫豫地继续往前走了两三步,又转身走了回来。他来到我身边,弯下腰,盯着我的脸。

"我就知道是你。"他说。

他坐下来,掏出烟斗。

"俱乐部里面又热又吵。"我主动开口说。

"你为什么坐在这儿?"

"我在等着大教堂里的午夜弥撒。"

"要是你乐意,我和你一起去。"

劳森相当清醒。我们默默地抽着烟在那儿坐了一会儿。环礁湖里时不时有几条大鱼溅起水花,更远处,在靠近暗礁缺口的方向，有一艘纵帆船亮着灯光。

"你下周就坐船走了，是吗?"他问。

"是的。"

"能再次回到家乡真是件令人开心的事。可我现在经受不住。你知道，那儿太冷了。"

"想到这会儿在英格兰那些人都围着炉火打哆嗦，真不可思议啊。"我说。

一丝风都没有。温暖宜人的夜晚如有魔力，令人沉醉。我身上只穿了一件薄薄的衬衫和一条帆布裤子。我享受着这夜晚的美妙与慵懒，舒舒服服地伸展了一下四肢。

"这样的新年前夕，不会让你想要好好地为未来做什么打算。"我笑着说。

他没有回答，但我不知道我这句无心之语在他身上引发了一连串什么样的思绪，因为他立刻就开启了话匣子。他说话的声音很低，不带任何夸张的腔调，但他的口音显出良好的教养，我的耳朵已经被那些鼻音和粗俗的语调折磨了一段时间，如今能听到他说话，我感觉如释重负。

"我把事情搞得一团糟。这是明摆着的,不是吗?我就处在地底深渊,不可能出来。'漆黑犹如地底暗道。'①"我能感到他在引用这句诗时露出了微笑,"奇怪的是,我竟然不知道自己是怎么错到这一步的。"

我屏住呼吸,因为对我而言,没有什么比一个男人在自己面前袒露心灵更能激起我的敬畏之感。此时你会明白,没有人会如此微不足道或自甘堕落,在他身上总有一丝火花,能激起你的恻隐之心。

"要是我能明白,这一切都是我的错,事情就不会变得这么糟。我的确酗酒,可要是事情不是那么发展的,我也不会这么做。我其实并不喜欢喝酒。我想我不该和艾瑟尔结婚。要是我只是养着她,就不会有问题。可我如此爱她。"

他的声音开始颤抖。

"她并不坏,你知道,她并不真的坏。这只是命运弄

———————

① 此处引用的是维多利亚时代英国诗人威廉·埃内斯特·亨利(Willaim Ernest Henley,1849—1903)《不可征服》中的诗句。诗人自幼体弱多病,患有肺结核,一生都奋力与病魔抗争,不向命运屈服。此诗为诗人在病榻上所作。

人。我们原本可以非常快乐,我想,她逃走的时候我应该放她走,可我做不到——我那时被她迷住了。何况我们还有个孩子。"

"你喜欢那孩子吗?"我问道。

"我以前很喜欢。你看,我们有两个孩子。可现在他们对我来说没那么重要了。不管在哪儿,你都会把他们认作土著孩子的。我只能用萨摩亚语和他们说话。"

"你现在从头开始会太晚吗?你就不能发奋图强,离开这个地方吗?"

"我没这个力气了。我完了。"

"你还爱着你妻子吗?"

"现在不爱了。现在不爱了。"他重复说着这句话,声音里带着一种恐惧。"我现在连爱的感觉也没了。我一无所有了。"

大教堂的钟声响了起来。

"要是你真的想去参加午夜弥撒,我们现在该走了。"我说。

"走吧。"

我们站起身,沿着马路走。大教堂通体洁白,面朝大海巍然耸立，而相比之下，它旁边的几座新教教堂看起来就像小型礼拜会堂。路上有两三辆汽车，还有很多双轮马车，都在路边靠墙停放。人们从这座岛的四面八方来到这里参加这场仪式，从巨大的敞开的门望进去，我们看到里面挤满了人。高高的圣坛上灯火通明。人群中有几个白人，也有不少混血儿，但绝大多数是当地人。所有男人都穿着长裤，因为教会将印花腰布认定为不体面的装束。我们在后排靠近门口的地方找到了椅子，坐了下来。不一会儿，顺着劳森的目光，我看到艾瑟尔和一群混血儿一起进来了。他们都盛装打扮，男人们穿着硬质高领衬衫和闪亮的鞋子，女人们则戴着艳丽的大帽子。艾瑟尔穿过过道时向朋友们点头微笑。随后仪式开始了。

弥撒结束后，劳森和我在一边站了一会儿，看着人群鱼贯而出，随后他向我伸出手。

"晚安，"他说，"祝你归途愉快。"

"噢，可我离开前应该还会再见到你。"

他轻笑起来。

"问题是你见到我时，我是醉还是醒。"

他转身离开了我。我还记得他那双大大的黑眼睛在蓬乱的粗眉下一个劲儿地闪闪发光。我犹豫了一会儿。我还不困，因而觉得无论如何也要在上床睡觉前去俱乐部待上个把小时。我到那儿时，发现弹子房里空空如也，不过有五六个人围坐在酒吧间的一张桌子旁玩扑克牌。我进去的时候，米勒抬起头。

"坐下来一道玩吧。"他说。

"好啊。"

我买了点儿筹码，开始打牌。毫无疑问这是世界上最令人着迷的游戏，于是我的停留时间延长至两小时，接着又延长到了三小时。尽管时间很晚了，那名土著酒吧招待依然心情愉快、头脑清醒，在我们身边不停地端酒送水，还不知从哪儿弄来了一块火腿和一条面包。我们继续玩牌。绝大多数人都喝得超量了，于是玩牌戏时兴致高涨，下起注来不顾一切。我玩得比较克制，既不想赢钱，也不急于输光，却饶有兴趣地观察着米勒。他和其他人一起喝了一杯又一杯，但他一直保持着冷静，头脑相当清醒。他的筹码堆得越来越多，他在自己面前放了一张整洁的小纸，上面标着他借给那些陷入困境的玩家的各项钱款。他对那些输钱给他的年轻人报以和蔼的微笑。他没完没了地讲着笑话和趣闻，却从不失手，也不会忽视任何一个人脸上的表情。终于，晨曦轻手轻脚地从窗户钻进室内，羞羞答答，局促不安，仿佛觉得自己不该来这儿似的，随后天亮了。

"呃，"米勒说，"我想我们已经体面地完成了辞旧迎新。现在我们来打一盘累积赌注赢头奖，然后我就该钻进蚊帐里睡觉去了。别忘了，我都五十岁了，熬不了这么晚。"

我们来到露台上时正值清晨，景色秀美，空气清新，环礁湖就像一大片五彩缤纷的玻璃。有人提议去泡个澡再上床睡觉，可没人乐意在环礁湖里泡澡，因为那里的水很黏，而且脚下也可能有危险。米勒的车就停在门前，他便主动提出把我们带到水潭那儿去。我们跳上车，在空旷的马路上行驶。到达水潭时，那儿看起来就像天色尚未大亮。树丛下的水面笼罩在阴影之中，仿佛夜晚依然潜藏于此。我们个个兴高采烈。谁都没带毛巾，也没穿泳装，我出于谨慎，暗自思忖着我们这群人该怎么擦干身子。大家身上都没穿多少衣服，脱衣服也没花多少时间。那个小个子押货员纳尔逊第一个脱掉了衣服。

"我要下到水底去。"他说。

他跳进了水里，不一会儿，又有一个人跳下水去，不过入水很浅，在他之前就浮出了水面。随后纳尔逊冒了上来，手忙脚乱地爬到水潭边。

"我说，快把我拉出来。"他说。

"怎么回事？"

显然是出了什么事，他脸上的表情充满惊恐。有两个人向他伸出手，他便连滚带爬地上了岸。

"我说，那下面有人。"

"别犯傻了。你喝醉了。"

"呃，要是没有的话，我就是得了震颤性谵妄。可我告诉你那下面有个人。真把我吓死了。"

米勒盯着他看了一会儿。这小个子脸色煞白，不住地颤抖着。

"来，卡斯特，"米勒对那个大个子澳大利亚人说，"我们最好下去看看。"

"他站在那儿，"纳尔逊说，"衣服穿得好好的。我看到他了。他想要抓住我。"

"别嚷嚷了,"米勒说,"准备好了吗?"

他们跳入水中。我们一言不发地在岸上等待。他们在水下待的时间看起来似乎真的超过了任何人可以屏住呼吸的时长。然后卡斯特冒出水面,米勒也紧随其后,脸色通红,仿佛马上就要痉挛了。他们后面拖着什么东西。又有一个人跳进水里去帮忙,三人合力将这个包袱拉到边上,又费力地把它推上岸。随后我们发现原来这是劳森。他把一块大石头系在外套里面,绑在双脚上。

"他是铁了心想要寻死了。"米勒一边说,一边把水从他那双近视眼上抹去。

VI

檀香山

聪明的旅行者只在想象中旅行。一位年老的法国人①(他其实是个萨伏伊人)曾写过一本名为《在自己房间里的旅行》的书。我没看过这本书,甚至不知道书里都写了些什么,但书名却激发了我的想象力。在这样一场旅行中,我可以环游全球。壁炉旁的一幅圣像就能带我去俄罗斯,那儿有大片的桦树林和白色的圆顶教堂。伏尔加河辽阔无垠,而在疏落杂乱的村庄尽头,在一家酒馆里,蓄着络腮胡子的男人们身穿粗糙的羊皮袄,坐在那儿喝酒。我站在拿破仑第一次看到莫斯科的那座小山头上,俯瞰这座广袤的城市。我会下山去见见那些比我很多朋友还要熟悉的人,阿辽沙②,沃伦斯基③,还有更多。但我的视线落在一件瓷器上,我闻到了辛辣的

① 指法国作家、画家兼军人萨米耶·德梅斯特(Xavier de Maistre,1763—1852),出身于法国与意大利之间的萨伏伊公国贵族家庭,法国兼并萨伏伊后,他流亡俄罗斯并做到将军。1790 年德梅斯特因一场决斗事件被罚关禁闭在家中 42 天,以随想录的方式写成《在自己房间里的旅行》一书。
② 俄罗斯作家陀思妥耶夫斯基的小说《卡拉马佐夫兄弟》中的幼子,是人性善的代表。陀思妥耶夫斯基是毛姆最欣赏的俄罗斯作家。
③ 俄罗斯作家列夫·托尔斯泰的小说《安娜·卡列尼娜》中的人物,安娜的情人。

中国味道。我坐在一张椅子上，沿着稻田之间的狭窄堤道前进，或是穿行在绿树成荫的山间。在阳光明媚的早晨，我的轿夫们一边跋涉前行，一边兴高采烈地聊着天，我不时听见从一座寺庙传来的钟声，低沉、遥远而神秘。北京的街上有形形色色的人聚在一起，当一支驼队经过时，人群便散开为之让道。骆驼步态优美，背上驮着从蒙古的戈壁荒漠运来的毛皮和奇异的药物。在英格兰，在伦敦，冬天的某些下午，厚重的云层低垂，光线如此之暗，以至于你的心都会沉下去，可随后你可以从窗户望出去，看到珊瑚岛的海滩上长满了椰子树。沙子闪着银光，你行走在阳光下，这些沙子如此耀眼，让你几乎无法直视。头顶上有八哥鸟在鼓噪，海浪无休无止地拍打着礁石。这是最好的旅程，是你可以在自家壁炉旁完成的旅程，因为你不会失去任何幻想。

可也有人会往咖啡里面加点盐。他们说这样可以给咖啡增添一种特别的味道，让它变得独特而迷人。同样，也有一些地方被浪漫的光环笼罩，而当你真正身临其境时，则会无可避免地产生幻灭感，这种经历也别具情趣。你期望看到完美的东西，得到的印象却比那种美所能给予的要复杂得多。这就像一个伟人性格中的弱点，也许它会使伟人不那么令人钦佩，却必然会令他更有意思。

我在毫无思想准备的情况下来到了檀香山。它离欧洲如此遥远，从旧金山出发后需要经过漫长的旅程才能到达，加之这个名字又附着了如此陌生而又令人着迷的联想，以至于我一开始几乎无法相信自己的眼睛。我不知道自己的头脑中是否已然形成了精确的预想画面，不过我发现的情况着实让我大吃一惊。这是一座典型的西方城市。棚户和石材砌成的宅邸并排而立，破旧的木板房紧挨着装有平板玻璃窗的漂亮店铺，电车隆隆地驶过街道，福特、别克、帕卡德①等各种牌子的汽车在人行道上排成一列。商店里充斥着美国文明社会的各种必需品。每隔两幢房子便是一家银行，每隔四幢则是一家轮船公司的代理行。

街上挤满了形形色色的人，类别多到难以计数。美国人不顾气候炎热，都穿着黑色外套和上过浆的高领衬

———————————

① 帕卡德（Packard）是二十世纪上半叶著名豪华汽车品牌，创立于美国俄亥俄州。

衫,戴着草帽、毡帽或圆顶礼帽。浅棕色皮肤的卡纳卡人头发卷曲,只穿一件衬衫和一条长裤;混血儿们则打扮得十分光鲜,系着花哨的领带,穿着漆皮靴子。日本人脸上带着谄媚的微笑,穿着白色帆布裤子,显得十分整洁,他们的女人离开一两步跟在他们身后,穿着本民族服装,背上背着一个婴儿。日本儿童穿着色彩鲜艳的上衣,小脑袋上的头发剃得短短的,看上去颇像古雅的玩偶。还有中国人,男人肥胖富态,颇为奇怪地穿着美式服装,但女人们却十分迷人,黑头发盘得紧紧的,一丝不苟,以至于你会觉得她们的头发永远不会乱,她们身上穿着白色、粉蓝色或黑色的束腰上衣和长裤,显得十分干净。最后还有菲律宾人,男人戴着巨大的草帽,女人则穿着鲜艳的黄色棉布裙,泡泡袖十分惹眼。

这里是东西方交汇之地。在这里,全新的东西和无比古老的事物并存。假如你没有发现预想中的浪漫传奇,则必将邂逅某些异常有趣的事物。所有这些陌生人比邻而居,说着不同的语言,怀着不同的思想,信仰不同的神明,抱着不同的价值观,他们之间只有两种共同的情感:爱情和饥饿。不知怎的,当你观察这些人时,会产生一种生气勃勃的印象。虽然空气如此柔和，天空如此蔚蓝，但不知为什么，你会感觉有一股激情像脉搏一般在人群中热烈地跳动。虽然当地警察站在角落里的平台上，手持一根白色的棒子指挥着交通，让这场景带上了一种体面的色彩，可你就是忍不住觉得，这只是一种表面上的体面，往下一点点，便是黑暗与神秘。这让你心里产生了一阵小小的兴奋，就好像夜晚的森林里突然传来一阵低沉而持续的击鼓声，寂静便随之颤动。你心中充满了莫名的期待。

要是我对檀香山怪异不调的描述颇多，那是因为在我看来，正是这一点对我想要讲述的故事给出了解释。这是一个关于原始迷信的故事，而我则惊讶于这样的事情竟然也能在这个即使算不上十分卓越，也无疑极为复杂精细的文明社会中继续存在。如此令人难以置信的事，竟会发生在，或被认为发生在被电话、有轨电车和日报包围的社会之中，实在令我无法接受。我从一开始就感觉到，这种怪异不调正是这座城市最突出的特点，而带我游览檀香山的那位朋友本人恰恰也具有这种特性。

他是个美国人，名叫温特，我从纽约一位熟人那儿带了一封介绍信过来给他。他年龄在四十到五十岁之间，黑色的头发稀稀拉拉，鬓角斑白，脸庞瘦削，五官轮廓分明。他眼里闪动着光彩，硕大的角质眼镜则赋予了他一种非常有趣的假正经气质。他个子相当高，也非常瘦。他出生在檀香山，其父拥有一家大型店铺，销售针织品之类的商品，从网球拍到防水布，凡是时尚人士可能会需要的物品都无所不包。这是一门欣欣向荣的生意，因此我很能理解，当儿子拒绝入行，宣布要当一名演员时，老温特有多么怒不可遏。我的这位朋友在舞台上折腾了二十年，有时在纽约，可更多时候是在路上，因为他实在是天赋有限；不过最后，他明智地得出结论：与其在俄亥俄州的克利夫兰演演小角色，不如在檀香山卖卖吊袜带。于是他离开舞台，投身生意。我觉得，在过了这么久朝不保夕的日子之后，他对于开着大车子、住在靠近高尔夫球场的漂亮房子里的奢侈生活是十分享受的，并且我也肯定，由于他是个有才能的人，他料理生意也是得心应手。然而他舍不得与艺术完全断绝关系，既然可能无法再演戏，他便开始画画。他把我带到画室里，向我展示自己的作品。他画得不差，但并不符合我对他应有的期望。他只画静物,画幅很小,大约八英寸长、十英寸高,画风也很精细,画面呈现处理得尽善尽美。显然他热衷于细节。他的水果画令人想起吉兰达约①画作中的水果。你在对他的耐心略感惊叹的同时,也会情不自禁地被他的心灵手巧打动。我猜想,他之所以当演员不成功,是因为他表现的舞台效果虽然经过精心研究,却既不够大胆,也不够夸张醒目,无法传达至舞台之外,令观众感受到。

他带我游览这座城市时,那模样颇有主人翁风范,却又一脸不以为然,我被这种态度逗乐了。他内心觉得美国没有一座城市能与檀香山相提并论,但又很清楚自己的态度是滑稽可笑的。他开车带我去参观各种各样的房子,当我对他们的建筑表现出恰如其分的赞叹时,他便会得意扬扬。他给我看富人的宅邸。

"那是斯塔布家,"他说,"这房子的造价是十万美元。斯塔布家族是我们这里最有钱的人家之一。老斯

---

① 多米尼克·吉兰达约(Domenico Ghirlandaio,1449—1494),意大利画家,米开朗基罗的老师,以教堂壁画、祭坛画著称,也画现实主义肖像画。

塔布是七十多年前来这儿传教的。"

他踌躇了一下，透过那副大大的圆眼镜，用亮晶晶的眼睛看着我。

"我们这儿最富有的家族全是传教士家庭，"他说，"除非你父亲或祖父让异教徒皈依上帝，否则你就不能算在檀香山完全立足。"

"是吗？"

"你熟知《圣经》吗？"

"挺熟的。"我回答说。

"其中有一篇经文这样说：父亲吃了酸葡萄，孩子的牙都酸了。我觉得在檀香山不是这么回事儿。在这儿，父辈把基督教带给卡纳卡人，而孩子则抢占他们的地盘。"

"自助者天助之。"我咕哝着说。

"确实。这个岛上的原住民接受基督教时，已经穷得接受不起别的东西了。国王赐给传教士土地以示尊敬，而传教士则通过在天堂积财来购买土地。这当然是项好投资。一名传教士放弃了本行——我想称之为一项行当应该不会惹众怒——当起了土地经纪人，可那是个例外。绝大多数时候是他们的儿子在照看着商业方面的事。噢,要是能有个五十年前来这儿传播信仰的老爹,可真是件不错的事儿。"

不过他看了看表。

"天哪,表停了。这意味着到了喝鸡尾酒的时间了。"

我们沿着一条两旁镶嵌着红色木槿花、景色优美的道路疾驰,回到了市区。

"你去过工会酒吧吗?"

"还没有。"

"我们去那儿吧。"

我知道那是檀香山最出名的地方,于是满怀好奇地走了进去。到那儿要从国王街穿过一条窄窄的通道,通道里有不少办事处,因而在旁人眼中,那些馋酒的家伙既有可能是去酒吧,也完全有可能是去造访其中一家办事处。整个酒吧就是一个方方正正的大房间,有三个入口,而在纵贯整个房间的吧台对面,两个角落被分隔成了一个个小隔间。传说建造这些隔间的目的是让卡拉卡瓦王可以在那儿喝酒而不被臣民看见,想到这位浑身黑不溜秋的统治者也许曾坐在其中一个隔间里,和罗伯特·路易斯·史蒂文森一道开怀畅饮，是件颇为令人愉快的事。这儿有一幅他的油画肖像，装帧在一个富丽的金色画框里，不过同时还有两幅维多利亚女王的版画肖像。另外，墙上还有十八世纪的老式蚀刻画，其中有一幅还是模仿德·怀尔德①的戏剧人物画，天知道是怎么来的。还有从二十年前的《图画报》②和《伦敦新闻画报》③的圣诞增刊上剪下来的油画式石版画。此外还有威士忌、杜松子酒、香槟和啤酒的广告，以及棒球队和当地管弦乐队的照片。

外面的街道光线明亮，可这个地方似乎不属于我刚刚离开的那个喧嚣的现代世界，而属于一个行将消亡的

---

① 塞缪尔·德·怀尔德（Samuel de Wilde，1751—1832），英国画家，祖籍荷兰，擅长蚀刻画和肖像画，尤以戏剧人物画为人所知。

② 《图画报》（*The Graphic*），1869 年创立于伦敦，刊登版画类插图的周报，创立者为木刻画画家威廉·卢森·托马斯。该报以插图形式影响了当时公众对社会政治的看法，具有进步倾向，并培养了一大批版画艺术家。

③ 《伦敦新闻画报》（*Illustrated London News*），1842 年创立于伦敦，是世界上第一份全面采用插图形式的周刊，报道英国及全世界的新闻事件，涵盖内容广泛，跨越三个世纪，至 2003年才停刊。

世界,带着比昨日还要陈旧的气息。这里肮脏昏暗,气氛神秘暧昧,你可以想象这种场景很适合进行可疑的交易。它让人想起一个更为可怕的时代,那时候的人冷血无情,把脑袋别在裤腰带上冒险,而单调的生活也被暴力行径装点得不那么乏味了。

我走进酒吧时,那儿已人满为患。一群商人一起站在吧台那儿讨论事务,而角落里则有两个卡纳卡人在喝酒。两三个店主模样的人在掷骰子。其余的人显然都是当海员的,其中有货船船长,有大副,还有轮机师。在吧台后面忙着制作著名的檀香山鸡尾酒的是两名大个头混血儿,穿着白衣服,体型肥胖,脸刮得干干净净,肤色很深,头发浓密卷曲,眼睛大而明亮。

温特看来认识里面一大半的人,我们走到吧台时,一个独自站在那儿的戴眼镜的小个儿胖子提出要请他喝一杯。

"不用了,我请你喝,船长。"温特说。

他转向我。

"我想让你认识一下巴特勒船长。"

小个子和我握了握手。我们开始攀谈,然而,由于周围环境分散了我的注意力,我几乎没怎么注意他,而我们每个人都喝完一杯鸡尾酒之后,便分开了。当我们再次坐进汽车驶离那儿时,温特对我说:

"我很高兴咱俩遇到了巴特勒。我原本就想让你见见他。你对他印象如何?"

"我没怎么注意他。"我回答道。

"你相信超自然力量吗?"

"我不太确定。"我笑了笑。

"一两年前,他遇到了一件非常奇怪的事。你应该让他讲给你听听。"

"什么样的事?"

温特没有回答我的问题。

"我自己对此无法解释,"他说,"但事实是确定无疑的。你对那样的事儿有兴趣吗?"

"什么样的事儿?"

"咒语啊,魔法啊,诸如此类的。"

"我还没遇到过对此不感兴趣的人呢。"

温特停顿了一会儿。

"我还是不要讲给你听吧。你应该从他自己口中听到这个故事，这样才能做出判断。你今晚有什么安排吗？"

"我啥事儿也没有。"

"那好，我会在接下来这段时间里联系他，看看我们能不能到他船上去。"

温特和我说了他的一些事。巴特勒船长一辈子都待在太平洋上。他以前的境况比现在好得多，因为他曾是往来于加利福尼亚海岸线的一艘客轮的大副，后来升为船长，可船只失事了，造成很多乘客溺亡。

"八成是他喝多了。"温特说。

当然，当局对此展开了调查，他丢了行船资格证，随后便漂泊到更远的地方去了。有几年，他在南太平洋地区游荡，不过如今他掌管着一艘小型纵帆船，来往于檀香山和群岛的各个岛屿之间。船主是个中国人，对他来说，船长没有行船资格证这件事只不过意味着他可以少付点儿薪水，而能找个白人来管事总是有好处的。

听说了有关他的这些事之后，我便想方设法来更确切地回忆起他的模样。我记得他那副圆圆的眼镜，以及镜片后面那双圆圆的蓝眼睛，于是逐渐在脑海中重新塑造出他的形象。他是个小个子男人，没有棱角，胖胖的，圆乎乎的脸盘恰似满月，还有个又小又肥的圆鼻子。他的头发很短，脸色红润，胡子刮得很干净。他的手胖乎乎的，指关节处有浅凹，两条腿又肥又短。他生性快活，过去的悲惨遭遇似乎并没有给他留下什么创伤。虽然他肯定有三十四五岁了，但看上去要年轻得多。然而，毕竟我当时对他的留意只浮于表面，现在既然得知了这场显然毁了他生活的灾难，我发誓再次见到他时，一定要更细致地关注他。观察不同人之间不同的情感反应是非常有趣的事。有些人可以经历可怕的搏斗、濒死的恐惧，以及无法想象的恐怖事物，心灵却依然毫发无损，但对有些人来说，孤独大海上月亮的颤动，或灌木丛中一只鸟儿的歌唱，都能引起足以彻底改变其整个身心的强烈震撼。这是缘于强大，还是软弱？是缺乏想象力，还是性格不稳定？我不得而知。当我想象船难发生时充斥着溺水者的尖叫与恐惧的场景，以及之后令人难以忍受的调查过程，想象那些为失去的生命而哀伤的人的痛苦和他必然在报纸上看到的对自己的严厉责难，以及随之而来的耻辱，我顿时震惊地回忆起，巴特勒船长竟然还能带着男学生特有的那种赤裸裸的猥琐谈论夏威夷姑娘,谈论艾维雷红灯区,谈论自己那些成功的冒险。他随时会大笑,尽管你可能以为他永远也不会再笑了。我记得他那口闪亮的白牙,那是他脸上最好看的部分。我开始对他感兴趣,我光想着他本人以及他那无忧无虑的快活天性,竟忘了自己再次和他见面是为了听什么故事。我想要见他,其实是为了尽可能多地了解他是个什么样的人。

温特做了必要的安排,于是晚饭后我们来到了海边。船上放下来的小艇等在那里,我们便划向外海。纵帆船停泊在港口对面稍有些距离的地方,离防波堤不远。我们靠了过去,接着我听到了四弦琴的声音。我们顺着梯子爬了上去。

"我想他在船舱里。"温特一边说,一边给我带路。

这是间很小的船舱,脏乱不堪,靠边放着一张桌子,四周围着一圈宽大的长椅,上面躺着一些乘客,在我看来,他们是由于考虑不周才会来乘坐这样一条船的。一盏煤油灯发出昏暗的光。四弦琴由一名土著姑娘弹奏,而巴特勒则懒洋洋地半躺在座位上,脑袋倚着姑娘的肩膊,一条胳膊搂在她腰间。

"可别让我们打扰你哦,船长。"温特开玩笑地说。

"进来吧,"巴特勒说着,起身和我们握手,"想喝点什么?"

这天夜里很炎热,通过敞开的门,可以看到无数星星挂在几乎还是蓝色的天上。巴特勒船长上身穿着一件无袖汗衫,露出他那肥肥白白的胳膊,下身穿着一条脏得一塌糊涂的长裤。他脚上什么也没穿,却在满是鬈发的头上戴了一顶陈旧不堪、极不成形的毡帽。

"让我介绍你们认识一下我女朋友吧。她漂亮吗?"

我们和一位非常漂亮的姑娘握了手。她比船长高出许多,穿着一件长罩衣,这是上一代传教士出于体面考虑而强迫不情不愿的当地人穿上的,即便如此也无法掩盖她美丽的身材。你可能禁不住怀疑岁月会让她变得臃肿,但此时的她是优雅而机敏的。她棕色的肌肤呈现出一种精致的半透明色,一双眼睛极为华美,一头丰盈的黑发编成了一条大辫子盘在头上。她微笑着打招呼时,仪态自然而迷人,露出一口小巧、整齐而雪白的牙齿。她无疑是位极具吸引力的姑娘。显而易见,船长狂热地爱着她。他无法将视线从她身上移开，时时刻刻都想和她接触。这倒很容易理解，可令我奇怪的是这姑娘显然也爱着他。她眼里发出的光不会有错，她的嘴唇也微微开启着，仿佛在发出渴望的叹息。这情景令人心荡神移，甚至有些感动，我禁不住觉得自己有些碍事。一个陌生人和这对相思正浓的情侣又有什么关系呢？我真希望温特没带我来这儿。而此时在我眼中，肮脏的船舱为之一变，成了衬托这无上激情的再合适不过的布景。我觉得自己永远也不会忘记檀香山港的那艘纵帆船，虽然船上塞满货物，但在广阔的星空之下，它显得远离尘世。我欣然想象着那对情侣一起在夜间启航，穿越太平洋空旷的海面，在一座座丘陵葱郁的岛屿间穿行。一阵浪漫的微风轻轻吹拂着我的脸颊。

然而巴特勒是世上最没法令人联想到浪漫的人，也很难想象他有什么魅力能激起别人的爱恋。他穿的这身衣服让他看上去比任何时候都更为矮胖，他戴的那副圆眼镜让他的圆脸看过去像个呆乎乎的小天使。他这副模样，更令人想到一个潦倒的堂区牧师。他的谈吐中夹杂着最古怪的美国式英语，而正因为我对自己复述这些话语毫无把握，我才不顾会失去多少生动性，想要稍后用自己的语言来叙述这个他讲给我听的故事。此外，他无法不带一个脏字地说完一句话，虽然这脏字毫无恶意，并且，尽管只有假正经的人才会觉得他的话听起来刺耳无礼，但若付梓出版也会显得粗俗。他是个爱笑的人，这也许在很大程度上可以解释他为什么会恋爱成功，因为女人多半是轻浮的生物，对男人用严肃的态度对待她们感到极度厌烦，但对让她们发笑的滑稽角色很少具有抵抗力。她们的幽默感是本能而低俗的。以弗所的狄安娜①随时会为了坐在帽子上的红鼻子喜剧演员而把审慎抛到九霄云外。我意识到巴特勒船长是个有魅力的人。要不是我知道有关船难的悲惨故事，我会以为他这辈子从来没有过烦恼。

我们的东道主在我们进去时按了铃，这会儿一名中国厨师又端进来几个玻璃杯，还有几瓶苏打水。威士忌

---

① 以弗所的狄安娜（Diana of Ephesus），以弗所位于今土耳其境内，是目前世界上最大的希腊罗马古城，城内的狄安娜神庙举世闻名，女神被塑造为多乳形象，以表现其生育力。狄安娜为罗马神话中的女神，掌管生育和狩猎，亦为月神。此处以狄安娜泛指女性。

和船长的空酒杯已经在桌上了。可当我看到这个中国人时却吓了一跳，因为他显然是我见过的最丑陋的男人。他个子非常矮，但很结实，而且瘸得厉害。他穿的汗衫和长裤一度是白色的，可如今却污渍斑斑，一堆粗硬的灰头发上扣着一顶摇摇欲坠的旧花呢鹿角帽。这顶帽子戴在任何一个中国人头上都只会显得古怪而已，而戴在他头上就简直不像话。他那张宽阔而方正的脸盘极为扁平，仿佛是被人猛击一拳，狠狠地打凹进去了一样，上面还坑坑洼洼地布满了天花的疤痕；可他身上最令人恶心的是一片非常明显的、从未用手术矫正过的兔唇，这兔唇使得他的上嘴唇被劈成两半，以一定的角度朝鼻子方向伸过去，而在开叉处则露出一颗巨大的黄牙。这模样简直太可怕了。他进来时嘴角叼着一根香烟屁股，而不知为什么，这造型给了他一副邪恶的表情。

他把威士忌倒出来，开了一瓶苏打水。

"别倒太满了，约翰。"船长说。

他什么也没说，只是递给我们每人一个杯子，随后便走了出去。

"我发现你在看我的中国厨子。"巴特勒说着，咧嘴一笑，一张胖脸油光闪亮。

"我可不想在黑夜里遇到他。"我说。

"他的确长得不咋样，"船长说，出于某种原因，他说这话时带着一种特别满足的神情，"不过我敢说他有个好处，你每次看着他，都得喝杯酒定定神。"

我的目光已落在桌子上方的墙上挂着的一个葫芦上，便站起身来看看。我一直想要一个古董葫芦，而这一个比我在博物馆以外看到的任何一个都好。

"这是一个小岛上的酋长送给我的，"船长一边说，一边关注着我的一举一动，"我帮了他的忙，他就想给我一样好东西。"

"他的确给了你好东西。"我回答说。

我思量着能否不动声色地向巴特勒船长出个价买下它，因为我无法想象他会很重视这样一件物品，就在这时，他似乎看穿了我的想法，说：

"就算有人出一万美元，我也不会卖的。"

"我觉得也是，"温特说，"要是卖了它，简直是犯罪。"

"为什么?"我问。

"那就得说到那个故事了，"温特回应道，"是不是，船长?"

"当然。"

"那就说给我们听听吧。"

"天色还早呢。"他回答说。

到了夜色很晚时,他才满足了我的好奇心。与此同时,我们喝了太多的威士忌,而巴特勒船长则讲述着他早年在旧金山和南太平洋地区的经历。最后姑娘睡着了。她蜷着身子躺在座位上,脸枕在棕色的手臂上,胸脯随着呼吸轻轻起伏。熟睡时她绷着脸,显得不太高兴,却有一种神秘的美。

船长是在夏威夷群岛的某座小岛上发现这姑娘的,每当有货物需要运输时,他就会开着那条破旧不堪的纵帆船来来往往。卡纳卡人不爱劳作,于是勤劳的中国人和狡黠的日本人便从他们手中抢走了这门行当。姑娘的父亲拥有一小块狭长的土地,上面种着芋头和香蕉,还有一条船用来出海捕鱼。他和纵帆船上的大副是远亲,就是大副把巴特勒船长带到那座破烂狭小的木房子去消磨无聊的一晚的。他们随身带了一瓶威士忌和那把四弦琴。船长一点也不腼腆,看到一个漂亮姑娘便会向她示爱。他会说流利的土著语，很快便让女孩不再羞怯。那天晚上他们一起又唱又跳，到结束时姑娘已经坐在船长身边，而船长则用胳膊搂着她的腰。恰好他们被留在岛上耽搁了几天，而船长从来就不是个急性子，也没有设法缩短逗留时间。他在那个舒适的小港湾里感觉很惬意，再说日子还长得很呢。他早上绕着船游一圈，到了傍晚再游一圈。水边有一家杂货店，水手们可以在那儿买杯威士忌喝，于是他便在那儿消磨一天当中最好的时光，和混血儿店主一起玩克里比奇纸牌①。到了夜里，大副和他一起到那个漂亮姑娘住的房子里去，他们便一起唱上一两首歌，再讲讲故事。是姑娘的父亲提出让船长把他女儿带走的，他们就这事进行了友好协商，而姑娘则依偎在船长身边，用自己的手揉捏着他，用带着笑意的温柔目光看着他，催促他应承下来。船长看上了姑娘，而他又是个喜欢过家庭生活的男人。他有时在海上会觉得无趣，有那样一个漂亮的小美人待在这条旧船上，将会非常令人愉快。他也是一个实际的人，认

---

①　克里比奇纸牌，一种由两人或四人玩的纸牌戏，先获得一定分数的人为赢。

识到能有个人来替他缝补袜子、照料衣物将会很有益处。他已经厌倦了让一个中国人来替他洗衣服,他只会把什么都扯烂。当地人洗起衣服来就好多了,船长在檀香山上岸时,也时不时想穿上一套漂亮的帆布西装出个风头。这件事只是协商一个价钱的问题。姑娘的父亲想要二百五十美元,但船长不是个节俭的人,拿不出这样一笔钱。不过他是个慷慨的人,当姑娘柔软的脸蛋贴着他的脸时,他也不打算讨价还价。他提出当场给一百五十美元,三个月后再给一百美元。双方争论了很久,那晚无法达成任何协议,不过这个想法令船长激动不已,使他无法像平时那样呼呼大睡。他不停地梦见那个可爱的姑娘,每次醒来,他都感到姑娘柔软性感的嘴唇贴在自己的嘴唇上。早上醒来后他痛骂自己,因为上一次到檀香山时,有一晚打扑克牌手气不好,搞得现在手头太紧。而假如说前一天夜里他对姑娘是爱恋有加的话,这天早上简直就是为她疯狂了。

　　“听着,巴纳纳斯①,”他对大副说,“那姑娘我要定

---

① 原文为英语 Bananas,即香蕉。

了。你去告诉那老头，我今晚就把钱拿来，让她可以做好准备了。我想我们天一亮就可以出发了。"

　　我无从知晓大副为什么会有这么一个怪名字。他名叫维勒，不过尽管他拥有那个英文姓氏，却一丁点儿白人血统也没有。他个子很高，虽然有些肥胖，但身材匀称，肤色比普通夏威夷人深很多。他已不再年轻，卷曲而浓密的头发也灰白了。他嘴巴上方的几颗前门牙镀了金，而他也十分以此为荣。他的眼睛明显斜视，这让他的表情看上去颇为阴沉。爱开玩笑的船长从中找到了取之不尽的幽默源泉，更加肆无忌惮地拿这个缺陷来嘲弄他，因为他发现大副对此颇为敏感。巴纳纳斯和大多数当地人不同，是个沉默寡言的人，不过以巴特勒船长的好脾气，不可能讨厌任何人，否则必然会憎恶他。巴特勒船长希望在海上能有个人和他说说话，因为他本人很健谈，也喜欢和人打交道，而和一个从不开口说话的家伙日复一日地待在那儿，足以把一名传教士逼成一个酒鬼。船长竭尽所能来唤起大副的活力，也就是说，他毫不留情地拿他打趣，可一个人笑实在不好玩，于是他得出结论：不管巴纳纳斯是醉是醒，都不适合当一个白人的同伴。不过他是个优秀的水手，而船长也十分精明，深谙一名值得信任的大副的价值。开船的时候，他经常上了船就一头栽倒在床上，由于巴纳纳斯靠得住，他知道自己可以放心地一觉睡到酒醒，这是很有价值的。然而巴纳纳斯是个不善社交的家伙，这样一来，有个他可以聊天的对象将是一种对自己的犒劳。那姑娘挺适合。况且，如果他知道自己再次上船的时候，有个年轻姑娘在等着自己，那么他上岸时就不那么容易喝醉了。

船长去找了那个杂货商朋友，喝了杯杜松子酒后，跟他提出借笔贷款。一艘船的船长可以为用船的杂货商做一两件有用的事，于是经过一刻钟的低声交谈之后（没必要让所有人都知道你的事），船长把一沓钞票塞进屁股口袋里，而那晚姑娘便跟他一起回到了船上。

巴特勒船长为实现自己决心要做的事找了理由，而他的预期也的确成真了。他没有戒掉喝酒的习惯，不过不再喝多了。出海两三个礼拜后，和一群大老爷们乐上一晚自然十分惬意，不过能回到自己的姑娘身边也很令人愉快。他会想念她熟睡时呼吸轻柔的样子，而当自己回到船舱里朝她俯下身时,她会慵懒地睁开双眼,向他伸出双臂:这感觉就像抓了满手的牌一样美妙。他发现自己开始存钱了,由于他生性慷慨,有了这姑娘后,他做了件正确的事:他送给她几把背面镶银的梳子来打理她的长发,还有一条金项链,以及一枚人工红宝石戒指,让她戴在手指上。天哪,这么多,不过活着真好。

一年过去了,整整一年,可船长还没有对姑娘感到厌倦。他不是个善于分析自己情感的人,不过这事儿的确令人惊讶,以至于引起了他的关注。这姑娘一定有什么非常奇妙的地方。他不由得发现自己比以往更沉迷于和她在一起,有时候他会冒出那个念头,觉得也许娶她为妻也不是件坏事。

随后有一天,大副既没来吃午饭,也没来吃晚饭。第一顿饭他缺席时,巴特勒并没有为此操心,可到了第二顿时,他问那名中国厨师:

"大副呢? 他不来吃晚饭?"

"他不想吃。"那中国厨师说。

"他没生病吧?"

"不知道。"

第二天巴纳纳斯又露面了，不过脸色却比以往更阴沉，晚饭后船长问那姑娘大副怎么了。姑娘笑了笑，耸了耸她那漂亮的肩膀，告诉船长说，巴纳纳斯迷上了她，被她骂了回去，心里很是恼火。船长是个好脾气的人，生性不会嫉妒，在他看来，巴纳纳斯这种人居然也会坠入情网，真是太好笑了。一个斜视那么严重的人是没多少机会的。晚饭上来时，他轻松愉快地拿他打趣。他假装在朝天说话，这样大副便无法确定他对此知情，不过他相当高明地敲打了他几下。船长觉得自己很逗，可那姑娘并不觉得，之后她请求他不要再说了。船长对姑娘的认真劲儿感到很诧异。姑娘告诉船长，他并不了解自己的族人，当他们的激情被唤起时，什么事儿都干得出来。她有点儿害怕。这对船长来说太荒唐了，于是他开怀大笑起来：

"要是他来骚扰你，你就威胁说要告诉我，他就会老实了。"

"我觉得最好把他开除。"

"我才不会这么干。我一眼就能认出谁是好水手。不过要是他还不放过你，我就会狠狠揍他一顿。"

也许那姑娘拥有女性身上所罕见的智慧。她明白当一个男人认定一件事时，和他争论是无济于事的，因为这只会让他变得更固执，于是她便息事宁人。眼下，这条破破烂烂的纵帆船驶过寂静的大海，穿梭于美丽的岛屿之间，船上正上演着一出黑暗而紧张的好戏，而这位小个子胖船长却对此一无所知。姑娘的抗拒激起了巴纳纳斯的欲火，于是他丧失了人性，成了盲目欲望的化身。他向她求爱时，既不温柔也不轻松愉快，反而带着一种黑暗而野蛮的凶残。姑娘的轻蔑这时变成了仇恨，当他哀求她时，她会用尖刻而愤怒的嘲弄来回击。然而这种斗争是无声地进行的，不久以后，当船长问她巴纳纳斯是否还在骚扰她时，她没说实话。

然而一天晚上，在檀香山，船长上船时正好撞见了这事儿。他们要在黎明时分出发。巴纳纳斯此前上了岸，喝了点当地的烈酒，醉了。船长划着小艇靠近时，听到了令他诧异的声音。于是他便爬上梯子，看到巴纳纳斯正发狂般地企图用扳手拧开船舱门。他冲着姑娘大喊大叫，发誓说要是她不让自己进去，就要宰了她。

"你这是要干吗？"巴特勒喊道。

大副放开门把手，充满仇恨地狠狠瞪了船长一眼，一声不吭地转身离开。

"站住！你搞这扇门是在干吗？"

大副依然没回答，只是绷着脸，怒气冲冲却又无可奈何地瞪着他。

"让我来教训教训你，别跟我玩你那套花样，你这个肮脏的斗鸡眼黑鬼！"船长嚷嚷道。

船长比大副足足矮了一英尺，不是他的对手，不过他习惯于对付土著船员，随身带着金属指虎。也许这不是一种绅士会用的工具，不过巴特勒船长既不是什么绅士，也没有和绅士打交道的习惯。巴纳纳斯还没搞明白船长要干什么，船长的右胳膊已经挥出，戴着金属指虎的拳头不偏不倚地击中了他的下巴。巴纳纳斯就像一头被斧头砍倒的公牛一样栽倒在地上。

"这会让他长点记性。"船长说。

巴纳纳斯一动不动。姑娘打开船舱门走了出来。

"他死了吗？"

"没有。"

船长叫来几个人，吩咐他们把大副抬到他自己的床铺上去。他心满意足地搓着手,镜片后面那双圆圆的蓝眼睛闪闪发光。姑娘却奇怪地沉默着,只是用双臂搂着他,仿佛要保护他不受无形的伤害。

巴纳纳斯过了两三天才能再次下床,他走出船舱时,脸上伤痕累累,肿胀不堪。在他的深色皮肤之下,青灰色的瘀伤历历可见。巴特勒船长看到他偷偷摸摸走在甲板上,便叫住他。于是大副一言不发地走到他跟前。

"听着,巴纳纳斯,"他一边对他说,一边把眼镜在滑溜溜的鼻子上架好,因为天气非常热,"我不会为这事儿开除你,不过现在你知道了,我一出手就很狠。别忘了这一点,也别在我背后搞鬼了。"

随后他伸出手,给了大副一个他所特有的愉快而灿烂的微笑,这是他最大的魅力所在。大副接过那只伸出的手,抽动着肿胀的嘴唇,露出一个邪恶的笑容。这件事在船长看来已经完全结束了,因而当他们三人坐在一起吃午饭时,他拿巴纳纳斯的模样打趣。他吃起东西来很困难,而由于他肿胀的脸被疼痛折磨得更加扭曲,他看上去真的非常令人恶心。

那天晚上，船长坐在上层甲板上抽烟斗时，忽然打了个寒颤。

"像这么热的晚上，真不知道我怎么会打寒颤，"他嘟嘟囔囔地说，"也许我发烧了。我今天一整天都感觉不对劲。"

船长上床睡觉时吃了点儿奎宁①，第二天感觉好了一些，不过还是有些浑身乏力，仿佛正从一次放荡纵欲中恢复过来。

"我想是我的肝脏出了问题。"他说，随后又吃了一片药。

那天他没什么胃口，天色将黑时，他开始感觉非常不舒服。他尝试了另一种他所知道的治疗方式，就是喝上两三杯热威士忌，但看来也没起多大作用。到了早上，当他对着镜子里打量自己时，觉得自己看起来很不对劲。

"要是回到檀香山时我还没好，我就给邓比医生打个电话。他肯定会把我治好的。"

————

① 奎宁，又称金鸡纳霜，是热带地区用于治疗疟疾的药物，由金鸡纳树的树皮研磨而成。

他吃不下东西,感觉四肢极其倦怠无力。他睡得够沉,可醒来时一点也不觉得精神焕发,相反却有一种特殊的疲惫感。这位精力充沛的小个子男人一想到要躺在床上就无法忍受,只好努力强迫自己下床。几天后,他发现要抵抗那种压迫他的倦怠感是不可能的,便决定躺在床上不起来了。

"巴纳纳斯可以照看这条船,"他说,"他以前也这么干过。"

他想起自己以前经常在和那些大老爷们儿玩乐一夜后,累得躺在自己的床铺上,连话也没力气说了,不由得暗自一笑。那是在他遇到属于自己的姑娘之前的事。他朝她笑笑,捏捏她的手。她又是困惑又是焦虑。船长看得出姑娘很关心自己,便试图让她放心,说自己这辈子从没生过一天病,最多再过一个礼拜,他就会完全恢复健康了。

"我真希望你当时开除巴纳纳斯,"她说,"我有感觉,这件事背后是他在捣鬼。"

"幸亏我没开除他,不然就没人来开船了。我一眼就能看出谁是个好水手。"船长的蓝眼睛又开始闪光了,不过这会儿他的眼睛变得相当暗淡，眼白都泛黄了，"你不会觉得他是想毒死我吧，小丫头？"

她没有回答，却和中国厨子聊了一两次，并十分小心地对待船长的食物。不过他现在吃得很少，姑娘要想说服他每天喝个两三杯汤都相当困难。很明显，船长病得很重，他的体重在迅速减轻，胖乎乎的脸苍白而憔悴。他并不感到疼痛，只是日复一日地变得越来越虚弱而倦怠。他日渐消瘦。这一次出海全程往返花了四周，到达檀香山时，船长自己也开始有些担心了。他已经有两周没下床了，确实感觉自己太虚弱，没法起来去看医生。他派人送了口信，请医生到船上来。医生检查了他的身体，可找不到任何原因来解释他的状况。他的体温是正常的。

"听着，船长，"他说，"我对你坦诚相告。我不知道你出了什么问题，不过只是这么替你看一下，我也无能为力。你应该住到医院里来，这样我们就能对你进行观察。你的身体器官没毛病，我的感觉是，你住上几个礼拜医院应该就能恢复正常了。"

"我不打算离开我这条船。"

他解释说,中国船主都是奇怪的主顾,要是他因为生病离开自己的船,他的船主就可能会解雇他,而他丢不起这份工作。只要他哪儿也不去,他的合同就能保护他,况且他还有个一流的大副。再者,他也不能离开自己的姑娘。对男人来说,她是个再好不过的护士,如果真有人能帮他渡过难关,就是她了。人人都得死上一次,而他只希望不受打扰。他不肯听医生的劝告,最后医生屈服了。

"我会给你开个药方,"他含含糊糊地说,"看看能不能对你起点作用。你最好在床上待一阵子。"

"不用担心我会起来,医生,"船长说,"我感觉就像只病猫一样没力气。"

然而船长对医生的药方就和医生本人一样没信心,于是当旁边没人时,他便拿药方点雪茄来取乐。他必须找点儿乐趣,因为他的雪茄抽起来味道无比差劲,而他抽雪茄也仅仅是为了说服自己,他还没病到抽不了雪茄的地步。那晚,他的几个货船船主朋友听说他病了,过来看他。他们一边讨论着他的病情,一边喝光了一瓶威士忌,又抽完了一盒菲律宾雪茄。其中有个人想起来,自己船上的一名大副也曾莫名其妙地病成那样，而整个美国没有一个医生能治好他。他曾在报纸上看到一则专利药品广告，觉得不妨试一下。这人喝完两瓶后就完全恢复了健康。不过巴特勒船长的病赋予了他一种前所未有的奇异的洞察力，因而当这些人谈话时他似乎能看透他们的想法。他们认为他快要死了。于是这些人离开后他害怕了。

　　姑娘看出了船长内心的虚弱。这是她的机会。她一直在催促他让一名土著医生过来看看，却被断然拒绝，可如今她改为恳求他。船长带着苦恼的眼神听着。他动摇了。美国医生居然无法判断他到底得了什么病，这是很奇怪的。然而他不想让她感觉自己害怕了。要是他让一名该死的黑鬼过来给自己看病，这是为了安慰她。于是他告诉姑娘，她可以按自己的心意行事。

　　第二天，土著医生来了。船长独自一人躺在床上，半睡半醒，船舱里点着一盏煤油灯，光线昏暗。门被轻轻打开，姑娘蹑手蹑脚地进了屋。她扶着打开的门，身后有个人悄悄地跟了进来。船长看到他们这神神秘秘的样子，笑了起来，可眼下他太虚弱，这微笑只在他眼里一闪而过。医生是个小个子老头,十分消瘦,满脸皱纹,头顶光秃秃的,长着一张猴脸。他就像棵老树一样,弓着背,身上长满了节瘤。他看上去简直不像人类,但他的眼睛却非常明亮,在昏暗之中,这双眼睛似乎在微微发出红光。他穿着一条破破烂烂的工装裤,脏兮兮的,上半身则什么也没穿。他直接在地上坐下,盯着船长看了十分钟。随后他摸了摸船长的手掌和脚底。姑娘带着惊恐的眼神望着他。没人开口说一句话。随后他索要船长穿戴过的某件物品,姑娘给了他船长常戴的那顶旧毡帽,他接过来后,再次在地上坐下,两手紧紧抓着帽子,缓慢地前后摇晃着身体,嘴里低声念念有词。

最后他小声叹了口气,丢掉帽子,从裤子口袋里掏出一个旧烟斗点上火。姑娘走过去在他身边坐下。老头向姑娘耳语了几句,姑娘大惊失色。他们低声快速交谈了几分钟,随后站起身来。姑娘付了钱给老头,替他打开门。老头就像进来时一样悄无声息地溜了出去。随后姑娘来到船长床边,俯下身,以便可以附着他的耳朵说话。

"是有仇家在祈祷你死。"

"别说傻话，丫头。"船长不耐烦地说。

"这是事实，是上帝定的事实，所以美国医生没办法。我们的族人有办法，我看到过。我之前以为你是安全的，因为你是白人。"

"我没仇人。"

"巴纳纳斯。"

"他干吗要祈祷我死？"

"你应该在他有机会下手之前就让他走人。"

"要是我身上除了巴纳纳斯的巫蛊，别的什么问题也没有的话，再过几天就可以坐起来进补了。"

姑娘沉默了一会儿，专注地盯着他。

"你不知道自己快要死了吗？"她终于向他问道。

那两名船主也是这么想的，只不过他们没说出来。船长苍白的脸上掠过一阵颤抖。

姑娘把嘴唇贴到船长耳朵上，仿佛生怕连空气也会听到。

"你就要死了，要死了，要死了。你会和原来的月亮一起消失。"

"这个消息挺重要。"

"你会和原来的月亮一起消失,除非巴纳纳斯比你先死。"

船长不是个胆怯的人,虽则姑娘的话语以及她那激动而又无声的举止给他造成了震撼,不过此时他已经恢复了镇定。他的眼里又一次闪现出微笑。

"那我就碰碰运气吧,丫头。"

"离新月升起还有十二天。"

她语气里的某种东西让船长想到了一件事。

"听着,丫头,这都是胡说八道。我一个字都不信。不过我不希望你在巴纳纳斯身上玩你那套鬼把戏。他长得是不咋样,却是个一流的大副。"

他原本还要说上好多话,却疲倦至极。他突然间感到非常虚弱无力。他总是在这个钟点感觉更难受,于是他便闭上了眼睛。姑娘观察了他一会儿,随后悄悄走出了船舱。此时的月亮近乎满月,在幽暗的大海上洒下一道银光。天空澄澈无云。姑娘满怀恐惧地望着月亮,因为她知道随着它的消亡,自己心爱的男人也将死去。他的性命就握在自己手里。她可以救他,她一个人就能做到,可对手非常狡猾,她也必须如此。她感觉有人在盯着自己，不用转身，只凭突然攫住自己的那一阵恐惧，她便知道是大副那双欲火熊熊的眼睛在阴影中紧盯着自己。她不知道他会什么本领，要是他能看穿她的想法，她便已经输了，于是她拼命将自己头脑里的所有想法清空。只有他的死才能拯救她的爱人，而她能置他于死地。她知道，如果能让他从一个盛满水的葫芦里看到自己的倒影，随后猛力碰撞那盆水，将倒影击碎，他就会像被闪电击中一样死去，因为倒影就是他的灵魂。可是他本人比任何人都更清楚这种危险，而要诱使他去看，只能用一个足以消除他所有疑虑的计谋，绝不能让他感到自己有个仇敌在时时准备杀死他。她知道自己必须做什么，但时间很紧，非常非常紧。很快她意识到大副已经离开了，于是放松了呼吸。

两天后他们启航了，离新月升起还有十天。巴特勒船长的模样看上去很可怕。他瘦得形销骨立，没人协助根本无法动弹。他也几乎没法开口说话。然而姑娘此时还不敢轻举妄动，她知道自己必须耐心。大副很狡猾，非常狡猾。他们来到夏威夷群岛中一个较小的岛屿，卸完货物后，只剩下七天时间了。是时候采取行动了。姑娘从船舱里取出自己和船长共用的一些物品,打包装进一个包裹。她把包裹放在自己和巴纳纳斯一起吃饭的甲板舱里,到了午饭时间,她进去时,巴纳纳斯迅速转过身,于是她发现此前他正在打量这包裹。两人都没说话,但她知道巴纳纳斯在怀疑什么。他怀疑她正准备离开这条船。他嘲讽地看着她。渐渐地,仿佛为了防止船长知道她要干什么,她把自己的所有物品都带进船舱,连带船长的一些衣物,然后把它们统统装进包裹里。最后巴纳纳斯再也无法保持沉默了,他指着一套帆布西服问道:

"你打算拿这东西干吗?"

姑娘耸了耸肩。

"我要回自家岛上去了。"

巴纳纳斯发出一阵大笑,笑容扭曲了他那张阴沉的脸。船长命在旦夕,而她却企图带上自己所能染指的一切逃之夭夭。

"要是我说你不能把这些东西带走,你会怎么样?这些东西是船长的。"

"这些东西对你没什么用。"她说。

墙上挂着一个葫芦，就是前面提到的我走进船舱时看到的那个。姑娘把它取了下来。葫芦上积满了灰尘，于是姑娘从水壶里倒水出来，灌进葫芦里，用手指清洗着。

"你拿这东西干吗？"

"我可以拿它卖个五十美元。"姑娘说。

"要是你想把它拿走，得付我钱。"

"你想干吗？"

"你知道我想干吗。"

姑娘的嘴唇上浮现出一个短暂的微笑。她迅速瞥了巴纳纳斯一眼，又迅速移开了视线。巴纳纳斯充满渴望地喘息了一声。姑娘抬起肩膀，微微耸了耸。巴纳纳斯猛地跳起来，扑到姑娘身上，一把抓住她的两条胳膊。于是姑娘笑起来，她用自己那两条柔软而圆润的胳膊勾住他的脖子，摆出撩人的姿态将自己交由他摆布。

当清晨来临时，姑娘将巴纳纳斯从沉睡中唤醒。早晨的阳光斜射进船舱里。他把她贴在自己心口，随后告诉她，船长活不了一两天了，而船主也无法轻易再找到一个白人来指挥这条船。要是巴纳纳斯提出少要一点薪水,就能得到这个职位,而姑娘便可以留下来和他待在一起。他望着她,眼里充满爱欲。她依偎在他怀里,用船长教过她的那种带着异国情调的方式亲吻他的唇。她答应留下来。巴纳纳斯陶醉在幸福之中。

机不可失,时不再来。

姑娘起身走到桌子那儿去梳理头发。没有镜子,她便朝葫芦里面看进去,寻找自己的倒影。她整理好自己那头漂亮的长发,随后招手让巴纳纳斯来到自己身边。随后她指着葫芦说:

"那底下有东西。"

巴纳纳斯什么也没怀疑,便本能地正面朝下看进水里。他的脸倒映在水中。说时迟那时快,姑娘双手奋力击向水面,直接打在底座上,水花飞溅上来。倒影被击碎了。巴纳纳斯陡然间发出一声嘶哑的喊叫,猛地退了一步,瞪着姑娘。姑娘站在那儿,脸上带着充满仇恨的胜利表情。巴纳纳斯眼里浮现出恐惧的神情。他那阴沉的五官因痛苦而扭曲了,随后,他就像服下了烈性毒药一样,砰的一声瘫倒在地,身上掠过一阵剧烈的震颤,随后便静止不动了。姑娘无动于衷地俯下身,把手放到他心口上，随后又拉下他的下眼皮。他无疑已经死了。

姑娘走进巴特勒船长躺着休息的船舱。船长脸颊上出现了一丝微弱的血色，望着她的神情中带着些惊恐。

"发生什么事了？"他轻声问道。

这是四十八小时以来他说的第一句话。

"什么事也没有。"姑娘说。

"我感觉很不舒服。"

随后船长闭上眼睛睡着了。他睡了整整一天一夜，醒来便想吃东西。两周后他恢复了健康。

我和温特是过了午夜才划着小艇回到岸上的，当时我们已经喝了无数杯威士忌和苏打水了。

"你对这整件事儿怎么看？"温特问。

"问得好！要是你想问的是我能提出什么解释，那我没有。"

"船长对此深信不疑。"

"这是显而易见的。不过你看，我最感兴趣的，并不在于这故事是真是假，或者整件事意味着什么。让我感兴趣的是，这种事竟然会发生在这样的人身上。我纳闷的是,那个不起眼的小个子家伙有什么魅力,能让那个漂亮姑娘为他如此不顾一切? 船长讲这个故事的时候,我望着她在那儿沉睡的样子,心里产生了某种异想天开的念头,觉得爱情的力量真能创造奇迹。"

"可她并不是故事里那姑娘。"温特说。

"你到底是什么意思?"

"你注意到那个厨子了吗?"

"当然。他是我见过的最丑的男人。"

"所以巴特勒才雇了他。去年那姑娘跟那个中国厨子跑了。这是个新的。他才把她弄过来差不多两个月。"

"天哪,我一点儿都没想到。"

"他觉得这个厨子比较可靠。不过换了我是他的话,可不敢这么肯定。中国人有一种本事,要是他下足功夫去讨好一个女人,女人是没法抗拒的。"

VII

雨

　　已经快到上床睡觉的时间了,第二天早上醒来时他们就能看到陆地。麦克菲尔医生点燃烟斗,倚在栏杆上,在天空中寻找着南十字星。他在前线待了两年,伤口的愈合也比预期用时更久,经历了这一切后,他很高兴能在阿皮亚无声无息地安顿下来,至少待上一年,这趟旅途已经让他感觉好一些了。由于一些乘客第二天要在帕果帕果下船,他们当晚举办了一个小型舞会,此时他耳边还回响着机械钢琴的刺耳音调。不过最后甲板上终于安静了下来。他看到妻子坐在稍远处的一把长椅上,正在和戴维森夫妇交谈,便溜达着走了过去。当他在光亮处坐下,摘掉帽子后,你会发现他长着一头红发,头顶有一块秃了,与红发相伴生的红皮肤上满是雀斑。他是个四十岁左右的男人,身材瘦削,面容憔悴,严谨得颇为学究气,说起话来轻声细语,带着苏格兰口音。

　　麦克菲尔夫妇和身为传教士的戴维森夫妇在船上变得亲密起来,这更多是因为近距离接触,而非趣味相投。他们之间最主要的纽带,就是对那些在吸烟室里没日没夜地打牌喝酒的人都看不惯。麦克菲尔太太想到自己和丈夫是戴维森夫妇在这条船上唯一愿意交往的人，觉得受宠若惊，甚至连腼腆却头脑清醒的医生本人，也有些无意识地将这视为一种恭维。只是因为他拥有善于思辨的头脑，才会在晚上在自家船舱里对戴维森夫妇吹毛求疵。

"戴维森太太说，要不是因为有我们，她都不知道该怎么走完这段旅程了，"麦克菲尔太太一边说，一边熟练地梳理着假发，"她说我们真的就是他们在船上唯一愿意结识的人。"

"我不觉得传教士是什么了不起的大人物，竟然还能摆架子。"

"这不是摆架子。我挺能理解她的意思。对戴维森家来说，要和吸烟室里那群粗人待在一起，的确不是件令人愉快的事儿。"

"他们那个宗教的创始人可没那么清高。"麦克菲尔医生轻笑一声说。

"我已经再三请你不要拿宗教开玩笑了，"他妻子回答道，"我可不想有你这样的天性，埃里克。你从来不去寻找别人的闪光点。"

医生用他那双暗淡的蓝眼睛从侧面瞥了妻子一眼，但没有搭腔。经过多年的婚姻生活，他已经学乖了，知道把最后一句话留给妻子，有助于长久和平。他赶在妻子之前就脱了衣服，爬到上铺躺下看书，直至入睡。

第二天早晨，当麦克菲尔医生登上甲板时，他们已经接近陆地了。他贪婪地注视着这片陆地。一条狭长的银色沙滩沿着陡峭的山丘向上爬升，山丘上覆盖着繁茂的植被，一直延伸到山顶。郁郁葱葱的椰子树几乎长到水边，其中可以看到萨摩亚人的草屋，还有一座座白色的小教堂散落各处，隐约闪现。戴维森太太走过来，站在他身旁。她一身黑衣，脖颈上戴着一条金项链，上面吊着一个小小的十字架。她是个小个子女人，缺乏光泽的棕色头发经过精心整理，无框夹鼻眼镜后面的一双蓝眼睛十分引人注目。她有着绵羊般的长脸形，但并不给人愚蠢的印象，相反却显得极为机敏警觉，并且她的动作像鸟一般迅速。她身上最不同寻常的地方就是她的声音。她说起话来音调很高，声音尖厉刺耳且不带高低起伏的变调。这声音就像风钻发出的无情噪声，生硬而单调地直钻入耳际，刺激着人的神经。

'这儿一定让您有到家的感觉了。"麦克菲尔医生说着,勉强挤出一丝微笑。

"我们那儿都是低矮的岛屿,不像这儿。那儿是珊瑚岛,这些都是火山岛。我们要再经过十天的航程才能到。"

"在这种地方,简直就像在家乡的隔壁那条街。"麦克菲尔医生开玩笑地说。

"噢,您这么说就有点夸张了,不过在南太平洋地区,人们对距离的感受的确不太一样。就您所言,您说得没错。"

麦克菲尔医生轻轻叹了口气。

"我很高兴我们没有被派驻在这儿,"戴维森太太继续说,"据说在这地方要开展工作非常困难。蒸汽机船的到来让当地人不安于现状,还有海军驻扎在这里,这对当地人很不好。在我们的地区可没有这种困难要对付。当然也会有那么一两个商人,不过我们会注意让他们守规矩,要是他们不肯,那我们就把他们的日子搞得很难过,他们宁可离开。"

戴维森太太把眼镜在鼻子上固定了一下,带着冷酷的眼神凝视着这个青翠的岛屿。

"在这个地方传教几乎是毫无希望的。我们至少得以免于遭此厄运,我对上帝真是感激不尽。"

戴维森管辖的教区是位于萨摩亚以北的一个群岛,各个岛屿彼此相隔很远,他时常得乘坐独木舟长途跋涉。这种时候,他妻子便待在大本营管理传教事务。麦克菲尔医生一想到她必定会以什么样的效率来处理事务,便觉得心里一沉。她说起当地人的邪恶堕落时,声音高得什么也无法让她平静下来,但她慷慨激昂的厌恶之情却显得装腔作势。她在行事方面的分寸感也很奇特。早在他们相识之初,戴维森太太便曾对麦克菲尔医生说:

"您知道,我们刚刚在群岛上安顿下来的那会儿,他们的婚俗简直太骇人听闻了,我完全无法向您描述。不过我可以告诉您太太,她会来告诉您。"

随后麦克菲尔医生便看到妻子和戴维森太太一起坐在甲板椅上,热切地交流了差不多两个小时。当他为了活动一下筋骨而在她们身边来回走动时,听到戴维森太太激动的低语声,就像远处高山上的一股急流,并且他从妻子张大的嘴巴和苍白的脸色上可以看出,她正享受着一场惊心动魄的体验。到了晚上,在他们自己的船舱里,她小声把自己听到的一切都原原本本地告诉了丈夫。

"怎么样,我是怎么和您说的?"第二天早上,戴维森太太眉飞色舞地大声说,"您听说过比这更可怕的事儿吗? 这下您对我没法亲口告诉您不会觉得奇怪了,是吧? 尽管您是位医生。"

戴维森太太察看着他脸上的表情,极为迫切地想到自己已经取得了想要的效果。

"您不觉得奇怪吗? 我们刚到那儿时,心都凉了。要是我告诉您,那儿的任何一个村子里都找不到一个良家姑娘,您都不会相信。"

她以一种非常严格的强调字面意义的方式来使用"良家"这个词。

"我和戴维森先生谈论了这个问题,随后决定,我们要做的第一件事,就是禁止跳舞。当地人疯狂迷恋跳舞。"

"我自己年轻时也不讨厌跳舞。"麦克菲尔医生说。

"我看到您昨晚请您太太尝试跳个舞的时候就猜到了。我不认为男人和妻子跳舞会真有什么害处，不过看到她不肯接受，我倒是松了口气。在那种情况下，我认为咱们最好还是保持自己的圈子。"

"在哪种情况下？"

戴维森太太从夹鼻眼镜后面飞快地瞥了他一眼，但没有回答他的问题。

"不过在白人当中情况不太一样，"她继续说，"虽然我必须说我同意戴维森先生的看法，他说他不理解，一名丈夫怎么能眼看着自己的妻子被另一个男人搂在怀里而袖手旁观，就我本人而言，自从结婚以后，我就一步也没跳过。不过土著舞蹈就是另一码事了。不光舞蹈本身不道德，而且还明显会败坏道德。然而，感谢上帝，我们把它杜绝了，而且我可以很自信地说，在我们教区，已经八年没人跳过舞了。"

不过眼下他们来到了港湾的入口处，麦克菲尔太太也加入了进来。轮船大幅转弯，喷着蒸汽缓缓驶入港口。这是个巨大的内陆港，足以容纳一支舰队的战舰，而环绕四周的则是高耸而陡峭的翠绿群山。入口附近的一座花园里,总督府迎着海上吹来的微风巍然矗立,星条旗懒洋洋地悬挂在旗杆上。他们经过两三座整齐的平房和一座网球场,便来到了带有仓库的码头边。戴维森太太指给他们看停泊在侧岸两三百码处的那条纵帆船,这条船会将他们带到阿皮亚。岸边聚集着一群满怀热望、吵吵嚷嚷而又性情和善的当地人,他们从这个岛屿的四面八方来到这里,有些人是出于好奇,还有的人是为了和去往悉尼的旅客进行物物交换。他们带来了菠萝和大串的香蕉、塔帕树皮布①、贝壳或鲨鱼齿做成的项链、卡瓦酒碗,还有独木战船模型。美国水手衣着整洁,脸刮得干干净净,神情率真,在人群中闲逛,还有一小群军官也在那里。在等待行李被运送上岸的当口,麦克菲尔夫妇和戴维森太太望着人群。麦克菲尔医生观察着绝大部分儿童和青少年男孩都患有的热带莓疹②,这是一种类似慢性溃疡的疱疹,能损毁人的容貌,

———————

① 塔帕树皮布,南太平洋地区通过重击塔帕树皮制成的类似于纸的布料。

② 热带莓疹,又称雅司病,一种热带皮肤病,可导致皮肤严重肿胀。

而他那双富有职业素养的眼睛在生平第一次看到象皮病患者时，顿时焕发出光彩。患有这种病的男人要么一条胳膊异常肿大，要么一条腿严重变形，导致行动不便。男男女女都缠着印花腰布。

"这是一种非常不体面的装束，"戴维森太太说，"戴维森先生认为应该制定法律来禁止这种穿着。要是人人都光着身子，只在腰间缠一条红布，试问你怎么能指望他们品行端正呢？"

"不过这装束倒是挺适合这里的气候。"医生一边说，一边抹去额头上的汗。

眼下他们上了岸，虽然还是清晨，但天气已经热得让人难以忍受了。帕果帕果四周群山环绕，一丝风都吹不进来。

"在我们那边的群岛上，"戴维森太太继续用她那尖厉刺耳的声调说，"我们已经完全根除了印花腰布。有几个老头子还在这么穿，但也就仅此而已。所有女人都穿上了长罩衫，男人也穿上了长裤和汗衫。我们刚在那儿住下来的时候，戴维森先生在一份报告中这么写道：除非每个十岁以上的男孩都被要求穿上长裤，否则这些岛上的居民永远不可能完全皈依基督。"

不过戴维森太太已经朝着飘向港口上空的那些厚重的灰色云层敏锐地望了两三次。有几滴雨开始落下来了。

"我们最好躲一躲。"她说。

他们跟着人群一起来到一座瓦楞钢板搭成的大棚子下，随后大雨便开始倾盆而下。他们在那儿站了一会儿，接着戴维森先生也来了。他在旅途中对麦克菲尔夫妇一直彬彬有礼，却不像妻子那么善于社交，而是把很多时间花在阅读上。他是个沉默寡言的人，时常绷着脸，而你也能感觉到，他的和蔼可亲只是他本着基督徒精神强加在自己身上的责任。他其实天性内向，甚至可以说有些孤僻。他的长相也很特别，又高又瘦，四肢很长，关节松弛，双颊凹陷，颧骨奇特地高高突起。他整个人就像死人般毫无生气，以至于你要是注意到他那对丰满而充满肉欲的嘴唇，便会觉得惊奇。他头发很长，一双大大的黑眼睛带着悲哀的神情，深深凹进眼窝里。他手形精致，手指又大又长，给人一种很有力量的感觉。然而他身上最引人注目的是，他让你感觉他像一团被压制的烈火，这一点令人印象深刻，但也隐约令人不安。和他这样的人在一起，不可能有任何亲密感。

　　眼下他带来了令人不快的消息。岛上正在流行麻疹，这是一种在卡纳卡人中传播严重且常可致命的疾病，而那条他们原本要乘坐的纵帆船上有一名船员染上了这种病。病人已经被带上岸，送进了隔离站的医院，但从阿皮亚发来的电令说，在确认没有其他船员感染之前，不允许纵帆船进港。

　　"看来我们不得不在这儿待上至少十天。"

　　"可阿皮亚非常需要我。"麦克菲尔医生说。

　　"那也没办法。如果船上没人再发病，纵帆船就会被允许带白人乘客出发，但所有当地人都将被禁止出行三个月。"

　　"这儿有旅馆吗？"麦克菲尔太太问。

　　戴维森轻笑一声。

　　"没有。"

　　"那我们该怎么办？"

　　"我刚刚在和总督商谈。海岸边有个店铺主人有房间出租，我的建议是等雨一停，我们就去那儿看看有什么办法可想。舒适就别指望了。要是能有张床睡，头顶上有个屋檐遮风挡雨，就该谢天谢地了。"

然而雨并没有停下来的迹象，最后他们打着伞穿着雨衣出发了。这儿没有镇子，只有几座办公用房和一两家店铺，码头后面还有几座当地民房坐落在椰树林和种植园中。他们要找的房子离码头大约需要步行五分钟。这是一幢两层楼的木结构房屋，两个楼层都有宽阔的露台和用瓦楞钢板搭成的屋顶。主人是个名叫霍恩的混血儿，他妻子是当地土著，身边围绕着一群棕色皮肤的小孩。他在底楼开了个店铺，出售罐头食品和棉布。他给他们看的房间几乎什么家具也没有。麦克菲尔夫妇的房间里只有一张劣质的旧床和一顶破烂的蚊帐、一把摇椅和一个盥洗盆。他们沮丧地环顾四周。倾盆大雨依旧下个不停。

"除了咱们确实需要的，我不想再多拿什么东西出来了。"麦克菲尔太太说。

在她打开旅行皮箱的当口，戴维森太太走了进来。她的动作非常迅捷而机敏。这种惨淡的环境对她丝毫没有影响。

"要是您愿意听我的建议,您就该拿出针线,马上开始缝补蚊帐,"她说,"不然今晚就别想合眼。"

"蚊子会很厉害吗?"麦克菲尔太太问。

"眼下是蚊子最多的季节。要是您在阿皮亚受邀参加总督府的聚会,就会注意到所有女士都会收到一个枕套,来把她们的——呃,她们的下肢套进去。"

"我希望这雨能停一会儿,"麦克菲尔太太说,"要是太阳出来,我就能更用心地把这个地方搞得舒适些。"

"噢,要是您等着那个的话,会等上好长时间。帕果帕果是太平洋地区雨水最多的地方。您看,这些山,还有这海湾,都会招来雨水,而无论如何,一年中的这个时候总会下雨的。"

她看看麦克菲尔医生,又看看他妻子,见两人无助地在房间各处驻足观望,一副失魂落魄的样子,顿时抿紧了嘴唇。她明白自己必须管好他们。像他们那样没效率的人让她很不耐烦,她迫不及待地想要把一切都安排得有条有理,这对她来说是再自然不过的事。

"来,您给我针线,我会替您缝补那顶蚊帐,同时您可以开箱取出行李。午餐是一点钟。麦克菲尔医生,您最好到码头去,确保你们那些比较重的行李已经放在干燥的地方了。您该清楚这些当地人,他们很善于把行李存放在一直能淋到雨的地方。"

医生再次披上雨衣下了楼。霍恩先生站在门口,正在和两个人说话,一个是他们到达时乘坐的那条船的司务长,还有一个是一名二等舱乘客,麦克菲尔医生在甲板上见过她几次。司务长是个干瘪的小个子男人,身上肮脏不堪,他在医生经过时向他点头致意。

"这场麻疹真是控制得很糟糕,医生,"他说,"我看得出来,您已经安顿好了。"

麦克菲尔医生觉得他有些过于随便了,但他是个胆小的人,不会轻易见怪。

"是的,我们在楼上开了个房间。"

"汤普森小姐本来是要和您一起去阿皮亚的,所以我把她带到这儿来了。"

司务长用大拇指指了指站在自己身旁的那名女子。她大约在二十七岁上下,身材丰满,粗俗却也不失漂亮。她穿着一条白色的连衣裙,戴着一顶白色的大帽子,穿着白色棉质长袜的小腿肚肥肥的,从小羊皮制成的白色高帮靴子上头鼓出来。她冲着麦克菲尔露出讨好的媚笑。

"这家伙想敲我竹杠,最小的房间也要一块五一天。"她用沙哑的嗓音说。

"我和你说,她是我朋友,乔,"司务长说,"她最多只能付得起一块钱,你只能以这个价钱让她住下。"

肥胖圆滑的商人无声地笑了。

"哦,要是您这么说,斯旺先生,我会想想该怎么办。我会和我老婆说说,要是觉得能给个折扣,我们会给的。"

"别跟我来那一套,"汤普森小姐说,"咱现在就把这事儿解决了。这房间我付你一天一块钱,多一个子儿也没有。"

麦克菲尔医生微笑起来。他很钦佩汤普森小姐厚颜无耻的还价方式。他本人是那种别人要多少钱都会给的类型,他宁愿挨宰也不愿讨价还价。商人叹了口气。

"好吧,看在斯旺先生的分儿上,我接受了。"

"您真合我意,"汤普森小姐说,"进来喝一杯吧。

我那个旅行袋里带了点上好的黑麦威士忌,能帮我拿过来吗,斯旺先生?您也一块儿来吧,医生。"

"噢,我想不了,谢谢,"医生回答说,"我正要去查看一下我们的行李是不是平安无事。"

他出了门,走进雨中。雨水从港湾的缺口处大片大片地扫进来,对岸完全看不清了。他从两三个当地人身边走过,这些人头顶上撑着巨大的伞,身上除了一条印花腰布,其他什么也没穿。他们走路时步态优雅,动作悠闲,身板挺得笔直,从他身边路过时,微笑着用一种奇怪的口音和他打招呼。

麦克菲尔医生回来时,已经快到午饭时间了,他们的午饭安排在店主家客厅里。这个房间的设计不是为了居住,而是为了显得气派,整个房间带着一种陈腐而阴郁的气氛。一套压花长毛绒面料沙发整齐地靠墙摆成一圈,天花板中央悬挂着一盏镀金吊灯,用黄色薄纸覆盖着,防止苍蝇飞入。戴维森没来用餐。

"我知道他去拜访总督了,"戴维森太太说,"我想总督是留他吃饭了。"

一名当地小女孩为他们端上一盘油炸牛肉饼,过了一会儿，商人进来查看他们的需要是否都得到了满足。

"我看到我们又有了一位同住的客人，霍恩先生。"麦克菲尔医生说。

"她住进了一个房间，仅此而已。"商人回答道，"她自己吃自己的。"

他带着谄媚的神情望着两位女士。

"我把她安排在楼下了，以便不要妨碍各位。她不会给你们带来麻烦的。"

"是船上的乘客吗？"麦克菲尔太太问。

"是的，夫人，她坐的是二等舱。她要去阿皮亚，那儿有个出纳的职位等着她。"

"噢！"

商人走后，麦克菲尔说：

"我觉得她在房间里吃饭不会很愉快吧。"

"要是她坐二等舱，我想她情愿这么吃吧，"戴维森太太说，"我不知道她究竟是谁。"

"司务长带她过来的时候，我碰巧在场。她名叫汤普森。"

"不会是昨晚和司务长一起跳舞的那个女人吧？"

戴维森太太问。

"应该就是她,"麦克菲尔太太说,"我当时就纳闷她是做什么的。我觉得她挺放得开的。"

"作风很差劲。"戴维森太太说。

他们开始谈论其他话题,而由于早起导致的疲劳,午饭后他们便分开,各自睡下。醒来时,虽然天空依然灰蒙蒙的,云层也依然低垂,但雨已经不下了,他们便到马路上散了一会儿步。这条路顺着海湾延伸,是美国人修建的。

回到住处,他们发现戴维森刚刚回来。

"我们可能要在这儿待上两周,"他心情烦躁地说,"我已经和总督争取过了,可他说一点办法也没有。"

"戴维森先生只想回去工作。"他妻子说着,用焦虑的眼神瞥了他一眼。

"我们已经离开一年了,"他一边说,一边在露台上来回走动,"传教团一直在负责管理土著传教士,我非常担心他们会听任事态随意发展。他们都是高尚的人,我不想说他们一句坏话,他们都是敬畏上帝、心怀虔诚的真正的基督徒,他们的基督徒精神足以让我们国内许多所谓的基督徒脸红,可他们极其缺乏旺盛的精力。对于不当行为,他们可以抵制一次、两次,可没法一直抵制下去。如果你把一个传教所留给一名土著传教士来管理,不管他看起来有多么值得信任,随着时间的推移,你都会发现他听任胡作非为的行为逐渐滋生。"

戴维森先生停下脚步。他身材又高又瘦,两只大眼睛在苍白的脸上发出光芒,形象颇为引人瞩目。他那充满热情的手势和低沉而响亮的声音将他的诚挚之情展露无遗。

"我希望把工作打理得符合自己的心意。我要采取行动,并且立刻采取行动。如果树已腐烂,就该把它砍掉,扔进火堆里。"

傍晚时他们用了茶点,这也是一天中的最后一顿。随后他们坐在那个拘谨刻板的客厅里,女士们做着针线活,麦克菲尔医生抽着烟斗,传教士向他们讲述了自己在群岛上的工作。

"我们刚到那里时,那边的人根本没有任何罪恶感,"他说,"他们不停地违反上帝的诫命,从来不知道自己做错了什么。我觉得那是我工作中最难的一点,要把罪恶感逐渐灌输给土著人。"

麦克菲尔夫妇已经知道，戴维森在所罗门群岛工作五年后才遇到他妻子。她曾在中国当传教士，他俩在波士顿结识，当时二人都趁着休假在那儿参加一个传教士大会。结婚后他们受委任到萨摩亚群岛传教，一直辛勤工作至今。

在麦克菲尔夫妇和戴维森夫妇的交谈过程中，从头至尾，有一个特点十分突出，那就是戴维森先生那毫不畏惧的勇气。他是一名医学传教士，随时可能接受召唤到群岛中的某个小岛上去。每逢雨季，在风暴肆虐的太平洋上，连捕鲸船都不是那么安全的交通工具，可是来接他的经常是独木舟，危险度很高，但在需要治疗疾病或处理事故时他从不犹豫。有好多次，他为了保命而彻夜不眠，拼命往船外舀水，而戴维森太太也不止一次放弃希望，以为他失踪了。

"有时候我会请求他不要去，"戴维森太太说，"或者至少等到天气状况稍微稳定一点再去，可他从来不听。他很固执，一旦下定决心，什么也动摇不了他。"

"要是我自己都不敢这么做，我怎么能说服土著人去把自己的命运托付给上帝呢?"戴维森喊道,"我不怕,不怕。他们都知道,遇到麻烦时来找我,只要是人能办到的事,我都会去。你觉得,当我在为上帝效劳时,他会抛弃我吗? 只要他一声吩咐,就会起风;只要他一句话,海浪就会翻腾怒吼。"

麦克菲尔医生是个胆小的人。他从未习惯从战壕上方呼啸而过的炮弹,在前线的急救站里做手术时,他为了拼命控制住自己的手不要发抖,眉毛上方汗如雨下,模糊了镜片。他望着传教士,微微打了个哆嗦。

"我真希望自己能说从来没害怕过这句话。"他说。

"我真希望你能说自己相信上帝。"对方驳斥道。

不过出于某种原因,那天晚上传教士追忆起自己和妻子早期在群岛上度过的那些日子。

"有时候,我和我太太会互相对望,泪流满面。我们不停地工作,没日没夜,可似乎没有任何进展。那时候,如果没有她,我不知道自己会怎么样。每当我感觉沮丧时,每当我几近绝望时,她总是给予我勇气和希望。"

戴维森太太低下头注视着手里的针线活,消瘦的两颊泛起一层淡淡的红晕。她的手微微颤抖,不敢开口说话。

"我们孤立无援,只身在外,与自己的同胞相隔几千英里,周围一片黑暗。每当我悲观绝望、疲惫不堪时,她就会放下自己手中的活儿,取出《圣经》念给我听,直至平静降临到我身上,就如睡意降临到孩子的眼睑上,而当她最终合上经书时,她会说:'不管他们自己如何,我们都要拯救他们。'然后我就再次坚定了对上帝的信念,我会说:'是的,在上帝的帮助下,我将拯救他们。我必须拯救他们。'"

他走过去站在桌子前,仿佛那是个布道台。

"你看,他们天生就如此堕落,无法认识到自己的邪恶。我们必须规定,他们以为的自然行为是罪恶的。我们必须规定,不仅通奸、撒谎、偷盗是罪恶的,而且暴露身体、跳舞以及不去教堂也是罪恶的。我规定,姑娘暴露胸部即为罪过,而男子不穿长裤也是罪过。"

"你是怎么做的?"麦克菲尔医生惊奇地问道。

"我定下了罚款制度。很明显,要让人们意识到一种行为是罪恶的,唯一的方法就是在他们这么干时惩罚他们。如果他们不来教堂,我就罚他们款。如果他们跳

舞,我也罚他们款。如果他们衣着不得体,我还是罚他
们款。我有一份收费表,每一种罪都必须以金钱或劳务
的方式支付。最后我终于让他们明白了。"

"可他们从不拒付罚款吗?"

"他们怎么能拒付呢?"传教士问。

"要是有人敢反对戴维森先生,那这个人也太胆大
妄为了。"他妻子说着,抿紧了嘴唇。

麦克菲尔医生困惑地望着戴维森先生。他听到的
话令他震惊,但他不敢表现出自己的不赞同。

"您必须记住,作为最后一招,我可以将他们驱逐出
教会。"

"他们在意吗?"

戴维森先生微微一笑,轻轻搓了搓手。

"那样他们就没法卖掉自己的椰肉干了,捕鱼时也
拿不到自己的那一份。这对他们来说无异于饿死。是
的,他们非常在意。"

"和他说说弗雷德·奥尔森的事儿吧。"戴维森太
太说。

传教士用炽烈的目光紧盯着麦克菲尔医生。

"弗雷德·奥尔森是一名丹麦商人,在群岛上待了很多年了。就商人而言,他相当富有,而对于我们的到来,他并不乐意。你看,他已经为所欲为惯了。他购买当地人的椰肉干时,爱付多少就付多少,还用货物和威士忌支付。他有个土著妻子,可他公然对她不忠。他还是个酒鬼。我给了他机会让他改过自新,可他不接受,还嘲笑我。"

戴维森说到最后几个字时,声调降了下来,变得很低沉,随后有一两分钟没有说话。这种沉默充满了胁迫的意味。

"两年后他就穷困潦倒了。他失去了过去二十五年中积累下来的一切。我让他破了产,最后他被迫像个乞丐一样来找我,求我帮他找条船,让他回悉尼去。"

"我希望您能看到他来找戴维森先生时的那副样子,"传教士的妻子说,"他曾是个养尊处优、有权有势的人,身上胖乎乎的,嗓音也很洪亮,可这时候他瘦得只剩下原来身形的一半,还浑身发着抖。就在转眼间,他变得衰老不堪。"

戴维森出神地望着外面的夜色。又在下雨了。

忽然间楼下传来一种声音,戴维森转过身,带着询问的目光看向妻子。这是一台留声机的声音,尖厉而响亮,呼哧呼哧地播放出一个切分音。

"那是什么声音?"他问道。

戴维森太太将夹鼻眼镜往鼻梁上固定了一下。

"有个二等舱乘客住在这儿的一个房间里。我想声音是从那儿发出的。"

他们一声不吭地倾听着,随即便听到了跳舞的声音。随后音乐声停了,他们听到了几个软木塞被打开的砰砰声,热闹的谈话声越来越响。

"我猜想她正在举行一场聚会,和船上的朋友道别,"麦克菲尔医生说,"船会在十二点启航,是吗?"

戴维森没有说话,只是看了看手表。

"你准备好了吗?"他问妻子。

戴维森太太站起身来,把针线活叠放好。

"是的,我想我准备好了。"她回答道。

"现在就上床睡觉不觉得太早吗?"医生说。

"我们有很多阅读工作要做,"戴维森太太解释说,"不管在哪里,我们在就寝前都要读上一章《圣经》,而且是连评注一起研究的，然后再充分讨论。这对心智是一种很好的训练。"

两对夫妇互道晚安。麦克菲尔医生夫妇单独留在客厅里。有两三分钟，他们都没开口说话。

"我去把纸牌拿过来。"最后医生说道。

麦克菲尔太太将信将疑地看着他。和戴维森夫妇的对话令她感觉有些不自在，不过她不想说自己觉得此时最好不要打牌，因为戴维森夫妇随时可能进来。麦克菲尔医生把牌取来，摆出玩单人牌戏的阵势，麦克菲尔太太看着他玩，内心隐约有些负罪感。楼下的喧闹声在继续。

第二天天气很好，因为注定要在帕果帕果无所事事地待上两周，麦克菲尔夫妇便开始尽力而为地做点事。他们来到码头，从箱子里拿出很多书。医生拜访了海军医院的外科主任，和他一起巡视了病房。他们给总督留了名片。在路上，他们遇到了汤普森小姐。医生摘下帽子致意，汤普森小姐则响亮而欢快地向他道了声"上午好，医生"。她和前一天一样，穿着一条白色的连衣裙，肥嘟嘟的小腿肚在耀眼的白色高跟靴上方鼓着，在那种异国场景下显得颇为奇特。

"我得说，我觉得她的穿着打扮不太得体，"麦克菲尔太太说，"我觉得她看起来非常庸俗。"

他们回到住处时，汤普森小姐正在露台上和商人家里的一名黑皮肤小孩一起玩耍。

"和她说句话吧，"麦克菲尔医生悄悄对妻子说，"她一个人在这儿，要是不睬她，会显得很不友善。"

麦克菲尔太太很腼腆，但她习惯于按照丈夫的吩咐行事。

"我想我们是同住这里的房客。"她有些傻乎乎地说。

"太可怕了，不是吗，被关在这么个小得可怜的乡下角落里?"汤普森小姐回答道，"他们还跟我说，我能搞到个房间就已经很幸运了。我觉得自己不该住在当地人的房子里，那不合我的身份。我不明白为什么他们这儿没有旅馆。"

他们互相交谈了几句。汤普森小姐嗓门很大，喋喋不休，显然很喜欢说长道短，然而麦克菲尔太太对闲聊实在不甚擅长，没过多久便说：

"噢,我想我们该上楼了。"

傍晚,他们坐下来用晚餐时,戴维森进来说:

"我看到楼下那个女人房间里坐着几个水手。我好奇她是怎么认识他们的。"

"她肯定不是个挑剔的人。"戴维森太太说。

无聊而闲散的一天下来,他们都很疲倦。

"要是两个礼拜每天都这么过,我不知道到最后咱们会怎么样。"麦克菲尔医生说。

"我们唯一能做的,就是把一天时间分到不同的活动中去,"传教士说,"我会匀出几个小时用于学习,几个小时用于锻炼,不管是雨天还是晴天,因为在雨季你只能忽略下雨这回事,然后再匀出几个小时用于娱乐。"

麦克菲尔医生不安地望着自己这位同伴。戴维森的规划和安排让他备感压抑。他们又在吃油炸牛肉饼了,似乎这是厨师唯一会做的菜。随后,楼下的留声机响了起来。戴维森一听到这声音就神经质地突然一惊,但什么也没说。随后男人们的声音开始高起来。汤普森小姐的客人们正在一起合唱一首很有名的歌曲,随后他们很快也听到了她那沙哑而响亮的声音。人们高声喊叫,开怀大笑,十分热闹。楼上的四个人竭力想要交谈,却不得不忍受玻璃杯的碰撞声和椅子刮过地板发出的吱吱声。显然楼下来了更多的人。汤普森小姐正在举办一场聚会。

"真不知道她是怎么把这些人都弄过来的。"麦克菲尔太太突然打断了传教士和自己丈夫之间同医学有关的对话,插嘴说。

这说明她的思绪已经游移到楼下去了。戴维森的脸抽搐了一下,证明他虽然在聊着科学方面的事儿,但头脑也关注着同一个方向。正当医生聊着自己在佛兰德斯前线的行医经历时,戴维森突然跳起来发出一声喊叫。

"怎么了,阿尔弗雷德?"戴维森太太问道。

"当然了! 我怎么没想到呢,她是从艾维雷出来的。"

"不可能!"

"她是在檀香山上的船。这一点显而易见。而她居然在这儿做她的生意,在这儿!"

他说最后一个词的时候,带着激烈的愤怒之情。

"艾维雷是什么地方?"麦克菲尔太太问。

戴维森阴沉的目光转到她身上，声音因极端厌恶而颤抖着。

"那是檀香山的祸患之地，是个红灯区，是我们文明社会的一个污点。"

艾维雷位于城市的边缘。在港口边上，沿着黑乎乎的小路一直走，走过一座摇摇晃晃的桥，就会来到一条空无一人的马路上，路面上布满车辙和破洞，然后突然间，你便来到了一个灯火通明的地方。马路两边都有停车场，还有俗丽而明亮的酒吧，每一家都充斥着机械钢琴的吵闹声，还有理发店和烟草店。空气中带着一种骚动，还有一种对寻欢作乐的期待。那条马路把艾维雷分成两半，因而无论向左还是向右转弯都可以进入一条狭窄的巷子，然后你便发现自己来到了红灯区。那儿有一排排小小的平房，外观整齐，一律刷成绿色，平房之间的小径又宽又直。这儿的布局像个花园城市。这里看上去体面而规范，整洁而有序，却给人以一种极具讽刺意味的恐怖感，因为对爱情的追寻从未做得如此有条有理，秩序井然。小径上路灯稀少，要不是平房敞开的窗户内射出的灯光，这些小径就会漆黑一片。男人们来回溜达，观察着坐在窗边的女人，这些女人不是在看书就是做着针线活，对路过的人基本上视而不见。和这些女人一样，这些男人也是国籍各异。其中有美国人，有停泊在港口的船只上的水手，也有从炮艇上下来的现役军人，都喝得醉醺醺的，还有驻扎在岛上的兵团士兵，白人黑人都有；此外还有两三个人结伴而行的日本人、穿着长衫的夏威夷人和中国人，以及戴着奇形怪状帽子的菲律宾人。他们都静默无声，似乎有种压抑感。他们的欲望充满悲伤。

"这是太平洋上最大的丑闻，"戴维森情绪激烈地大声说道，"传教士们多年来一直在为反对它而抗争，最后当地新闻媒体开始关注了。可警察不想动弹。您知道他们的理由。他们说卖淫是无法避免的，因而最好的办法就是把它控制在局部范围内。可事实是，警察被收买了，收买了！他们被那些酒吧老板、地痞流氓，还有那些卖淫女自己花钱收买了。可最后他们终于被迫采取了行动。"

"在檀香山时，我在送到船上的报纸上看到了这个消息。"麦克菲尔医生说。

"艾维雷连同它所有的罪恶和耻辱,就在我们到达的当天不复存在了。所有人都受到了法官的审判。我不明白自己为什么竟然没立刻想到那个女人是干什么行当的。"

"现在您既然说到这件事,"麦克菲尔太太说,"我想起来,我是在启航前几分钟看到她上船的。我记得自己当时还觉得她把时间掐得好准。"

"她竟敢到这儿来!"戴维森怒不可遏地叫道,"我决不允许!"

他大步朝门口走去。

"您要干吗?"麦克菲尔问道。

"您觉得我要干吗?我要去阻止这事儿。我不会让这座房子变成——变成……"

他想找一个不至于让女士们听得刺耳的词。他双眼冒火,脸色因情绪激动而变得更加苍白。

"听起来似乎楼下有三四个男人,"医生说,"您不觉得这时候进去有点太不顾后果了吗?"

传教士轻蔑地看了他一眼,一声不吭地疾步走出了房间。

"要是您认为个人安危会阻止戴维森先生履行自己的职责,那您就太不了解他了。"戴维森太太说。

她坐在那儿,两手紧张地扣在一起,高高的颧骨上泛出一小片红晕,倾听着楼下即将发生的事。房间里的人都倾听着。他们听到戴维森噔噔噔走下木制楼梯,一把将门推开。歌声戛然而止,但留声机还继续以刺耳的声音播放着粗俗的曲调。他们听到了戴维森的声音,随后是什么重东西掉落的声音。音乐声停止了。看来他把留声机摔到了地上。随后他们又听到了戴维森的声音,可是听不清他说了什么,随后是汤普森小姐响亮而尖厉的声音,再后来是一片乱糟糟的喧闹声,似乎有好几个人在同时声嘶力竭地大喊大叫。戴维森太太微微倒吸了口气,双手攥得更紧了。麦克菲尔医生迟疑地看看她,又看看妻子。他不想下楼去,却不知道她们是否期待他下去。随后传来一阵类似扭打的声音。这会儿声音变得更加清晰可辨了,可能是戴维森正被赶出房间。门砰地关上了。一阵沉寂过后,他们听到戴维森再次走上楼梯。他回自己房间去了。

"我想我得去看看他。"戴维森太太说。

她起身走了出去。

"要是您需要我，就叫我一声，"麦克菲尔太太说，随后等戴维森太太走远了，又加上一句，"希望他没有受伤。"

"他干吗要多管闲事？"麦克菲尔医生说。

他们一言不发地坐了一两分钟，随后都猛地一惊，因为留声机又响了起来，带着挑衅的意味，接着那些人嘲讽地用粗哑刺耳的声音大声唱出一首淫秽歌曲的歌词。

第二天戴维森太太脸色苍白，疲惫不堪。她说自己头疼，而且看上去衰老而干瘪。她告诉麦克菲尔太太说，传教士一夜未眠，整晚都处于极度烦躁之中，五点钟就起来出去了。他身上被泼了一杯啤酒，衣服被搞得又脏又臭。不过戴维森太太提到汤普森小姐的时候，眼里有一团阴沉的火焰在微微发光。

"她将为藐视戴维森先生这天的行为而后悔，"她说，"戴维森先生有一颗善良的心，凡是遇到困难的人去找他，没有不得到安慰的，但他对罪恶毫不留情，一旦他的义愤被激起，他就会变得很可怕。"

"哦,那他会怎么办呢?"麦克菲尔太太问。

"我不知道,可我无论如何也不会站在那家伙的立场上。"

麦克菲尔太太打了个寒战。这个小个子女人摆出一副把握十足的胜利者姿态,其中明显包含着某种令人惊恐的意味。那天上午,她们要一起出门,于是并肩走下楼梯。汤普森小姐的门开着,她们看到她穿着一件脏兮兮的睡衣,在一个暖锅里煮着什么东西。

"早上好,"她大声说,"戴维森先生今天早上好点了吗?"

她们一声不响地走了过去,把头昂得高高的,仿佛她根本不存在。然而,当她发出一阵嘲弄的大笑时,他们涨红了脸。戴维森太太猛地朝她转过身。

"你竟敢和我说话!"她尖声叫道,"要是你侮辱我,我就让人把你从这儿赶出去!"

"嘿,我请戴维森先生来找我了吗?"

"别和她搭腔。"麦克菲尔太太急促地小声说。

她们一直往前走,直到走出听力所及的范围。

"她真是厚颜无耻,厚颜无耻!"戴维森太太突然迸出一句。

她几乎要因愤怒而窒息了。

她们往回走的时候，遇到汤普森小姐正溜达着走向码头。她把所有的漂亮行头都穿戴上了。她那顶巨大的白色帽子上插着俗艳而醒目的花朵，简直就是种公然挑衅。她走过去时，兴高采烈地向她们打招呼，而站在那儿的几个美国水手看到女士们冷冰冰地拉长着脸，咧开嘴笑了。她们正好在天又开始下雨前回到住处。

"我想她会把那身漂亮衣服搞得一团糟。"戴维森太太冷笑着恨恨地说。

他们午餐吃到一半时，戴维森才进来。他全身都湿透了，却不肯换衣服。他坐在那儿，郁郁寡欢，沉默不语，只吃了一点点东西，目光凝视着斜斜扫落的雨水。戴维森太太把她们和汤普森小姐的两次相遇告诉他的时候，他没有搭腔，旁人只能从他皱得更紧的眉头中看出他听到了。

"你不觉得咱们应该让霍恩先生把她从这儿赶走吗?"戴维森太太问道，"不能让她侮辱我们。"

"似乎她没别的地方好去了。"麦克菲尔说。

"她可以住到当地人家里去。"

"在这种天气里，当地人的小屋住起来一定很不舒服。"

"我在一座这样的屋子里住了好几年。"传教士说。

那名土著小女孩端上充作他们每日甜点的油炸香蕉时，戴维森向她转过身。

"问一下汤普森小姐什么时候方便让我见她。"他说。

小女孩羞怯地点点头，走了出去。

"你要见她做什么，阿尔弗雷德?"他妻子问。

"见她是我的职责。不把所有机会都给她，我不会采取行动的。"

"你不了解她这个人。她会侮辱你的。"

"就让她侮辱我吧。就让她朝我吐口水。她有一个不朽的灵魂，我必须做到力所能及的一切来拯救她。"

戴维森太太的耳边还回荡着这个娼妓嘲讽的笑声。

"她走得太远了。"

"远到连上帝的仁慈都无法拯救吗?"戴维森的眼睛突然一亮，声音也变得平和柔软了，"绝不会。罪人罪孽之深重或许尤甚于地狱之深度，但我主耶稣之爱仍可及之。"

女孩带回了口信。

"汤普森小姐荣幸之至，只要戴维森牧师不在营业时间内造访，她随时都乐意与您见面。"

听到这个回复，现场顿时鸦雀无声，麦克菲尔医生迅速隐去浮上嘴唇的微笑。他知道，如果自己觉得汤普森小姐厚颜无耻的行为很有趣，妻子一定会对自己感到恼怒。

他们默默无语地吃完饭。午餐结束后，两位女士起身去做针线活。麦克菲尔太太从战争初期就开始一条又一条地织羊毛围巾，眼下又在织着一条，而医生则点燃了烟斗。但戴维森依然坐在椅子上，两眼出神地盯着桌子。最后他终于站起身，一言不发地走出了房间。他们听到他走下楼梯，也听到他敲门时汤普森小姐那一声目中无人的"进来"。戴维森和汤普森小姐在一起待了一个小时。麦克菲尔医生凝望着外面的雨。这雨已经开始让他心烦了。和我们英国下的那种雨不同，这儿的雨落到地上时并不轻柔，而是毫不留情，甚至有些可怕，你能从中感受到大自然那种邪恶的原始力量。这雨不像一般的大雨那样倾盆而下，而是如洪流一般从天而降，仿佛天堂决了口。雨点噼里啪啦地打在瓦楞钢板制成的屋顶上，无休无止，简直让人发疯。这雨似乎带着一股自身的狂怒之气。有时你会感觉，要是它不停下来，你就一定会尖声大叫，随后你突然感觉无能为力，仿佛全身的骨头都瞬间变软了。你深感痛苦而绝望。

传教士回来时，麦克菲尔回过头。两位女士也抬起头来。

"我给了她所有机会。我劝她忏悔，可她是个邪恶的女人。"

他停顿了一下，麦克菲尔医生看到他的目光变得阴沉，苍白的脸变得冷酷而严厉。

"现在我要执起我主耶稣的鞭子，凭着这鞭子，他将高利贷者和放债人赶出了至高者的殿堂①。"

---

① 《新约·马太福音》21∶12-13 记载，耶稣回到耶路撒冷时，发现本应供所有人祷告的耶路撒冷圣殿被商人占据，成了污秽的交易场所。耶稣对此毫不容忍，做了他认为正确的事：当着祭司的面掀翻货摊，将商人们驱逐出圣殿。

他在房间里走来走去，抿紧了嘴，黑色的眉毛皱在一起。

"就算她逃到天涯海角，我也要追踪她。"

他突然转过身，大步走出房间。他们听到他又下楼去了。

"他会怎么做?"麦克菲尔太太问。

"我不知道，"戴维森太太摘下夹鼻眼镜擦了擦，"他在替主做事时，我从来不问他。"

她轻叹了一口气。

"怎么了?"

"他会把自己搞得筋疲力尽的。他从没想过要爱惜自己。"

麦克菲尔医生从为他们提供住宿的混血儿商人那儿了解到了传教士的举措的初步成效。医生经过店铺时，商人把他叫住，走出来在门廊上和他说话。他那张肥胖的脸显得很焦虑。

"戴维森教士一直在责备我，因为我让汤普森小姐在这儿占了一间房，"他说，"可我在把房间租给她时，并不知道她是做什么的。要是有人来问我能不能租个房间给他们,我关心的是他们是否有钱支付房租。而她提前付了我一周的房租。"

麦克菲尔医生不想把这事承担下来。

"归根结底这是您的房子。我们十分感激您收留了我们。"

霍恩迟疑地望着他。他无法肯定麦克菲尔是否坚定地站在传教士那一边。

"传教士都是抱团的,"他犹豫不决地说,"要是他们给一个商人找麻烦,那他还不如把店关了,退出这一行。"

"他想让您把她赶走吗?"

"不是,他说只要她守规矩,他就不能要求我这么做。他说他想公正地对我。我承诺不让她继续接客,刚刚才去和她说了。"

"她反应如何?"

"她让我见鬼去。"

商人的身躯在他那身陈旧的工作服下不安地扭动着。他已经意识到汤普森小姐是个粗暴无礼的顾客。

"噢,那,我觉得她会离开的。要是一个客人都接不到,我想她不会想待在这儿的。"

"她没地方可去了,只有去当地人家里,可眼下没有一个当地人愿意接收她,因为她已经被传教士盯上了。"

麦克菲尔医生望着下个不停的雨。

"呃,我觉得要等天晴怕是不行的。"

傍晚时分,当他们坐在客厅里时,戴维森谈起了自己早年上大学时的经历。他一贫如洗,靠着在假期打零工度过那段艰难时光。楼下一片寂静。汤普森小姐独自一人坐在那间狭小的房间里。可是突然间,留声机又响了起来。她无视教士的规矩,打开了留声机,自欺欺人地掩盖孤独感,但是没人唱歌,曲调听上去也带着忧伤,简直就像在呼救。戴维森毫不理会。他正讲述着一段很长的轶事,听到这声音,依然面不改色地讲下去。留声机继续响着。汤普森小姐放了一张又一张唱片,似乎黑夜的寂静令她烦躁不安。天气闷热得令人喘不过气来。麦克菲尔夫妇上床后怎么也睡不着。他们并排躺着,眼睛睁得大大的,听着床帷外蚊子无情的嗡嗡声。

"那是什么声音?"最后麦克菲尔太太小声问。

他们听到木制隔墙那头传来一个声音,那是戴维森的声音。这声音单调而充满热诚，毫不松懈。他在祈祷，他在为汤普森小姐的灵魂祈祷。

　　两三天过去了。眼下，当他们在路上遇到汤普森小姐时，她不再用带着嘲讽的热情态度和他们打招呼，也不再微笑；她高昂着头走过去，涂满脂粉的脸上表情阴沉，眉头紧皱，好像没看到他们一样。商人告诉麦克菲尔，她试图在别的地方找住处，但是没成功。到了晚上，她就在留声机上一遍又一遍地播放着各种音乐，但现在大家都听得出，她是在强装欢乐。拉格泰姆钢琴乐①带着一种嘶哑而令人心碎的节奏，仿佛一支绝望的单步舞。当她在周日开始播放时，戴维森让霍恩去请求她立刻停止，因为这一天是属于上帝的。唱片被拿掉了，房子里一片寂静，只听到雨点不停地敲打在铁皮屋顶上。

　　"我觉得她神经有点紧张了，"第二天商人对麦克菲尔说，"她不知道戴维森先生想干吗，这让她害怕。"

　　那天上午麦克菲尔瞥见过她一眼，看到她脸上那种自负的神情已经不见了，感到十分惊讶。现在她的表情

---

①　20世纪初由北美黑人乐师发展而成的舞曲流行乐，多在钢琴上演奏。

看上去有些恐慌。混血儿商人从旁看了他一眼。

"我想您不清楚戴维森先生在对此采取些什么行动?"他大着胆子问。

"我不清楚。"

霍恩竟会问他这个问题,这是件颇为奇怪的事,因为麦克菲尔也觉得传教士在以神秘的方式开展工作。他有一种印象,传教士在这个女人身边编织着一张网,编得小心翼翼而又有条不紊,当一切就绪,便会突然将线收紧。

"他叫我告诉汤普森小姐,"商人说,"要是她任何时候需要他,只要招呼一声,他就会去。"

"您把这个消息告诉她时,她怎么说?"

"她什么也没说。我也没停留。我只是把他要我传的话说给她听,就走开了。我想她可能会哭起来。"

"我可以肯定,她会因孤独而心烦意乱,"医生说,"还有这雨——足以让任何人焦躁不安,"他烦躁地接着说,"这个讨厌的地方下起雨来从来不停吗?"

"在雨季确实会下个不停。我们这儿一年要下三百英寸的雨。您看,这都是因为海湾的形状,它的样子好像能把太平洋上所有的雨水都吸过来。"

"这海湾形状真该死。"医生说。

他抓了抓被蚊子叮咬的部位,觉得十分烦躁。雨过天晴的时候,这儿就像个暖房,酷暑难当,潮湿闷热,令人窒息,于是你会有种奇怪的感觉,仿佛这儿的一切都在凭着一股野蛮的暴力拼命生长。土著人以无忧无虑、天真烂漫闻名,可这时候他们身上的刺青和染过的头发也令其看起来带上了某种险恶的意味,当他们光着双脚啪嗒啪嗒地跟在你身后时,你会本能地回头张望。你感觉他们随时都会飞快地跑到你身后,把一柄长刀插入你两块肩胛骨之间的后心窝。你无法看出在他们那双间隔很宽的眼睛后面隐藏着什么样的阴险想法。他们的长相和画在神庙墙上的古埃及人略有些相似,而他们身上也带着一种无比古老的可怕气质。

传教士进进出出。他很忙,但麦克菲尔夫妇不知道他在干什么。霍恩告诉医生他每天都去见总督,有一次戴维森提到了总督。

"他看上去很有决心,"他说,"可一旦触及问题实质,他缺乏骨气。"

"我猜这意味着他不会完全按照您的想法去做。"医生开玩笑地说。

传教士没有笑。

"我想让他做正确的事。要让一个人那样做,应该不需要说服吧。"

"可对于什么是正确的事,可能会有不同意见。"

"要是一个人脚上长了坏疽,而医生却犹豫着不敢做截肢,您会对这种医生有耐心吗?"

"坏疽是明摆着的。"

"那么罪恶呢?"

戴维森做的事很快便真相大白了。这天他们四人刚刚吃完午饭,还没各自分开去午睡,因为天气炎热,女士们和医生都想要午睡一会儿。戴维森对这种怠惰的习惯很不耐烦。突然间门被打开了,汤普森小姐走了进来。她环顾四周,然后走向戴维森。

"你这个卑鄙无耻的家伙,你对总督说了我什么坏话?"

她怒气冲冲,一张口就唾沫四溅。沉默了一会儿之后,传教士把一张椅子往前拉了拉。

"坐下来好吗，汤普森小姐？我一直想和您再谈一次。"

"你这个该死的下贱东西！"

她张口便是一连串辱骂，污秽不堪，粗野无礼。戴维森严肃地注视着她。

"对于您认为可以加在我身上的辱骂，我毫不在意，汤普森小姐，"他说，"但我必须提醒您，别忘了还有女士们在场。"

此时她的泪水夹杂着愤怒，几乎要夺眶而出。她那张脸又红又肿，就像吃东西噎住了一样。

"发生什么事了？"麦克菲尔医生问道。

"刚刚有个人到这儿来，说我必须得坐下一班船走。"

传教士眼里有一丝光在闪动吗？他脸上依然毫无表情。

"在目前这种情况下，您不能指望总督还会让您留在这儿。"

"是你干的，"她尖叫起来，"你骗不了我。就是你干的！"

"我不想欺骗您。我敦促总督采取与他职责相称的唯一可能的措施。"

"你为什么不能放过我？我又没做什么害你的事。"

"您可以相信，要是您做了的话，我也决不会怨恨您。"

"你以为我愿意继续待在这个连个乡下角落都不如的破地方吗？我看上去像个乡巴佬吗？"

"要是那样的话，我不明白您有什么理由要抱怨。"传教士回答。

她含糊不清地发出一声愤怒的喊叫，摔门而去。房间里出现了一阵短暂的沉默。

"得知总督终于采取了措施，我也松了口气，"最后戴维森说，"他是个软弱的人，行事优柔寡断。他说她反正只在这儿待两周，要是她去了阿皮亚，那就是英国的司法管辖区，和他没关系了。"

传教士跳起来，在房间里大步走来走去。

"那些掌权的人竟以这种方式逃避责任，太不像话了。在他们口中，仿佛罪恶一旦从眼前消失，就不算是罪恶了似的。这个女人的存在本身就是个丑闻，把这件丑事推到另外一个岛上根本无济于事。最后我就只能直说了。"

戴维森的眉毛垂下来,强硬坚挺的下巴向前突出。他看上去凶狠而决绝。

"您这话是什么意思?"

"我们的传教团并非在华盛顿毫无影响力。我向总督指出,要是有人对他在这里管理事务的方式提出不满,对他不会有任何好处。"

"那她应该什么时候离开?"医生沉默了一会儿之后问。

"开往旧金山的船下周二会从悉尼抵达这儿。她会搭这趟航班。"

这是五天以后的事。第二天,麦克菲尔医生为了找点更有意义的事做,去医院待了差不多一上午,回到住处,他正要上楼,被混血儿商人叫住了。

"打扰了,麦克菲尔医生,汤普森小姐病了。您能不能去给她看看?"

"当然可以。"

霍恩带他走进汤普森小姐的房间。她正百无聊赖地坐在一张椅子上，既没有看书，也没做针线活，只是凝视着前方。她穿着那条白色连衣裙，戴着那顶上面缀着花朵的大帽子。麦克菲尔注意到，她的肤色在脂粉之下显得暗淡灰黄，目光也很阴沉。

"得知您身体不舒服，我很难过。"医生说。

"噢，我并不是真的病了。我那么说，是因为我必须见您。我得离开这儿，坐上一条去旧金山的船。"

她望着麦克菲尔，麦克菲尔发现她眼里突然充满了惊恐。她痉挛似的一会儿把手张开，一会儿又攥紧。商人站在门口倾听里面的声音。

"据我所知，的确如此。"医生说。

她微微倒吸了一口气。

"我想我眼下不太方便去旧金山。我昨天下午去找总督，可是没能见到他。我见了他秘书，他告诉我，我必须搭那条船，没有别的办法。我一定要见总督，所以我今天早上等在总督府外面，他出来的时候我就上去和他搭话。老实说，他不想睬我，可我才不会让他随便把我打发走，最后他说，要是戴维森教士同意的话，他不反对我一直待在这儿，等到下一班去悉尼的船。"

她停下来，焦急地望着麦克菲尔医生。

"我不知道自己能帮上什么忙。"医生说。

"呃，我觉得也许您不介意问问他。我向上帝发誓，只要他肯让我留下，我在这儿不会惹事的。要是他觉得这么做合他心意，我不会走出这房子。只不过两周而已。"

"我来问问他。"

"他不会同意的，"霍恩说，"他会在礼拜二把你赶走，所以你最好下决心接受这个安排。"

"告诉他我可以在悉尼找到活儿干，我说的是那种正经的活儿。这个要求不过分吧。"

"我会尽力而为。"

"然后马上过来告诉我，好吗？除非我想法子得到消息，否则我什么事儿也干不了。"

这对医生来说不是桩令人愉快的差事，也许是性格使然，他采取了一种拐弯抹角的方式。他告诉妻子，汤普森小姐和自己说了，请她同戴维森太太谈谈。传教士的态度似乎相当专横，而让这姑娘在帕果帕果再多待两个礼拜不会有什么害处。不过他对自己的外交手段带来的结果并无思想准备。传教士直接过来找他了。

"我太太告诉我,汤普森小姐找您谈过了。"

麦克菲尔医生生性腼腆,却要面对如此直接而坦率的谈话,被迫把话挑明,这让他很是不快。他感觉自己的脾气上来了,脸也红了起来。

"我不觉得她不去旧金山而去悉尼能有什么区别,只要她承诺待在这儿时会守规矩,再迫害她就太无情了。"

传教士用严厉的目光紧盯着他。

"她为什么不肯回旧金山去?"

"我没问,"医生有些粗鲁地答道,"并且我认为做人最好不要多管闲事。"

也许这并不是一个很得体的回答。

"总督的驱逐令要求她搭乘岛上开出的第一条船离境。他这样做,只不过在履行自己的职责,对此我不会干涉。她的存在对当地是一种危害。"

"我认为您十分苛刻而专横。"

两位女士抬起头来,有些惊恐地看着医生,不过她们无须担心会发生争吵,因为传教士温和地笑了笑。

"您竟然这么看我,我非常难过,麦克菲尔医生。相

信我,我的心在为那不幸的女人流血,可我只是在尽力
履行自己的职责。"

医生没有搭腔,只是脸色阴沉地望向窗外。这一
回,外面没在下雨,远眺海湾那头,可以看到一个当地村
庄的一幢幢小屋依偎在树林中。

"趁着雨停了,我想出去走走。"他说。

"请不要因为我无法满足您的愿望就对我心怀怨
恨,"戴维森说,脸上带着忧郁的微笑,"我非常尊敬您,
医生,要是您对我有恶感,我会很难过的。"

"我毫不怀疑您自视颇高,一定能对我的看法泰然
处之。"他回击道。

"您是在拿这一点取笑我。"戴维森轻笑一声说。

麦克菲尔医生对自己感到恼怒,因为他的失礼举动
毫无成效,他下楼时,汤普森小姐半开着门等着他。

"呃,"她说,"您和他谈过了吗?"

"是的,我很抱歉,他一点也不肯让步。"医生回答
说,尴尬得不敢看她。

不过他很快瞥了她一眼,因为她突然呜咽了一声。
医生发现汤普森小姐的脸色因恐惧而发白,这让他感到

既震惊又沮丧。突然他想到了一个主意。

"不过先别放弃希望。我觉得他们对待您的方式很不妥,我要亲自去见总督。"

"现在吗?"

麦克菲尔点点头。汤普森小姐的脸色顿时好转了。

"真的,您太好了。要是您替我说话,我相信总督一定会让我留下来的。我待在这儿,从头至尾都不会做任何不该做的事。"

麦克菲尔医生都不知道自己怎么会下决心去向总督提出申诉。他对汤普森小姐的事完全不关心,可传教士激怒了他,而他这个人的脾气是逐渐发作出来的。他在总督府找到了总督。他是个大个子,面貌英俊,有航海经验,蓄着灰白的牙刷型小胡子,身上穿的漂白卡其制服一尘不染。

"我来是为了一名和我们在同一个地方借宿的女子,"他说,"她名叫汤普森。"

"我想关于她的事我已经听得不少了,麦克菲尔医生,"总督微笑着说,"我已经下令让她下周二离境,我也只能做到这样了。"

"我想问问您是否可以网开一面,让她待到从旧金山开来的船到达的那一天,那样她就可以去悉尼了。我会担保她遵守规矩。"

总督继续保持着微笑,却眯起了眼睛,眼神也变得严肃起来。

"我很乐意为您效劳,麦克菲尔医生,但我已经下达了命令,不能更改。"

医生尽可能把情况说得合情合理,但此时总督脸上的笑容已经完全消失了。他脸色阴沉地倾听着,避免目光接触。麦克菲尔看出自己的话并没有奏效。

"我很遗憾给某位女士带来了不便,但她必须周二启航出发,就这样。"

"可那又有什么关系呢?"

"对不起,医生,可我觉得除非是对有关当局,否则我没有必要解释自己的官方举措。"

麦克菲尔医生敏锐地看着他。他想起戴维森曾暗示过自己动用了威胁手段,而从总督的态度中,他看出了一丝异乎寻常的窘迫。

"戴维森是个该死的爱管闲事的家伙。"他怒气冲冲地说。

"这话仅限于你我之间,麦克菲尔医生。我不想说自己对戴维森先生的印象非常好,但我必须承认,他有权向我指出,这个地方有许多士兵驻扎在当地人中间,而一名像汤普森小姐这样性格的女子待在这儿是会带来危险的。"

他站起身,于是麦克菲尔医生也不得不随他一起站起来。

"我必须请您原谅,我还有其他事。请转达我对您太太的敬意。"

医生垂头丧气地离开了。他知道汤普森小姐会等着自己,因为不想亲口告诉她自己没办成事,他从后门进去,轻手轻脚地上了楼,仿佛要隐瞒什么似的。

晚饭时,麦克菲尔沉默不语,感觉很不自在,但传教士倒是表现得愉快而活跃。麦克菲尔医生感觉他的目光时不时落在自己身上,显出一种扬扬得意的胜利者姿态。他忽然意识到,戴维森知道自己去拜访了总督,并且没成功。可他究竟是怎么听说这件事的? 这个人具有某种险恶的力量。晚饭后,他看到霍恩在露台上,于是装出去和他随便聊聊的样子走到了外面。

"她想知道您有没有去找过总督。"商人小声问道。

"去过了,可他一点也不肯让步。我非常遗憾,我只能做到这一步了。"

"我就知道他不肯。他们不敢得罪传教士的。"

"你们俩在聊些什么?"戴维森和蔼地说着,走出来加入他们的交谈。

"我正在说,你们至少还要有一个礼拜去不了阿皮亚。"商人不假思索地说。

他走开了,于是剩下的二人便回到了客厅。戴维森先生每顿饭后都会腾出一个小时用于娱乐活动。很快他们便听到一阵怯怯的敲门声。

"进来。"戴维森太太用她那尖厉的嗓音说。

门没有开。她站起身,打开门。他们看到汤普森小姐站在门口,然而她的模样却发生了显著的变化。她再也不是那个在路上趾高气扬地嘲笑他们的轻佻女子了,显得精疲力竭,惊恐不安。她的头发平时都经过精心打理,此时却乱糟糟地缠在脖子上。她脚上是一双室内拖鞋,身上穿着一条裙子和一件宽松上衣。这身行头令她看上去没精打采,凌乱不堪。她站在门口,泪流满面,不敢进来。

"你来干什么?"戴维森太太厉声问道。

"我能和戴维森先生谈谈吗?"她哽咽着说。

传教士站起身向她走去。

"请进,汤普森小姐,"他语调亲切地说,"我有什么可以为您效劳?"

她走进房间。

"嗯,我为自己那天对您说的话道歉,还有——还有其他所有一切。我觉得自己当时有点喝多了。我请求您的原谅。"

"噢,那没什么。我觉得自己心胸足够宽广,几句不好听的话还是经受得住的。"

汤普森小姐摆出极其诣媚的姿态朝戴维森走过去。

"您已经把我打垮了。我实在受不了了。您不会真要我回旧金山去吧?"

戴维森和蔼的样子顿时消失了,语调突然间变得冷酷而严厉。

"您为什么不想回那儿去?"

她在他面前畏缩了一下。

"我想是因为我的家人住在那儿。我不想让他们看到我这个样子。您让我去别的什么地方都行。"

"您为什么不想回到旧金山去?"

"我已经告诉您了。"

戴维森倾身向前,凝视着她,那双闪闪发光的大眼睛似乎要穿透她的灵魂。突然他倒吸了一口气。

"因为你得进监狱。"

汤普森小姐尖叫一声,随即扑倒在他脚下,紧紧抱住他的双腿。

"别把我送回去。我在上帝面前向您发誓我会改好的。我再也不干这种事儿了。"

她语无伦次地发出一连串哀求,泪水顺着她那涂满脂粉的脸颊直往下流。戴维森朝她俯下身,抬起她的脸,迫使她看着自己。

"是这个原因吗,因为你得进监狱?"

"我在他们抓到我之前就跑掉了,"她上气不接下气地说,"要是让警察抓到,我就得被关上三年。"

戴维森松开手,汤普森小姐便瘫倒在地上,痛苦地呜咽着。麦克菲尔医生站起身来。

"这一点让整件事都不一样了，"他说，"您知道这一点以后，就不能再让她回去了。再给她一个机会吧。她想改过自新。"

"我要给她这辈子见过的最好的机会。要是她真心忏悔，那就让她接受自己应有的惩罚吧。"

汤普森小姐误会了这句话的意思，抬起头来。她那双疲惫呆滞的眼里流露出一线希望。

"您会放我走？"

"不，您必须在周二启程去旧金山。"

她发出一声充满恐惧的呻吟，随后嘶哑着嗓子低低地尖叫着，那声音简直不像是人发出的，同时拼命用头撞击着地面。麦克菲尔医生跳起来跑到她身边，把她扶起来。

"好了，您不能这样。您最好回房间去躺下来。我会给您开点药。"

麦克菲尔医生扶她站了起来，又是拖又是抱地把她送到楼下。他对戴维森太太和自己的妻子感到怒不可遏，因为她俩竟然没有做出任何举动来帮忙。混血儿商人站在楼梯平台上,在他的协助下,医生总算把汤普森小姐放到了床上。她在不停地哀号哭泣,几乎麻木不仁了。医生给她注射了一针。当他回到楼上时,感觉浑身燥热,疲惫不堪。

"我已经让她躺下了。"

两位女士和戴维森依然留在他离开时的位置上。他走后他们既没有挪动位置,也没有说话。

"我在等您,"戴维森用一种陌生而冷淡的声音说,"我想让你们所有人和我一起为我们犯错的姐妹的灵魂祈祷。"

他从一排书架上取下《圣经》,在他们先前用晚餐的桌旁坐下。桌子还没收拾,他便把茶壶推到一边。接着,他用一种洪亮、沉稳而富有感染力的声音朗读了其中一章,这个章节讲述的是耶稣基督遇到犯有通奸罪的女人的故事①。

———————

① 《新约·约翰福音》8:7-11 记载,一名妇女因犯了通奸罪被法利赛人抓到,然后耶稣说:"你们中间谁是没有罪的,谁就可以先拿石头打她。"于是法利赛人就自觉羞愧地离开了。耶稣对妇人说:"我也不定你的罪,去吧!从此不要再犯罪了。"

"现在，和我一起跪下，让我们为自己亲爱的姐妹——萨蒂·汤普森的灵魂祈祷。"

他旋即脱口而出，念诵了一连串冗长而热情洋溢的祈祷词，祈求上帝宽恕那名罪妇。麦克菲尔太太和戴维森太太闭着眼跪在那儿。医生虽然吓了一跳，感觉又尴尬又羞怯，但还是跟着跪下了。传教士的祷告言辞猛烈，富有说服力。他情绪异常激动，一边说一边泪流满面。窗外，无情的雨又在下个不停，那凶狠的恶意简直和人毫无二致。

最后他终于停了下来，暂歇片刻后，他说：

"现在我们要再念一遍主祷文①。"

他们念了主祷文，随后跟着他站了起来。戴维森太太脸色苍白但表情平静，她得到了慰藉，感觉安心了，可麦克菲尔夫妇却忽然感觉局促不安，眼睛都不知道该往哪儿看。

"我下楼去看看她怎么样了。"麦克菲尔医生说。

他敲门时，是霍恩替他开的门。汤普森小姐坐在一

---

① 基督教主祷文意指主耶稣亲自传授给信徒的、向在天之父祈祷的经文，以"我们在天上的父"开头。

把摇椅上,无声地啜泣着。

"你怎么在那儿?"麦克菲尔医生惊叫道,"我告诉过你要躺下。"

"我没法躺下来。我要见戴维森先生。"

"可怜的孩子,你以为这能管什么用? 你根本没法打动他。"

"他说过,要是我找他,他会来的。"

麦克菲尔朝商人打了个手势。

"去把他找来。"

商人上楼时,他和汤普森小姐一起默默等候。接着戴维森走了进来。

"原谅我让您来我这儿了。"她一边说,一边忧郁地望着他。

"我在等您让人来找我。我知道上帝会对我的祈祷做出回应的。"

他们互相对望了一会儿,随后汤普森小姐把视线移开了。她说话时,一直避免和传教士目光接触。

"我一直以来都是个坏女人。我想要忏悔。"

"感谢上帝! 感谢上帝! 他听到了我们的祈祷!"

他转向那两个男人。

"让我和她单独待一会儿。告诉戴维森太太我们的祈祷得到了回应。"

他们走了出去,带上了门。

"好家伙。"商人说。

那晚麦克菲尔医生很晚才睡着,听到传教士上楼的声音时,他看了看表。已经两点钟了。即便在那时他也没有立刻上床就寝,因为隔着两个房间之间的木隔板,他听到传教士在出声地祈祷,最后他自己终于筋疲力尽,坠入了梦乡。

第二天,医生在见到传教士的模样时感到很惊讶。他看上去比以往任何时候都要苍白,且满脸倦容,但眼里却闪着两团野兽般的怪异火焰。他看起来似乎欣喜若狂。

"我希望您马上下去看看萨蒂,"他说,"我不能指望她的身体有所好转,可是她的灵魂——她的灵魂已经转变了。"

医生感觉全身乏力,神经紧张。

"您昨夜和她一起待到很晚吧。"他说。

"是的,我一离开她,她就受不了。"

"您看起来很得意啊。"医生不耐烦地说。

戴维森的双眼闪烁着狂喜的光芒。

"上帝赐予了我莫大的恩惠。昨夜我有幸将一个迷失的灵魂带回了耶稣充满仁爱的怀抱。"

汤普森小姐又坐在摇椅上了。床铺还没整理过,房间里凌乱不堪。她懒得梳妆打扮,只穿着一件脏兮兮的睡衣,头发胡乱扎了个结。她用湿毛巾擦过脸了,可她的脸因为哭泣而肿胀不堪、皱皱巴巴,整个人看上去毫无生气。

医生进门的时候,她无精打采地抬起眼,显得畏畏缩缩,心灰意懒。

"戴维森先生呢?"她问道。

"要是您需要,他马上就会来的,"麦克菲尔不高兴地说,"我来是想看看您状况如何了。"

"噢,我觉得自己很好。您不用替我担心。"

"您吃过东西了吗?"

"霍恩给我端了杯咖啡过来。"

她焦虑地往门那边望了望。

"您觉得他会很快下楼来吗？我觉得他和我在一起时，我感觉就没那么糟。"

"您还是周二走吗？"

"是的，他说我必须走。请让他马上过来。您什么也帮不了我。眼下他是唯一能帮我的人。"

"那好吧。"麦克菲尔医生说。

接下来的三天里，传教士几乎所有时间都和萨蒂·汤普森待在一起。他和别人在一起也仅仅是为了吃饭。麦克菲尔医生注意到他几乎什么也没吃。

"他会把自己累坏的，"戴维森太太心疼地说，"他一旦不注意休息就会倒下，可他就是不肯爱惜自己。"

她自己的脸色看上去也苍白黯淡。她告诉麦克菲尔太太自己一直没睡觉。传教士从汤普森小姐那儿回到楼上后，会一直祷告，直至筋疲力尽，可即便那时他依然睡不了多久。一两个小时后他便起床穿好衣服，沿着海湾走上很长一段路。他会做奇怪的梦。

"今天早上他告诉我，他梦见了内布拉斯加州的山脉。"戴维森太太说。

"奇怪。"麦克菲尔医生说。

他记得自己坐火车横穿美国时,曾透过车窗看到过这些山脉。这些山就像巨大的鼹鼠丘,圆润而光滑,从平原上突兀地冒出来。麦克菲尔医生记得自己当时一下子就觉得它们很像女人的乳房。

戴维森焦躁不安的情绪连他自己都无法忍受了,然而他却被一种妙不可言的兴奋感鼓舞着。他正在连根拔除深藏在那可怜女人内心隐秘角落里的最后一丁点儿罪恶残余。他和她一起读《圣经》,一起祈祷。

"这太奇妙了,"有一天吃午饭时他对其他人说,"这是真正的重生。她的灵魂曾像夜晚一样一片漆黑,如今却纯净洁白,就像刚刚落下的雪花。我感觉卑微而充满敬畏。她对自己所有罪恶的忏悔真是太美了。我简直不配去碰触她的衣衫一角。"

"那您还忍心把她遣送回旧金山吗?"医生说,"她得在美国的监狱里待上三年。我觉得您应该可以让她免遭这份罪的。"

"哦,可您没看出来吗?这是必须的。您以为我的心没有在为她流血吗?我爱她,就像爱自己的妻子和姐妹。在她整个入狱期间,我将对她的苦难感同身受。"

"扯淡。"医生不耐烦地大声说。

"您不理解,因为您什么都看不见。她有罪,因而必须受苦。我知道她将要承受什么。她将忍饥挨饿,历尽煎熬,蒙羞受辱。我想让她接受人类的惩罚,作为对上帝的献祭。我想让她充满喜悦地接受这一切。这种好机会只赐予极少数人,而她拥有了。上帝真是至善至仁。"

戴维森的声音因兴奋而颤抖。这些话从他双唇之间激情澎湃地奔涌而出,以至于他几乎口齿不清了。

"我整日和她一块儿祈祷,离开她后我又再次祈祷,我用尽全力祈祷,以求耶稣将这一巨大的恩惠赐予她。我想要将这接受惩罚的渴望嵌入她心中,这样的话,到了最后,即使我主动提出放她走,她也会拒绝。我想让她感觉,入狱的痛苦惩罚是她置于我们的主脚下的感恩供品,因为主为她献出了自己的生命。"

日子过得很慢。同住的所有人都处于一种不自然的兴奋状态之中,关注着楼下这个备受煎熬的不幸女子。她就像一件祭品,即将被献祭给一种野蛮而血腥的邪神崇拜仪式。恐惧令她麻木不仁。只要看不到戴维森,她就受不了。只有当他和她在一起时,她才会鼓起勇气。她就像奴隶依赖主人一样离不开他。她不停地哭泣,诵读《圣经》,并向上帝祈祷。有时她筋疲力尽,对什么都无动于衷,此时她的确盼望自己的磨难早日到来,因为这似乎是一种直接而实实在在的解脱,让她逃离目前正在经受的极度痛苦。眼下她被一种模糊的恐惧困扰着,已经快要承受不住了。因为罪孽深重,她已把一切个人虚荣心置之度外。她在房间里晃来晃去,头发蓬乱,不修边幅,身上只罩着一件俗艳的睡衣。她已经整整四天没脱掉过那件睡衣了,连长筒袜也没穿。她的房间凌乱不堪。与此同时,雨继续无情地下个不停。你以为天堂的水终究会倒空,可大雨依然倾盆而下,连续不断,狂暴猛烈,反复敲打着铁皮屋顶,简直令人发疯。所有东西都变得潮湿而黏手。墙上也好,放在地上的靴子也好,都长了霉。长夜难眠之际,蚊子嗡嗡地飞来飞去,仿佛在怒气冲冲地重复吟唱着一首单调的赞美诗。

“要是雨能停个一天也好,日子就不会这么难过了。”麦克菲尔医生说。

他们都盼望着周二到来，那天开往旧金山的船将从悉尼抵达这里。这种紧张感令人难以忍受。对麦克菲尔医生来说，他的怜悯和反感都消失了，他只想早早摆脱这个不幸的女人。事情既然不可避免，那就必须接受。他感觉，等船开走以后，自己将呼吸得更为顺畅。萨蒂·汤普森将会在总督府一名职员的陪同下登船。此人在周一傍晚打来电话，告诉汤普森小姐要在次日上午十一点做好准备。当时戴维森和她在一起。

"我会确认一切都准备就绪了。我打算亲自陪同她登船。"

汤普森小姐没有说话。

麦克菲尔医生吹熄蜡烛，小心地从蚊帐底下爬进去，如释重负地吁了口气。

"噢，感谢上帝，这事儿终于了结了。明天这时候她就不在这儿了。"

"戴维森太太也会很高兴的。她说戴维森先生累得憔悴不堪，"麦克菲尔太太说，"她彻底变了。"

"谁？"

"萨蒂。我从来没想到会有这样的事。真让人惭愧。"

麦克菲尔医生没有搭腔，很快他便睡着了。他极度
疲倦，睡得比平时更沉。

早上，他被一只搭到胳膊上的手弄醒了。他一惊，
坐起来，看到霍恩站在床边。商人把手指放在嘴唇上，
防止麦克菲尔医生出声惊叫，随后示意他跟自己来。他
通常会穿一身破旧的工作服，可眼下他光着脚，只围了
一条当地人围的印花腰布。他看上去忽然变得像个未
开化的野蛮人。麦克菲尔医生下床后，发现他身上布满
了文身。霍恩做了个手势，让他到露台上来。麦克菲尔
医生下了床，跟着商人走了出去。

"别出声，"他悄声说，"有事儿需要您帮忙。穿上
外套和鞋子。要快。"

麦克菲尔医生的第一反应是汤普森小姐出事了。

"什么事？需要我带上器械吗？"

"快点，求您，快点。"

麦克菲尔医生蹑手蹑脚地回到卧室里，在睡衣外面
披上一件雨衣，又穿上一双橡胶底的鞋子。他跟上商
人，两人一道蹑着脚尖走下楼梯。通往外面大路的门开

着,门口站着五六个当地人。

"怎么回事?"医生又问了一次。

"跟我来。"霍恩说。

他往外走去,医生跟在他身后。那些当地人三三两两地跟在他们身后。他们穿过马路,来到海滩上。这时医生看到一群当地人站在水边,围在某样东西周围。他们快步往前走了大约几十码远,当地人看到医生走过来,便散了开。商人把他推到前面。随后他看清了地上的东西有多可怖,那是戴维森的尸体。他躺在那儿,一半泡在水里,一半露在外面。麦克菲尔医生在紧急状况下不会惊慌失措,他俯下身,将尸体翻过来。戴维森的咽喉被割开了,伤口从一边的耳朵一直延伸到另一边,而他右手上依然握着实施这一行为所用的剃刀。

"他已经没有体温了,"医生说,"他死亡应该有一段时间了。"

"有个小伙子刚才上班路上看到他躺在那儿,就来和我说。您认为他是自杀吗?"

"是的。必须得去叫警察。"

霍恩用土著语说了几句话,两个年轻人立刻跑开了。

"警察来之前,我们必须把他留在这儿。"医生说。

"不能让他们把他抬进我家。我不想让他进我的家门。"

"官方说什么,你都得照办,"医生语气强硬地说,"实际上,我估计他们会送他去太平间。"

他们站在原地等待。商人从印花腰布的褶层里掏出一根香烟,又给了医生一根。他们一边抽烟一边注视着尸体。麦克菲尔医生想不明白。

"您觉得他为什么要这么干?"霍恩问道。

医生耸了耸肩。一会儿工夫,当地警察在一名海军陆战队士兵的带领下,扛着一副担架过来了,接着很快又来了几名海军军官和一名海军军医。他们以公事公办的方式处理着所有事宜。

"他妻子要怎么处理?"其中一名军官说道。

"既然你们来了,我这就回家去穿点儿衣服。我会把这个消息告诉她的。最好等她丈夫经过一点儿修整后再让她见他。"

"我觉得没错。"海军军医说。

"戴维森太太对丈夫担心得不得了,"麦克菲尔医

生一出现,他妻子就说,"他一夜没

两点钟离开汤普森小姐的房间,

从那会儿起就一直没停下脚步

麦克菲尔医生把发生

不幸的消息委婉

"可

恐恐万状

地

了丈夫一眼,便走了出去。麦克菲

到她走进了戴维森太太的房间。他等了一会

儿才回过神来,接着便开始刮胡子洗脸。穿好衣服后,

他在床边坐下,等着妻子。最后她终于回来了。

"她想要见他。"麦克菲尔太太说。

"他们已经把他送到太平间去了。我们最好和她一

起去。她听到消息后反应如何?"

"我觉得她完全惊呆了。她没有哭,却像片风中的

叶子一样颤抖个不停。"

他们敲门时，戴维森太太走了出来。她脸色非常苍白，可眼里却是干的。在医生看来，她镇定得有些不自然。他们没有进行任何交谈，便默默地顺着大路出发了。到达太平间时，戴维森太太开口了。

"让我一个人进去看他。"

麦克菲尔夫妇站到一边。一名当地人替戴维森太太开了门，又在她身后关上了。麦克菲尔夫妇坐下来等待着。一两个白人过来用含蓄的语气和他们交谈。麦克菲尔医生再次把自己了解的关于这一悲剧事件的情况对他们讲述了一遍。最后，门无声地开了，戴维森太太走了出来。三人相见，默然无语。

"我现在就准备回国了。"戴维森太太说。

她的语气生硬而坚决。麦克菲尔医生无法理解她眼里的神情。她苍白的面孔显得非常严峻。他们一言不发地慢慢往回走，直到走过马路弯角，弯道另一边就是他们借宿的那座房子。忽然戴维森太太倒吸了一口气，有一会儿，他们都停下脚步一动不动。一种令人难以置信的声音直往他们耳朵里钻。沉寂了这么久的留声机又响起来了，响亮而尖厉地播放着拉格泰姆钢琴乐。

"那是什么声音?"麦克菲尔太太惊恐地喊道。

"我们继续往前走吧。"戴维森太太说。

他们走上台阶,进了过道。汤普森小姐站在自己房
间门口,正在和一名水手聊天。她不再像前几天那样惶
恐不安,蓬头垢面了。她把自己所有的漂亮行头都穿戴
上了:一条白色连衣裙,一双亮闪闪的高帮靴,肥胖的
小腿裹在棉质长筒袜里,从鞋口上方鼓了出来。她的头
发经过精心梳理,巨大的帽子上堆满了俗艳的花朵。她
脸上抹了脂粉,眉毛描得又粗又黑,十分醒目,嘴唇涂成
了猩红色。她一副昂首挺胸的模样,又成了他们最初认
识的那个招摇过市的轻佻女人。他们进去时,她发出了
一阵响亮而嘲讽的大笑,随后,在戴维森太太不由自主
地停下脚步时,她聚积起满嘴的唾沫,一口啐了出来。
戴维森太太往后畏缩了一下,脸颊上突然升起了两片小
小的红晕。随后,她双手捂住脸,抽身而去,快步跑上了
楼梯。麦克菲尔医生怒不可遏,一把将那女人推开,闯
进她房间。

"你这是在干什么?"他大声喊道,"快把那该死的

机器关掉!"

他上去就把唱　　留声机上扯了下来。汤普森小姐也毫不示弱。

"我说,医生,　　跟我来这一套。你到我房间里来究竟想干吗?"

"你这话什么　思?"医生大声叫道,"什么意思?"

汤普森小姐　　了腰杆。此时她脸上的轻蔑之情,以及她回应中充　　鄙夷和憎恨,任谁也无法描述。

"你们这些身　人! 你们这些肮脏下流的畜生! 你们全是一路货,没　个好东西! 你们这些畜生! 畜生!"

麦克菲尔医　倒吸了一口凉气。他忽然明白了。

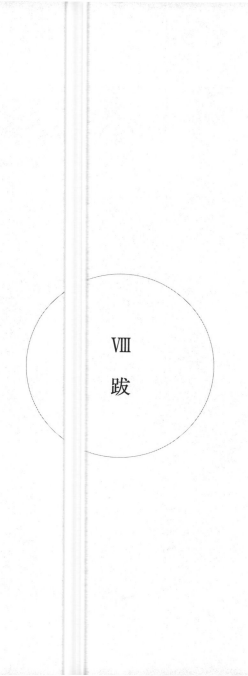

VIII

跋

当你乘坐的船离开檀香山时,人们把花环套在你脖子上,上面的花朵甜美芬芳。码头上人头攒动,乐队奏起一支令人销魂的夏威夷曲子。甲板上的人将手中的彩带扔向站在下面送行的人,轮船的一侧缀满了红黄蓝绿各种颜色的细纸带,衬托出欢快的气氛。当船缓缓驶离时,彩带便轻轻撕裂,就像人与人之间的纽带松开了。男男女女由这样一条色彩鲜艳、或红或蓝或绿或黄的纸带短暂地连在一起,妾着生活将他们分开,纸带也随着啪的一声轻响,轻而易举地绷断了。残留的纸带耷拉着,在船体上挂上一个小时,便随风飘走。花环上的花凋谢了,香味也变得令人难以忍受。于是你便将花环扔下船去。

图书在版编目（CIP）数据

一片树叶的颤动 /（英）威廉·萨默塞特·毛姆著；
杨菁译. -- 桂林　广西师范大学出版社，2025. 1.
（小阅读·经典）. -- ISBN 978-7-5598-7406-1

Ⅰ. I561.45

中国国家版本馆 CIP 数据核字第 2024SQ3625 号

一片树叶的颤动

YIPIAN SHUYE DE CHANDONG

出 品 人：刘广汉　　　　　　特约策划：木曜文化
责任编辑：魏　东　潘　炜　　助理编辑：陶阿晴
装帧设计：薄小钧　　　　　　营销编辑：康天娥　金梦茜

广西师范大学出版社出版发行

（广西桂林市五里店路9号　　　邮政编码：541004）
（网址：http://www.bbtpress.com）

出版人：黄轩庄

全国新华书店经销

销售热线：021-65200318　021-31260822-898

山东韵杰文化科技有限公司印刷

（山东省淄博市桓台县桓台大道西首　邮政编码：256401）

开本：787 mm×1168 mm　1/32

印张：12.125　　　　　　字数：172 千

2025 年 1 月第 1 版　　　2025 年 1 月第 1 次印刷

定价：58.00 元

如发现印装质量问题，影响阅读，请与印刷厂联系调换。